典藏诵读版

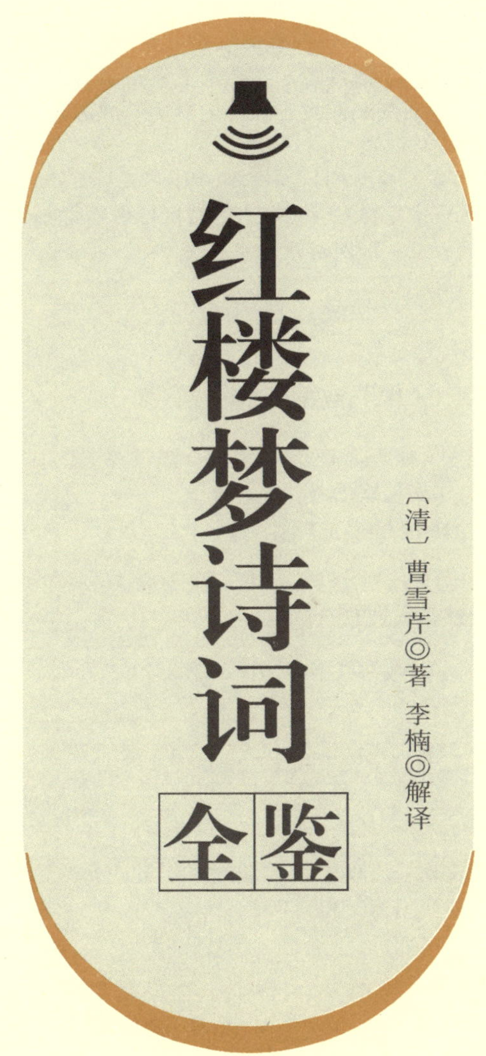

扫一扫
免费赠送3种国学音频！

国家一级出版社　中国纺织出版社　全国百佳图书出版单位

内 容 提 要

《红楼梦》是我国古典小说的巅峰之作，自问世以来，它就以故事中蕴含的渊博的学识、细腻的叙事、动人的情节、现实主义的风格，征服了无数读者，在艺术上取得了辉煌的成就。尤其是书中的诗词曲赋散发着极大的魅力，成为这部不朽之作的灵魂。

本书根据《红楼梦》原著回目的顺序，辑录了书中的诗词、楹联等，对其进行了注释和解析，力图帮助读者更准确、更深入地理解诗词的含义，加深对原著的理解。

图书在版编目（CIP）数据

红楼梦诗词全鉴：典藏诵读版 /（清）曹雪芹著；李楠解译．—北京：中国纺织出版社，2019.5

ISBN 978-7-5180-6063-4

Ⅰ.①红… Ⅱ.①曹… ②李… Ⅲ.①《红楼梦》—古典诗歌—诗歌欣赏 Ⅳ.①I207.411

中国版本图书馆 CIP 数据核字（2019）第 057293 号

策划编辑：于磊岚　　责任校对：江思飞　　责任印制：储志伟

中国纺织出版社出版发行
地址：北京市朝阳区百子湾东里 A407 号楼　邮政编码：100124
销售电话：010—67004422　传真：010—87155801
http://www.c-textilep.com
E-mail：faxing@c-textilep.com
中国纺织出版社天猫旗舰店
官方微博 http://weibo.com/2119887771
佳兴达印刷（天津）有限公司印刷　　各地新华书店经销
2019 年 5 月第 1 版第 1 次印刷
开本：710×1000　1/16　印张：20
字数：204 千字　定价：49.80 元

前言

曹雪芹所著的《红楼梦》是我国古典小说艺术成就的最高峰。《红楼梦》创造了一个世界，在这个世界里，压迫与反抗，富有与贫困，欢乐与悲凉，腐朽与新生，始终像一对孪生兄弟一样并存着。人们从这个世界里看到了18世纪中国社会的政治、经济、文化、道德的陈腐不堪，看到了延续几千年的封建制度逐步瓦解崩溃的命运。自《红楼梦》诞生后，人们就不断地探讨它、研究它，又因不同的观点而彼此争论着，甚至在学术界形成了一门独立的、别开生面的学问——“红学”。

《红楼梦》在艺术描写上达到了极高的成就，它不仅借鉴、总结了过去小说创作的得失，同时吸收并熔铸了诗词、散文、戏曲，乃至音乐、绘画、雕刻、建筑等艺术方面的经验，所以它的文学艺术基础特别深厚，显示了它所独有的多样性、丰富性和独创性，富有极强的艺术生命力。其中，曹雪芹根据书中不同的人物形象而写出的不同风格的诗词，更是丰富多彩，瑰丽多姿。仅以诗而论，有五绝、七绝、五律、七律、排律、歌行、骚体，有咏怀诗、咏物诗、怀古诗、即事诗、即景诗、谜语诗、打油诗，有限题的、限韵的、限诗体的、同题分咏的、分题和咏的，有应制体、联句体、拟古体……可谓五花八门，令人眼花缭乱。

需要强调的是，《红楼梦》中的诗词曲赋是小说故事情节和人物描写的有机组成部分。它的极大多数诗词曲赋都是融合在小说的故事情节中的，如果略去不看，常常不能把前后文意弄明白，甚至等于没有看该部分的情节。

另外，《红楼梦》中诗词曲赋在艺术表现上另有一种特殊手法是其他小说中诗词所没有的，那就是作者喜欢预先隐写小说人物的未来命运，而且这种暗中的预示所采用的方法是各式各样的。除了一些比较明显的带有预言性质的诗歌外，小说人物平日吟风咏月、猜谜行令时的即时创作，常常也是“诗谶式”的预言。

总之，《红楼梦》中的诗词曲赋，从小说的角度看，艺术成就是很高的。我们要了解它的艺术特点，欣赏并读懂它背后的含义，才不致辜负这位伟大文学家的十年苦心。

本书收录了各种版本《红楼梦》中的具有代表性的诗、词，同时兼收部分曲、赋、歌谣、谜语、联额句等形式的文字。书中对收录的每篇作品都做了细致的解读，包括注解、背景、赏析等。其中既有严谨的文字诠释，原作中的背景介绍，又有精彩纷呈、引人入胜的艺术赏析，希望能给《红楼梦》及其诗词爱好者提供一些参考。

由于《红楼梦》版本众多，后四十回的真伪之争，给后来研究、理解其中诗词的主旨与各种暗喻带来了极大的困扰与争议。本书集各家之说，去粗存精，但也是一家之言，无法形成定论，仅供相关人士参考。

同时，本书将纸质图书和配乐诵读音频完美结合，以二维码的形式在内文和封面等相应位置呈现，读者扫一扫即可欣赏、诵读经典片段。诵读音频由中国国际广播电台、中央人民广播电台专业播音员，以及中国传媒大学等知名高校播音系教师构成的实力精英团队录制完成，朗读中融进了对传统文化的理解，声音感染力极强。

衷心希望本书能成为您全方位感受和理解《红楼梦》这部传世佳作的良师益友。

解译者

2019 年 1 月

石上偈[①]（第一回）

【原文】

无才可去补苍天[②]，枉入红尘若许年[③]。

此系身前身后事，倩谁记去作奇传[④]？

【注解】

①偈（jì）：音译佛教梵语“偈陀”的略称，意译是“颂”，是佛经中的唱词，也泛指佛教的诗歌。

②补苍天：出自远古神话女娲补天的故事。传说远古的时候，天塌了，女娲氏炼五色石把天修补了起来。

③红尘：指世间的热闹繁华，代指人世间。

④倩（qìng）：央求，请求。奇传：即传奇，本是唐代兴起的一种用文言写的短篇小说，此处为押韵而颠倒，取其“新奇传闻”之意。

【背景】

又不知过了几世几劫，因有个空空道人访道求仙，从这大荒山无稽崖青埂峰下经过，忽见一块大石，上面字迹分明，编述历历。空空道人乃从头一看，原来是无才补天、幻形入世，被那茫茫大士、渺渺真人携入红尘、引登彼岸的一块顽石。上面叙着堕落之乡、投胎之处，以及家庭琐事、闺阁闲情、诗词谜语，倒还全备。只是朝代年纪，失落无考。后面又有一偈。作者虚构空空道人见青埂峰下有一块顽石，

上面叙着它被携入红尘后的经历见闻，后面又有一偈，就是这首七言绝句。

【赏析】

这是作者依托神话表明《石头记》（《红楼梦》的书名是后来才改定的）创作缘由的一首开篇诗。佛偈是总结佛语的精华，有画龙点睛的作用。这篇《石上偈》看似简单无奇，实则是统领全书内容的灵魂所在。

曹雪芹在小说的楔子中虚构了此书抄自石上所刻的故事，其原作者便是那块被女娲所弃、幻化为通灵宝玉被神瑛侍者（贾宝玉的前身）“夹带”着它一起下凡、经历过一番梦幻的补天石，而曹雪芹自己只不过是“披阅增删”者。其实，正如脂砚斋所言“作者之笔狡猾之甚”，真正的“作者”就是曹雪芹自己。

“无才可去补苍天”，是作者借神话故事，说明自己无力挽救濒临崩溃的社会制度，以至于“枉入红尘若许年”。此处表面上是石头自慨白白地来到人世间这么多年，其实是作者感慨自己虚度年华以及对现实社会的无力。而所谓“无才”，貌似自惭，实则自负，是作者的愤激之言；以“顽石”为喻，也是作者表明自己不肯随同流俗的傲骨。

接着，作者笔锋一转，“此系身前身后事，倩谁记去作奇传？”意思是说：这是石头身前和身后所经历的故事，请谁替我抄了去做奇闻流传呢？从而自然而然地引出全书的故事来。小说中，贾宝玉身前本是顽石，在人世经历了一番以后，被“引登彼岸”，仍化作顽石，所以说是“身前身后事”。

作者为了便于抒发感慨，也为了引起读者的阅读兴味，在全书开头就把读者引入一个迷幻的神话世界之中，借人们耳熟能详的女娲补天的神话，巧妙地虚构了一个顽石“幻形入世”的故事。这块顽石的经历，便是贾宝玉的经历，是贾宝玉的象征，其中也含有作者曹雪芹的影子。

作者自比补天弃石，虚度红尘，为他所要真正描绘的典型的封建大家庭（其实是代表整个封建制度）的衰亡过程笼上了一个神秘的光环。

【链接】

曹雪芹简介

曹雪芹（1715？—1763？），名霑，字梦阮，号雪芹，又号芹圃、芹溪。先世为汉族，后为满洲正白旗人。祖籍辽宁辽阳，生于江苏南京。关于生年，一说曹雪芹为曹頫之子，因其生年与其祖父卒年不太远，据张宜泉《伤芹溪居士》原注“年未五旬而卒”，研究者推定其生年为康熙五十四年（1715）；一说为曹頫之子，据曹顺康熙五十四年（1715）奏折，曹頫之遗腹子也生于康熙五十四年。或据敦诚《挽曹雪芹》诗“四十年华付杳冥”，论定其生年为雍正二年（1724）。关于卒年，据脂评甲戌本第一回眉批记曹雪芹卒年为“壬午除夕”，即1763年2月12日；一说为癸未年（1764）除夕；一说为甲申年（1765）。

曹雪芹最伟大的贡献在于文学创作。他创作的《红楼梦》规模宏大、结构严谨、情节复杂、描写生动，塑造了众多具有典型性格的艺术形象，堪称中国古代长篇小说的巅峰之作，在世界文学史上占有重要地位。曹雪芹为中华民族、为世界人民留下了宝贵的文化遗产和精神财富，不仅对后世作家的创作影响深远，而且在绘画、影视、动漫、网游等领域产生了大量优秀衍生作品，学术界、社会上围绕《红楼梦》作者、版本、文本、本事等方面的研究与谈论甚至形成了一种专门的学问——红学。

自题一绝（第一回）

【原文】

满纸荒唐言，一把辛酸泪！
都云作者痴①，谁解其中味②？

【注解】

①云：说。痴：痴癫。

②解：懂得。味：意味。

【背景】

空空道人听如此说，思忖半晌，将这《石头记》再检阅一遍。因见上面大旨不过谈情，亦只是实录其事，绝无伤时诲淫之病，方从头至尾抄写回来，"奇传"闻世。从此，空空道人因空见色，由色生情，传情入色，自色悟空，遂改名情僧，改《石头记》为《情僧录》，东鲁孔梅溪题曰《风月宝鉴》。后来曹雪芹于悼红轩中，披阅十载，增删五次，纂成目录，分出章回，又题曰《金陵十二钗》，并自题了这首绝句。

【赏析】

这首诗是小说中作者以自己身份来写的唯一的一首诗。这首小诗语言虽然通俗浅近，意境却颇为深远。

"满纸荒唐言"意思是说，全书都是荒诞不经的话语，这是作者对自己作品的自嘲。这里所说的"荒唐"之言，不仅仅是指小说开头有石头"无才补天，幻形入世"荒唐的缘起，也不仅仅指小说中有"太虚幻境"、"风月宝鉴"之类荒唐的情节，还包括作者将广泛搜罗所得的见闻，结合自身的经历体验，运用大胆的艺术想象，创作了贾宝玉以及一大批性格各异的闺阁女子形象，虚构出一个以大观园女儿国为中心的故事。另外，小说中表面上把悲剧命运说成是情根夙孽、偿还冤债等，其中的人名、地名、物名等，也都带有"假语存焉"的性质。这些，都是所谓的"荒唐言"。

"一把辛酸泪"，是说其中包含着种种血泪辛酸的现实生活和感受。甲戌本第一回中，"脂砚斋"在书上写下了这样的批语："能解者方有辛酸之泪，哭成此书。壬午除夕，书未成，芹为泪尽而逝。"可见作者是以泪和墨写就这部著作的。

"都云作者痴，谁解其中味"，在这里，作者诉说的是他难以直言

而又深怕不能被理解的心曲。作者担心他这部呕心沥血之作不被后人理解，预料到有人会嘲笑他愚痴。果然不出作者所料，二百多年来人们对《红楼梦》及其作者的议论真是五花八门：有赞其博学多才的，有欣赏其生花妙笔的……更有一些封建道学家认为这部书是“诱为不轨”、“弃礼灭义”，是“淫书”，主张烧毁禁绝；并且有人编出故事诅咒作者断子绝孙，死后得了“冥报”，等等，不一而足。为此，鲁迅先生评价《红楼梦》：“单是命意，就因读者的眼光而有种种：经学家看见《易》，道学家看见淫，才子看见缠绵，革命家看见排满，流言家看见宫闱秘事。”然而作者自己深深懂得他绝不是为了给世人消愁解闷才来写这部书的，而是把自己一生“历尽离合悲欢炎凉世态”的经历，加以艺术概括和提炼，塑造了众多类型的人物，来表明他对人生社会的认识，寄托他难以言喻的感慨，既是赞歌，又是悲歌和挽歌。如今，红学界都能接受的一个观点是:《红楼梦》生动地描写了封建贵族家庭的生活场景，成功地塑造了一批形形色色的人物，并无情地揭露了封建社会的罪恶本质。

【链接】

《红楼梦》的创作背景

《红楼梦》诞生于18世纪中国封建社会末期，当时清政府实行闭关锁国，举国上下沉醉在康乾盛世、天朝上国的迷梦中。这时期从表面看来好像太平无事，但本质上各种社会矛盾正在加剧发展，整个王朝已到了盛极而衰的转折点。

在康熙、雍正两朝，曹家祖孙三代四个人总共做了58年的江宁织造。曹家极盛时，曾办过四次接驾的阔差。曹雪芹生长在南京，少年时代经历了一段富贵繁华的贵族生活。但后来家渐衰败，雍正六年（1728）因亏空得罪被抄没，曹雪芹一家迁回北京。回京后，他曾在一所皇族学堂“右翼宗学”里当过掌管文墨的杂差，境遇潦倒，生活艰难。晚年移居北京西郊，生活更加穷苦，“满径蓬蒿”，“举家食粥酒常赊”。《红楼梦》一书是曹雪芹破产倾家之后，在贫困之中创作的，意在为小时家中那些女孩儿立传，排遣自己的苦闷，兼以供读者把玩赏析。创作年代在乾隆初年到乾隆三十年（1765）左右。

太虚幻境对联（第一回）

【原文】

假作真时真亦假①，无为有处有还无②。

【注解】

①作：当作。此句意思是说：当把假的当作真的时，真的也就成了假的。

②为：成为。此句意思是说：当把没有的当作有时，有的也就成为没有。

【背景】

甄士隐炎夏“于书房闲坐，手倦抛书，伏几盹睡”，梦见一僧一道携“通灵宝玉”下凡，上前搭话，请一见此玉。士隐接了看时，原来是块鲜明美玉，上面字迹分明，镌着“通灵宝玉”四字，后面还有几行小字。正欲细看时，那僧便说“已到幻境”，就强从手中夺了去，和那道人竟过了一座大石牌坊，上面大书四字，乃是“太虚幻境”，牌坊两边就写着这副对联。

【赏析】

甄士隐梦中所见的这副对联，在第五回“贾宝玉神游太虚境”时再次出现过。两次出现是特意强调，同时也借此点出甄士隐的遭遇和归宿便是贾宝玉一生命运的缩影。

对联的字面意思很直白：当把假的当作真的时，真的也就成了假的。当把没有的当作有的时，有的也就成为没有。但它要表达的真意就像“太虚幻境”一样十分玄妙，充满着哲学的意味，其隐含的意思是：社会上的人们慕富厌贫，为名为利，劳力劳心，强争苦夺，就是把假的误认为是真的，把真的反而当成了假的；把虚无误认为是实有，把实有反而当成虚无。

作者并不是要通过其著作来宣扬宗教教义，佛道的虚无与哲思只是曹雪芹批判否定他所厌恶的那个社会现实的理论武器。对书中诸多带有虚无色彩的说教，我们要在分析的基础上得出清楚的认识，否则就很难理解作者为何会竭尽一腔心血来写这样一部著作了。我们读《红楼梦》，主要应该看到作者所描绘的那个广阔的社会生活画面和众多的栩栩如生的人物形象给我们的启示。

作者用高度概括的哲理诗的语言，提醒大家读本书要辨清什么是真的、有的，什么是假的、无的，这样才不至于惑于假象而

迷失真意。小说中借“假语”、“荒唐言”将政治背景的“真事隐去”，用意是为了避免文字之祸。如说曾“接驾四次”的江南甄家也与贾府一样，有一个容貌、性情相同的宝玉，后来甄家也像贾府一样被抄了家，这些都是作者故意以“甄”乱“贾”，以假作真。

佛教和道教是来历不同的两种宗教。曹雪芹有意让和尚与道士同行，明显地带有调侃的意味；同时他又用了“太虚”、“茫茫”、“渺渺”字样，就明明告诉读者这是凭空虚拟的“假语村言”。

对此，王希廉在《红楼梦总评》中说：“读者须知，真即是假，假即是真；真中有假，假中有真；真不是真，假不是假。明此数意，则甄宝玉贾宝玉是一是二，便心目了然。”

嘲甄士隐（第一回）

【原文】

惯养娇生笑你痴，菱花空对雪澌澌①。

好防佳节元宵后②，便是烟消火灭时③。

【注解】

①菱（líng）花：隐指甄士隐的女儿英莲，后来改名香菱。空对：这里有不幸碰上的意思。雪：谐音“薛”，指后来霸占香菱为妾的薛蟠。澌（sī）澌：象声词，形容风雪雨水声。“菱”于夏日开花，而竟遇“雪”，喻生不逢时，必遭摧残。

②好防：谨防，要当心。元宵：元宵节，旧历正月十五。

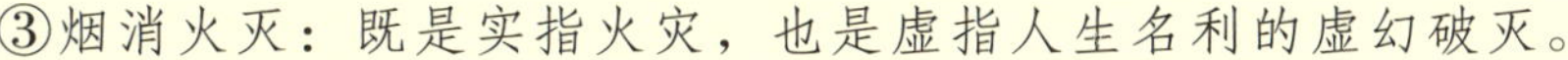
③烟消火灭：既是实指火灾，也是虚指人生名利的虚幻破灭。

【背景】

甄士隐抱三岁女儿英莲上街看热闹，遇一僧一道。那僧一见就大哭，要士隐把女儿——所谓“有命无运、累及爹娘之物”舍给他。士隐不理睬，那僧就大笑起来，念了上面这四句诗。

【赏析】

此诗是借癞和尚之口，点出英莲未来的命运。并不是癞和尚能预知未来，这只是作者的艺术虚构。

“惯养娇生笑你痴，菱花空对雪澌澌”，意思是说，可笑你甄士隐一片痴心，对女儿娇生惯养。可是你哪里会想到，那夏日里开放的菱花，却不幸遇上了漫天的暴雪。“好防佳节元宵后，便是烟消火灭时”，是预示在元宵节后英莲会有不测，而且家中会发生火灾。

英莲的身世遭遇就是大观园里众多女儿不幸命运的一种象征性的写照，表面看来只是说甄家，实际上主要还是在说贾家。小说中写元宵节甄士隐的女儿英莲（谐音“应怜”）由家人霍启（谐音“祸起”）抱去看灯，被人拐走；接着葫芦庙失火殃及甄家；士隐投亲受欺，贫病交加，感到人生幻灭，终于断绝一切牵挂，随疯道人去了，真正是“烟消火灭”！这一切不过是全书情节的一个缩影，如五十三回写荣国府庆元宵，这正是贾府由盛至衰的转折点。此后，贾府便弊端层出，风波迭起，各种问题迅速暴露，直至最后“食尽鸟散”，“烟消火灭”。

这首诗通过一系列的借喻手法，勾起了读者的好奇之心，从而引领读者进入《红楼梦》的未知世界。

另外，有一点题外话。在早期脂本中，“好防佳节元宵后”句旁有批语云：“前后一样，不直云‘前’而云‘后’，是讳知者。”这是曹家的真实史事，孙逊在《红楼梦脂评初探》中指出：“原来曹家被抄，是在雍正五年十二月二十四日由皇上亲谕着江南总督范时绎去查封的，如果把文书行程计算在内，其实际被抄时间正是在元宵前夕。脂砚是个‘知者’，这一点当然讳不了他。而小说故意在此‘不直云前而云后’，正是一种‘讳知者’，亦即‘将真事隐去’的手法。”

贾雨村对月口占五言律诗[①]（第一回）

【原文】

未卜三生愿[②]，频添一段愁[③]。
闷来时敛额[④]，行去几回头[⑤]。
自顾风前影[⑥]，谁堪月下俦[⑦]。
蟾光如有意[⑧]，先上玉人楼[⑨]。

【注解】

①口占：作诗不起草稿，随口吟诵而成。

②卜：占卜，卜算，预料。三生：佛教有过去、现在、未来三世转生之说，原意为前世有缘，后多引申指男女姻缘。

③频：频繁，时刻。

④敛额：皱眉蹙额，愁闷的样子。

⑤行去：离去。

⑥自顾风前影：孤身一人，漂泊他乡。顾影，孤单一身，形影相吊，自惭功名未就之意。风前，指漂泊淹留，羁旅他乡。

⑦谁堪：何堪，怎堪。月下俦（chóu）：指成亲，用唐代韦固遇一老人于月下翻检婚姻册子为其订婚的故事。俦，伴侣。

⑧蟾（chán）光：月光。古代传说月中有蟾蜍。

⑨玉人楼：指所思念的女子的住处。此两句意思是希望月光能替他传达情意。

【背景】

寄居于葫芦庙里的穷儒贾雨村来到甄士隐家，正值甄家有客，候于书房。窗外有个丫鬟对他看了两眼，雨村以为其有意于他，便自我陶醉起来。中秋晚上，雨村对着月亮，吟了这首五律和下面的一联与一绝。

【赏析】

贾雨村是古代士族的典型代表。他原是“仕宦之族”，不甘“久居人下”，一心“求取功名”。他在葫芦庙栖身时所作的两诗一联正是这种追求显贵的功利心态的表现。

这首诗是贾雨村中秋夜对月随口吟出的单相思抒怀之作，准确地刻画出一个穷秀才倾慕女色及荣华富贵的心理。“未卜三生愿，频添一段愁”，意思是

说：不知道自己对甄家丫鬟的心愿能否实现，但那多情的月光却增添了自己的烦恼。这是贾雨村不自信的自嘲，因为自己身无长物，担心漂亮的姑娘难以看上自己。“闷来时敛额，行去几回头”，意思是说：甄家丫鬟看到了他，离去时“不免又回头一两次”。贾雨村自我感觉良好，以为那丫鬟是慧眼识珠，欣赏自己。“自顾风前影，谁堪月下俦”，贾雨村顾影自怜，觉得那美人对自己来说是高不可攀的，唯有借月光替他传达情意，“蟾光如有意，先上玉人楼”。其实，这里还隐含着贾雨村希望“蟾宫折桂”的心愿。

甄家丫鬟娇杏猛见到房中的陌生人，只是出于好奇，回头看了他一下。可是，贾雨村偏自作多情，以为对方有意于他，还自谓此女子必是个巨眼英豪、风尘中之知己，真是想入非非，可笑至极。他愁眉苦脸，自惭形秽，恨不得马上“蟾宫折桂”，中举升官，扬名得意，以便博得一个女子的欢心，满足自己的欲望。

贾雨村在《红楼梦》中不是个无足轻重的角色，从书的前几回中，我们就可以看出，此人野心勃勃，城府极深，喜怒不形于色，而又心狠手辣。他依靠甄士隐的慷慨资助赴京应举，名登金榜，衣锦还乡，回来当了知府。不久因“贪酷之弊”，被政敌弹劾削职为民，做了林黛玉的蒙师。后来又靠走贾政的“后门”，起复做官，由于善于钻营，在官场中爬上了更高的位置。脂砚斋的批语说他是王莽、曹操一类人物，可能在贾家败落时，他还要有一番恩将仇报、落井下石的表演。可惜曹雪芹的书只给我们留下八十回，高鹗续作的后四十回又没完全体现作者原意，我们无法知道详细的情节了。

作者以忠于现实的笔触刻画这一人物形象时，并没有任意将他丑化或漫画化，在摹拟其吟咏时也能充分注意到这一点并真实地表现出来，这确是很不容易的。

【链接】

《红楼梦》版本之脂本

所谓脂本，是概括所有带脂批的《石头记》传抄本的总称。

1. 庚辰本

存78回（1~80回，内缺64、67两回）。此本有与已卯本相同的双行小字批。1933年徐星署花八块大洋购于隆福寺，后燕京大学图书馆以二两黄金辗转购得，现藏北京大学图书馆。

2. 甲辰本

乾隆甲辰（1784）梦觉主人序本，亦称“梦觉本”。题“红楼梦”，脂批较少，文字简约，其文字基本被程甲本所继承。1953年出现于山西，现藏国家图书馆。

3. 郑藏本

仅存两回（23、24回），原由郑振铎藏，后捐国家图书馆。

4. 俄藏本

存78回（1~80回，内缺5、6两回），藏于苏联列宁格勒东方学研究所。约有300余条批语，眉批和行间批系后人所加，双行小字批是庚辰等抄本的旧文。据称于清道光十二年（1832）传入俄国。

5. 卞藏本

存前10回正文及33~80回回目，卞亦文于2006年在上海以19.8万元人民币拍得。

6. 甲戌本

存16回（1~8回、13~16回、25~28回），此本脂批说曹雪芹死于“壬午除夕”。初由咸同年间大兴藏书家刘铨福收藏，胡适1927年得之于上海，后存放美国康奈尔大学图书馆，2005年初归藏上海博物馆。

7. 己卯本

存41回又两个半回。此本为怡亲王府的抄藏本。1～20回、31～40回、61～70回（内64、67两回由后人补抄）原由董康、陶洙所藏，现藏国家图书馆；55回下半至59回上半现藏国家博物馆。

8. 戚本

卷首有戚蓼生的序。下分三种版本：张开模旧藏戚序本（戚张本）、泽存书库旧藏戚序本（戚宁本）、有正书局石印戚序本（有正本）。戚张本前40回现藏上海图书馆，戚宁本现藏南京图书馆。

9. 王府本

文字系统及抄录行款大体与戚本同。原存74回（1～80回，内缺57～62回），后据刻本补抄了后40回，也补抄了其中缺失的6回及程伟元的序，现存120回，藏国家图书馆。

10. 舒序本

存前40回。因舒元炜序作于乾隆己酉（1789），亦称“己酉本”。原由吴晓铃藏，后捐藏首都图书馆。

贾雨村口占联语（第一回）

【原文】

玉在椟中求善价①，钗于奁内待时飞②。

【注解】

①椟（dú）：匣子。

②奁（lián）：女子梳妆用的镜匣，泛指精巧的小匣子。传说汉武帝时有神女留下玉钗，到昭帝时有人想打碎玉钗，打开匣子，只见白燕从匣中飞出，升天而去。

【背景】

贾雨村吟完那首单相思的诗后，兴犹未尽，“因又思及平生抱负，苦未逢时，及搔首对天长叹”，又吟出这副联语。

【赏析】

贾雨村是个利欲熏心的人，同时又确有一定的才干，不是一般的草包。这种人正是封建社会名利场中富有竞争能力的好手。即便在穷困落魄之时，他也按捺不住勃勃的野心。在万家团圆的中秋月夜，他站在寂寞的葫芦庙里，对着冷月清浑，想着倾心的美人；又想到尚无出路，前程茫茫，念出这样联语，

抒发自己大志难酬的情绪。

“玉在椟中求善价，钗于奁内待时飞”，这两句意思差不多：美玉盛在匣中，等人出大价钱才卖；金钗放在匣中，伺机要飞到天上。在设喻中，贾雨村自命不凡，并想抬高身价，得到封建统治者的赏识。这里，贾雨村其实是说自己有朝一日肯定会飞黄腾达，这副联语恰合他的身份。这种“按头制帽”（清人张新之语）的手法，表现了作者高超的艺术才能。这副联语的高明处，还在于把贾雨村的“姓”和“字”（贾雨村表字时飞）自然巧妙地嵌了进去。

也有人以为，上联的“玉”字隐指贾宝玉，隐喻宝玉择偶，难谐良缘；下联的“钗”字隐指薛宝钗，隐喻宝钗当初如能安分守拙，一旦时机来临，也能“一飞冲天”。此说虽也不无道理，但与此节的人物背景不大相符。

贾雨村对月寓怀口占一绝[1]（第一回）

【原文】

时逢三五便团圆[2]，满把清光护玉栏[3]。
天上一轮才捧出[4]，人间万姓仰头看[5]。

【注解】

①寓怀：寄托自己的胸怀抱负。

②三五：十五日。

③玉栏：玉砌的栏杆。这里隐喻朝廷。

④一轮：指明月。

⑤万姓：指千家万户的百姓。

【背景】

须臾茶毕，早已设下杯盘，那美酒佳肴自不必说。二人归坐，先是款酌慢饮，渐次谈至兴浓，不觉飞觥（gōng）献斝（jiǎ）（指频频传杯。觥、斝，均为古代酒器）起来。当时街坊中家家箫管，户户笙歌，当头一轮明月，飞彩凝辉。二人愈添豪兴，酒到杯干。雨村此时已有七八分酒意，狂兴不禁，乃对月寓怀，口占一绝。

【赏析】

全诗的意思是说：一到每月十五日的晚上，月亮便会满圆，把清光遍洒在玉栏杆上，好似护着它。天上一轮明月刚刚升起，人间的百姓便争着仰头去看。

诗的前两句平平，并无特色；后两句却透出气象不凡，抱负不浅。贾雨村自比明月，要光照朝廷，他一旦有出头之日，就要使“人间万姓仰头看”，你看这个落魄的穷书生名利之心多重，多热切，野心多大！甄士隐此时还看不透他的品质，只是爱他的才华，所以极口称赞：“妙哉！吾每谓兄必非久居人下者，今所吟之句，飞腾之兆已见，不日可接履于云霓之上矣。可贺！可贺!”贾雨村也不谦虚，直言到：“非晚生酒后狂言，若论时尚之学，晚生也或可去充数沽名。”在甄士隐的资助下，贾雨村进京赴考，果然十分得意，“会了进士，选入外班”，任了知府，平步青云了。

我们从这首诗里可以看出，贾雨村的所谓抱负，就是一旦时机成熟踏进官场仕途，可以声威赫赫，高踞于广大百姓之上作威作福。他的政治野心于此暴露无遗。后文中贾雨村拍马钻营，攀附“四大家族”并以其作为“护官符”，贪赃枉法，草菅人命，其种种卑劣行径都是有深刻根源的。

好了歌（第一回）

【原文】

世人都晓神仙好，惟有功名忘不了！
古今将相在何方？荒冢一堆草没了[①]。
世人都晓神仙好，只有金银忘不了！
终朝只恨聚无多，及到多时眼闭了。
世人都晓神仙好，只有娇妻忘不了！
君生日日说恩情，君死又随人去了[②]。
世人都晓神仙好，只有儿孙忘不了！
痴心父母古来多，孝顺儿孙谁见了？

【注解】

①冢（zhǒng）：坟墓。

②随人去：指改嫁。

【背景】

甄士隐家破人亡，暮年贫病交迫，光景难熬。一日上街散心，遇一跛足疯道人口念此歌，士隐听了问道："你满口说些什么？只听见些'好'、'了'、'好'、'了'。"那道人笑道："你若果听见'好'、'了'二字，还算你明白。可知世上万般，好便是了，了便是好。若不了，便不好；若要好，须是了。我这歌儿便名《好了歌》。"

【赏析】

这首歌有着浓厚的宗教色彩，可以说是看破红尘之作。作者借跛足道人之口，形象地刻画了人间社会的人情冷暖与世事无常。

这首歌通俗、浅显，对人世间普遍存在的种种愿望与现实的矛盾现象加以概括，同时也含有某种深刻的人生和宗教哲理，宣扬了一种逃避现实的虚无主义思想。从宗教的观点看，人们活在世上，建功立业，发家致富，贪恋妻妾，顾念儿孙，全都是被情欲蒙蔽尚不“觉悟”的缘故。这首歌就是用通俗浅近的语言来说明这一切都是靠不住的，不管是名利还是亲情，一切都是过眼云烟。跛足道人说“好便是了，了便是好”，又把“好”和“了”的含义引申一层，说只有和这个世界斩断一切联系，也就是说只有彻底的“了”，才是彻底的“好”。所以他这

首歌就叫《好了歌》。

《好了歌》的消极色彩十分浓厚，但是我们还不能简单地把它视为糟粕抛弃它。因为作者拟作这首《好了歌》，是对他所厌恶的社会现实的一种批判，尽管是一种消极的批判，但也有它的价值。作者出身于一个上层的封建世家，亲眼看到了这个阶级的腐朽、堕落，亲身体验了贵族阶级由兴盛到衰败的苦痛，进行了半生深沉的思索，只有了解了作者的生活经历，再看他写的这类具有虚无色彩的内容，就能够把它放到适当的地位去理解了。

【链接】

《红楼梦》版本之程本

程本，或者叫程高本，在《红楼梦》的各种版本中，是有着特殊价值的本子。所谓程本，主要是指程甲、程乙两个本子。

1．程甲本

《新镌全部绣像红楼梦》，清乾隆五十六年辛亥（1791）萃文书屋活字本，程伟元、高鹗整理出版。程、高在曹雪芹逝世28年以后，竭力搜集曹公留下的前80回及零散的后40回残稿，“集腋成裘”、“细加厘剔”、“截长补短”，终于将120回的《红楼梦》“公诸同好”，这在《红楼梦》传播史上具有划时代的意义。

2．程乙本

《新镌全部绣像红楼梦》，清乾隆五十七年壬子（1792）萃文书屋活字本，程伟元、高鹗整理出版。

3．翻刻本

包括东观阁本、本衙藏本、藤花榭本、善因楼本、三让堂本、纬

文堂本、文元堂本、妙复轩本、增评补图石头记。

4. 梦稿本

《乾隆抄本百廿回红楼梦稿》，咸丰年间于源题曰“红楼梦稿”，杨继振旧藏，亦称“杨藏本”。第78回末有“兰墅阅过”字样，“兰墅”为高鹗的字。1959年出现于北京，由中国社会科学院文学研究所购藏。

《好了歌》解注（第一回）

【原文】

陋室空堂，当年笏满床①；衰草枯杨，曾为歌舞场②。

蛛丝儿结满雕梁③，绿纱今又糊在蓬窗上。

说甚么脂正浓、粉正香，如何两鬓又成霜？

昨日黄土陇头埋白骨，今宵红绡帐底卧鸳鸯④。

金满箱，银满箱，转眼乞丐人皆谤⑤。

正叹他人命不长，那知自己归来丧？

训有方，保不定日后作强梁⑥。

择膏粱，谁承望流落在烟花巷⑦！

因嫌纱帽小，致使锁枷扛⑧；昨怜破袄寒，今嫌紫蟒长⑨。

乱烘烘，你方唱罢我登场，反认他乡是故乡。

甚荒唐，到头来都是为他人作嫁衣裳⑩。

【注解】

①陋室：简陋的屋子。笏（hù）满床：形容家里人做大官的多。

笏，古时礼制君臣朝见时臣子拿的用以指画或记事的板子。

②场：演出场所。

③雕梁：雕过花的屋梁，指代豪华的房屋。

④红绡（xiāo）：指红色薄绸。

⑤谤：指责，毁谤。

⑥方：方法，良方。强梁：强横凶暴，是指强盗、暴徒。

⑦择膏粱：选择富贵人家子弟为婚姻对象。膏粱，本指精美的食品，引申为富贵之家。膏，肥肉。粱，细粮。烟花巷：妓院。烟花，旧时娼妓的代称。

⑧纱帽：乌纱帽，古时候的官吏所戴的帽子，这里是官职的代称。锁枷：旧时囚系罪人的刑具。

⑨紫蟒：紫色的蟒袍，古代大官所穿的官服。

⑩为他人作嫁衣裳：比喻为别人做事自己没得到好处。

【背景】

甄士隐听了跛道人那番“好便是了，了便是好”的话后，顿时“悟彻”，便对道人说了这首歌，自称替《好了歌》作注解。那疯跛道人听了，拍掌大笑道：“解得切！解得切！”士隐便说一声“走罢”，将道人肩上的褡裢抢过来背上，竟不回家，同着疯道人飘飘而去。

【赏析】

跛足道人唱《好了歌》是要启发甄士隐“觉悟”；而甄士隐是聪明的读书人，而且有了家破人亡的经历，一听就懂了，接着就为《好了歌》作了这篇解注，进一步引申发挥了《好了歌》的思想。《好了歌》和《好了歌注》，形象地勾画了封建末世统治阶级内部各政治集团、家族及其成员之间为权势利欲激烈争夺，兴衰荣辱迅速转递的历史图景。在这里，封建伦理道德的虚伪、败坏，政治风云的动荡、变

幻以及人们对现存秩序的深刻怀疑、失望等，都表现得十分清楚。这种“乱烘烘你方唱罢我登场”的景象，是封建阶级内部兴衰荣枯转递变化过程已大为加速的反映，是封建社会经济基础已经日渐腐朽，它的上层建筑亦发生动摇，正趋向崩溃的反映。

“陋室空堂，当年笏满床；衰草枯杨，曾为歌舞场”，这几句是说：如今的空堂陋室，就是当年高官显贵们摆着满床笏板的华屋大宅；在那长满衰草枯杨的场地上，从前可是笙歌燕舞的演出场所。一开头就造成一种“忽荣忽枯、忽丽忽朽”（脂砚斋语）的险恶气氛，这也是对全书荣宁二府兴衰际遇的一种概括和预示。这种概括和预示，是就其整体而言的，不好说哪一句是专指哪个或哪几个人物，不好简单地对号入座。

“蛛丝儿结满雕梁，绿纱今又糊在蓬窗上”，说的也是兴衰难以预测，昨日富贵不复再，穷困也有显达时。

“说甚么脂正浓、粉正香，如何两鬓又成霜”，说明青春易老，韶华易逝，鲜花哪有千日红！

“昨日黄土陇头埋白骨，今宵红绡帐底卧鸳鸯”，说的是夫妻关系，同床异梦，昨日黄土送，今日锦帐红。这在书中是有所指的。

“金满箱，银满箱，转眼乞丐人皆谤”，说的是富贵如云烟，转瞬即逝，谁也不能长保富贵。

“正叹他人命不长，那知自己归来丧”，说的是命运无常，生死难料。

“训有方，保不定日后作强梁。择膏粱，谁承望流落在烟花巷”，说的是子女教育与婚姻之事。教育方法再好，也难保子女不会走上邪路；再般配的婚姻对象，也难保会有美满的结局。

“因嫌纱帽小，致使锁枷扛；昨怜破袄寒，今嫌紫蟒长”，说明人的欲望是无止尽的，永远得不到满足。

“乱烘烘，你方唱罢我登场，反认他乡是故乡。甚荒唐，到头来都是为他人作嫁衣裳”，旨在奉劝人们，不要太在意人世间的功名利禄，儿女情长，一场辛苦为谁忙，到头来，这一切只不过是为他人作嫁衣裳。

这篇解注比《好了歌》说得更具体、更形象、更冷峭无情。富贵的突然贫贱了，贫贱的又突然富贵了；年轻的突然衰老了，活着的又突然死掉了——人世无常，一切都是虚幻。想教训儿子光宗耀祖，可他偏偏去当强盗；想使女儿当个贵妇，可她偏偏沦为娼妓；想在官阶上越爬越高，可是偏偏成了囚徒——命运难以捉摸，谁也逃脱不了它的摆布。可是世上的人们仍不醒悟，还在你争我夺，像个乱哄哄的戏

台，闹个没完。这就是《好了歌》解注的基本思想。它同《好了歌》一样，同属愤世嫉俗的产物。由于它处处作鲜明、形象的对比，忽阴忽晴，骤热骤冷，时笑时骂，有歌有哭，加上通俗流畅，就使它具有强烈的感染力。它对当时热衷于名利的人，无异于一盆透顶醒心的冷水；对于今天的人们认识封建社会的腐败黑暗，也不无助益。

一局输赢料不真（第二回）

【原文】

一局输赢料不真①，香销茶尽尚逡巡②。
欲知目下兴衰兆③，须问傍观冷眼人。

【注解】

①料不真：猜不透，不能完全确定。

②逡（qūn）巡：因为有所顾虑而徘徊不前或退却。

③目下：眼下，现在。

【背景】

在各脂本中，这首诗都在第二回正文的开头，有“诗云”字样，可见是第二回原有的“标题诗”，是针对回目“冷子兴演说荣国府”的题意而做的阐发。

【赏析】

甲戌本有脂批说：“只此一诗便妙极。此等才情自是雪芹平生所

长。”这不但可见此诗是作者手笔无疑，也由此知道善写小说的曹雪芹原来也很善于作诗。

此诗以下棋来做比喻。“一局输赢”，把荣国府比作一盘大棋局，让我们看到每一个封建官僚地主大家族的兴衰，都是与它作为靠山的某派政治势力或某个政治集团在封建阶级内部斗争中的胜败直接联系着的。“香销茶尽”是说历时已久，棋盘上已是残局，喻历时百年的封建大家族即将败落。“料不真”、“尚逡巡”，即所谓“百足之虫，死而不僵”，虽有动摇，但表面依旧繁华，从外面的架子看来“哪像个衰败之家”？

“欲知目下兴衰兆，须问傍观冷眼人”，即俗谓“当局者迷，旁观者清”，亦可见作者以“冷子兴”之名和写他演说荣国府的用意。这是从哲学的角度来总结全诗的意境。

【链接】

《红楼梦》绘画插图本

1.《新镌全部绣像红楼梦》

清乾隆五十六年（1791）萃文书屋木活字本1册纸本 。是书为《红楼梦》成书后的第一个印本（程甲本），内刊版画24幅，前图后赞，初刻初印，精美之至。

2.《增评补像全图金玉缘》

清代著名的《红楼梦》评本，由王希廉、张新之和姚燮三家合评。光绪十年（1884），上海同文书局石印。内文有华阳仙裔序、读法、批序、摘误、总评、论赞、或问、大观园图等。尤其是卷首有绣像120幅，每回前还有回目画两幅。

3.《戴敦邦新绘全本红楼梦》（一百二十回本）

为宣纸线装珍藏本国画红楼梦，著名画家、连环画家戴敦邦先生历时六载，积数十年艺术功力，用中国画的形式全新演绎，以240幅国画精品再现了“红楼大观”。

赞娇杏（第二回）

【原文】

偶因一着错[①]，便为人上人。

【注解】

①一着：原指下一步棋，这里是借以说人的一种行动。

【背景】

却说娇杏那丫头，便是当年回顾雨村的，因偶然一看，便弄出这段奇缘，也是意想不到之事。谁知她命运两济，不承望自到雨村身边，只一年，便生一子，又半载，雨村嫡配忽染疾下世，雨村便将她扶作正室夫人。

【赏析】

娇杏本是一个家婢，地位低下，因何成为了“人上人”呢？原来，娇杏偶然因好奇，回头看了贾雨村两眼，这从封建礼教不准女子私顾外人的眼光看是越轨的行动，所以说“错”。贾雨村考中进士，新任知府，路见当年甄家丫鬟娇杏，讨来作了二房。娇杏一年后生了儿子；再半年，雨村嫡妻病故，她就被扶作正室夫人。作者用这两句话来赞她“命运两济”。娇杏因“错”得福，转眼成为“人上人”了。诗的字里行间，充满了对封建礼教虚伪性的讽刺。

娇杏者，“侥幸”也。原本礼教教人“非礼勿视”，“礼”所规定不该看的，看了就算错。娇杏错了还不打紧，又使被看的人错以为她是“心中有意于他”。她只不过是想：此人定是“什么贾雨村了”，过后“也就丢过不在心上”，可是雨村却错把她当作是什么“巨眼英豪，风尘中之知己”，这岂非错上加错？然而，她偏偏因错而得荣耀富贵，这还不侥幸吗？对于这种现象，作者不能解释，只好归之于命运。但他并不是冷漠的、超脱的，对于这个命运不公的颠倒世界，他有强烈的愤激情绪，这就使他心中不时地涌出尖刻的讽刺语言，并且形之于笔下。赞语，是评论，并不就是赞美，这一点，我们从这两句巧妙的俗语集句中是不难体会到的。

其实，如果我们仔细分析一下书中细节，会发现娇杏的“错看”也许并非是无意的。她能够根据主人平时的言语推断出贾雨村的身份，说明她也是一个聪慧之人，加之她自身长得还算不错，怎么会甘心永远做

一个地位卑下的婢女呢？她未必不想为自己找一个好的归宿，正好于此时发现了长得“这样雄壮”又“必非久困之人”的贾雨村，难保她不动一些小心思，这才“不免又回头看了两次”，由此创造命运的转机。

作者借这些细小的情节，来表现封建社会人们的生活荣枯不定，慨叹人世无常。

【链接】

《红楼梦》主要人物性格分析之娇杏

娇杏，甄家的丫鬟，生得仪容不俗，眉目清秀，虽无十分姿色，却也有动人之处。有一日掐花儿，猛抬头见窗内有陌生人感到奇怪，便回头看了一两次。这陌生人（贾雨村）便以为她有意于他，遂狂喜不禁，自谓此女子必是个巨眼英豪，风尘中之知己。贾雨村做了县太爷后，路见娇杏，便讨来作了二房。一年后，娇杏便生了个儿子，再半年，雨村嫡妻病故，娇杏被扶作正室夫人。娇杏，谐音“侥幸”也。

智通寺联语（第二回）

【原文】

身后有余忘缩手[①]，眼前无路想回头[②]。

【注解】

①身后有余：所聚之财在自己死后已足够养家了。

②回头：改悔以前所为。

【背景】

贾雨村中举升官，接着就因贪酷徇私被革职，在林如海家暂充家塾教师。一日外出郊游，见一座破庙宇，额题为“智通寺”，门旁是这副破旧的对联。

【赏析】

这副对联是对日趋僵化的封建社会制度的极佳写照，是对那些在名利场中贪求无度之人的一种讥刺和棒喝，也是对全书情节线索的高度概括。

寺名所谓“智通”，大概是说这副对联中所说的人生道理只有“智者”才能通悟，此处也是语含讥讽。因为一般人的本性都是趋于贪得无厌的，不到万不得已是绝不会自动“缩手”的，直至“一败涂地”，这并不关乎“智”与不“智”。至于“回头”，那也是被逼到走投无路之后对现实的逃避，是用自欺欺人的办法作精神麻醉罢了，当然更不能说明此人真的“通”了。

这副联语，贾雨村以为它“文虽浅近，其意则深”，这点他是深

有感悟的，因为他自己就是“忘缩手”才被革职的。书中说他当知府期间“未免有贪酷之弊”，虽没说出具体情节，但从他后来“乱判葫芦案”一事来推断，肯定也是见钱眼开，而且心狠手辣，干了些不可告人的勾当。贾雨村在官场中已经翻了一个小筋斗，作者以他的经历写出这副对联，就显得更有意思了。然而他这种人是不会从中受到启示而“回头”的。书中这样的人并不少，如贾赦、贾琏、王熙凤之类，在他们得势时恨不得把一切能到手的东西都据为己有，直到弄得家败人亡才不得不罢休。

破寺老僧的荒凉景象是作者特意布局的，作者用这样倒折逆挽的笔法，把全书的走向预先象征性地勾画几笔，暗示了小说所具体描写的贾府衰败的结局。由此也可看出，《红楼梦》确是精心之作，随便一副对联都能赋予它一种耐人寻味的深意，勾连到全书的主题。

荣禧堂联语（第三回）

【原文】

座上珠玑昭日月①，堂前黼黻焕烟霞②。

【注解】

①珠玑：珠宝，珠玉。比喻美好的诗文绘画等。

②黼黻（fǔ fú）：泛指礼服、家具等上所绣的华美花纹。

【背景】

大厅之后仪门内大院落，上面五间大正房，两边厢房，鹿顶耳门钻山，四通八达，轩昂壮丽，比各处不同。黛玉便知这方是正内室。进入堂屋，抬头迎面先见一个赤金九龙青地大匾，匾上写着斗大三个字是“荣禧堂”，后有一行小字“某年月日书赐荣国公贾源”，又有“万几宸翰”之宝。大紫檀雕螭案上设着三尺多高青绿古铜鼎，悬着待漏随朝墨龙大画，一边是錾金彝，一边是玻璃盆。地下两溜十六张楠木圈椅。又有一副对联，乃是乌木联牌镶着錾金字迹。

【赏析】

这是荣国府正堂中所挂的乌木联牌上用錾金字镶出来的对联，题明是东安郡王的手书，为林黛玉初入贾府时所见。

这一联是荣禧堂环境描写的细节部分，和室内外其他装潢摆设一样，都可以看出这个历时百年的“钟鸣鼎食”之家，完全是依仗着皇家官府势力的荫庇扶持，才享有如此显赫荣耀的社会地位的。这一点特地安排从前来投靠贾家的孤女林黛玉眼中看出来，作者是有用意的。

“座上珠玑昭日月”，意思是说：座中人所佩饰的珠玉，光彩可与日月争辉，这是形容荣府的豪华。另外，“珠玑”常用来比喻美好的诗文绘画等，所以此处又兼赞贾家的文采风流。

“堂前黼黻焕烟霞”，意思是说：堂上人所穿着的官服，色泽犹如云霞绚烂。这是形容荣府的显贵。

这种地方的对联，本身就要求庄严典雅，颂扬富贵气象，以显示自身的身份地位。荣禧堂是荣国府的中心建筑，“荣禧堂”斗大的三个大字是皇帝亲笔书赐荣国公贾源的，下面是皇帝的印章“万几宸翰”之宝，这在当时社会是至高无上的荣耀了。第七回书里，尤氏说焦大“从死人堆里把太爷背出来，得了命”，可见贾家的先人着实为皇帝家卖过命，立过大功，所以才被封为“国公”高位。对联下面还

有一行小字"同乡世教弟勋袭东安郡王穆莳拜手书"，王爷给题对联，还要谦称为"弟"，可以想见贾家当年的势力是多么的煊赫。

西江月·嘲贾宝玉二首[①]（第三回）

【原文】

其一

无故寻愁觅恨，有时似傻如狂。
纵然生得好皮囊[②]，腹内原来草莽[③]。
潦倒不通世务[④]，愚顽怕读文章。
行为偏僻性乖张[⑤]，那管世人诽谤！

其二

富贵不知乐业[⑥]，贫穷难耐凄凉。
可怜辜负好时光，于国于家无望。
天下无能第一，古今不肖无双[⑦]。
寄言纨绔与膏粱[⑧]，莫效此儿形状[⑨]！

【注解】

①西江月：词牌名，原唐教坊曲，用作词调。又名《白苹香》、《步虚词》、《晚香时候》、《玉炉三涧雪》、《江月令》。调名源于李白《苏台览古》"只今唯有西江月，曾照吴王宫里人"诗句。

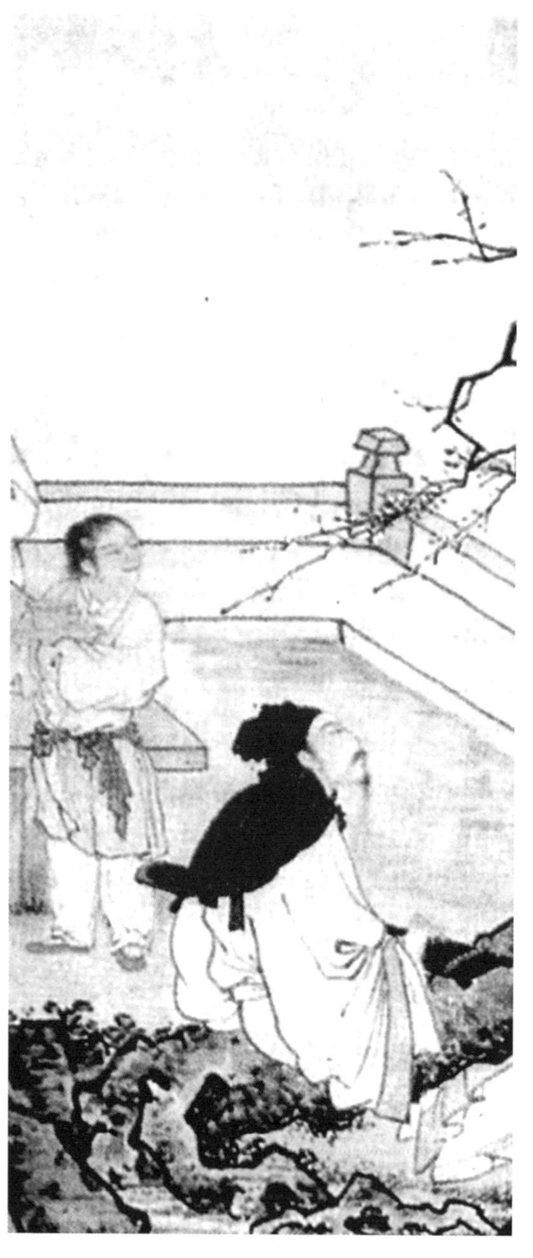

②皮囊：外表，长相。佛家称人的躯壳为臭皮囊。

③草莽：杂草，无用之物。此句意思是指肚子里没有儒家那套仕途经济学问。

④潦倒：困顿。世务：社会的一套人情世故。

⑤偏僻：行为不端正而偏激。乖张：性情古怪。

⑥乐业：对家业感到满意。

⑦不肖：不才，不贤，品行不好，没出息。

⑧寄言：告诉。纨绔（wán kù）：细绢裤，指代富贵人家子弟。

⑨效：效法，模仿。形状：样子。

【背景】

一回再来时，已换了冠带，头上周围一转的短发都结成小辫，红丝结束，共攒至顶中胎发，总编一根大辫，黑亮如漆，从顶至梢，一串四颗大珠，用金八宝坠脚。身上穿着银红撒花半旧大袄，仍旧带着项圈、宝玉、寄名锁、护身符等物，下面半露松绿撒花绫裤，锦边弹墨袜，厚底大红鞋。越显得面如傅粉，唇若施脂，转盼

多情，语言若笑。天然一段风韵，全在眉梢；平生万种情思，悉堆眼角。看其外貌最是极好，却难知其底细，后人有《西江月》二词，批得极确。

【赏析】

这是《红楼梦》中出现的第一首词。虽是以“嘲”作文章，但其本意却是外贬内褒，正话反说。

从两首词来看，字面上句句是对宝玉的嘲笑和否定，实质上句句是对他的赞美和褒扬。从封建阶级伦理道德标准衡量，宝玉是个被否定的人物；可是从作者的人生观和社会观来看，他却是个和那些“国贼禄鬼”完全相反的、保持着人类善良天性的真正的人。两首词句句都是反话，通过这两首词，作者用反面文章把贾宝玉作为一个封建叛逆者的思想、性格概括地揭示了出来。词里说贾宝玉是“草莽”、“愚顽”、“偏僻”、“乖张”、“无能”、“不肖”等，说宝玉言行违背社会伦理，不合中庸之道，看来似嘲，其实是赞，因为这些都是借封建统治阶级的眼光来看的。

在曹雪芹的时代，经宋代朱熹集注过的儒家政治教科书《四书》，早已被封建统治者奉为经典，具有无上的权威性。贾宝玉上学时，贾政就吩咐过“只是先把《四书》一气讲明背熟，是最要紧的”。然而贾宝玉对这些“最要紧的东西”偏偏“怕读”，以至“大半夹生”，“断不能背”。这当然要被封建统治阶级视为“草莽”、“愚顽”、“无能”、“不肖”了。但贾宝玉对《西厢记》、《牡丹亭》之类理学先生所最反对读的书却爱如珍宝；他给大观园题额，为芙蓉女儿写诔文，也显得很有才情。在警幻仙姑的眼中，贾宝玉是“天分高明，性情颖慧”。可见，所处的角度不同，评价一个人的标准也不一样。

贾宝玉厌恶封建知识分子的仕宦道路，尖刻地讽刺那些热衷功名的人是“沽名钓誉之徒”、“国贼禄鬼之流”；他一反“男尊女卑”的封建道德观念，说：“女儿是水做的骨肉，男子是泥做的骨肉。我见了女儿便清爽，见了男子便觉浊臭逼人！”他嘲笑道学所鼓吹的“文死谏、武死战”的所谓“大丈夫名节”是“胡闹”，是“沽名钓誉”。贾宝玉这些被封建统治阶级视为“偏僻”、“乖张”、“大逆不道”的言行，无不表现了他对封建统治阶级的精神支柱——孔孟之道的大胆挑战与批判。而“那管世人诽谤”，正表现了他那种不苟且、不随俗、独立不迁的个性，更是对他那种傲岸倔强的叛逆性格的颂扬。

这样一个“无能第一”、“不肖无双”、“于国于家无望”的人，自然难入封建统治阶级的法眼，于是他就成了贵族之家的“纨绔与膏粱”的反面教材——“莫效此儿形状”。

虽然我们今天看来，贾宝玉的叛逆思想在当时是进步的，但他毕竟是一个生长在封建贵族家庭里的“富贵闲人”。他厌恶封建统治阶级的人情世故，不追求功名利禄，却过惯了锦衣玉食的剥削阶级生活。所以，一旦富贵云散，家道败落，也是必然“贫穷难耐凄凉”的。

【链接】

《红楼梦》主要人物性格分析之贾宝玉

传说女娲炼石补天之时，单留下一块未用，弃在青埂峰下。该石自经锻炼之后，通了灵性，可大可小。一僧一道见后，便在石上镌上“莫失莫忘，仙寿恒昌”几个字，投它入世，成为贾政与王夫人的次子——贾宝玉。贾宝玉的种种叛逆思想，被封建正统人物视作“草莽”、“不肖”。他和林黛玉真心相爱，互为知己，但在贾母等人的安排下，被迫娶薛宝钗为妻。但终因双方思想不同，且无法忘怀精神上的伴侣林黛玉，婚后不久，宝玉就出家当和尚去了。

赞林黛玉（第三回）

【原文】

两弯似蹙非蹙罥烟眉[①]，一双似泣非泣含露目。

态生两靥之愁[②]，娇袭一身之病[③]。

泪光点点，娇喘微微。

闲静似娇花照水，行动如弱柳扶风。

心较比干多一窍[④]，病如西子胜三分[⑤]。

【注解】

①罥（juàn）烟眉：形容眉色好看，像一缕轻烟。罥，挂。

②此句意为：两颊的酒窝露出些许哀愁。靥（yè）：脸颊上的微涡。

③此句意为：体弱多病，因而增添娇妍。袭：继，由……而生。

④比干：商代贵族，纣王的诸父，官为少师，因强谏触怒纣王而被处死。《史记·殷本纪》：“（比干）乃强谏纣。纣怒曰：‘吾闻圣人心有七窍。’剖比干观其心。”此句是说黛玉聪明过比干。

⑤西子：即西施，春秋时越国的美女。越王勾践为复国雪耻，将她训练三年后献给好色的吴王夫差，以乱其政。相传西施心痛时“捧心而颦（皱眉）”，更显娇柔之美。此句是说多病的黛玉美丽更胜西施。

【背景】

这段赞文见于宝、黛初次会面时。宝玉早已看见了一个袅袅婷婷的女儿，便料定是林姑妈之女，忙来见礼。归了坐细看时，真是与众

各别。

【赏析】

林黛玉是《红楼梦》中的第一女主角，今天，“林妹妹”已经成了体弱多病、多愁善感、聪明伶俐、美貌过人的代名词。

林黛玉多愁善感，体弱多病，这既与她身世孤单，精神上受环境的压抑有关，也反映了她那贵族小姐本身的脆弱性。

这首诗，描写了林黛玉的病态美与其聪明过人的形象，使读者对于她的身世与处境给予了同情与爱怜。赞文中以她弱不禁风的娇态为美，说明了美感是有阶级性的。今天的人们虽然可以理解和同情处在当时具体历史环境下的林黛玉，喜欢她的纯真聪明，却未必欣赏这种封建贵族阶级的病态美。而且，她的高傲与矜持，也让许多人对她颇有微词。

【链接】

《红楼梦》主要人物性格分析之林黛玉

金陵十二钗之冠（与宝钗并列）。林如海与贾敏之女，宝玉的姑表妹，寄居荣国府。她生性孤傲，多愁善感，才思敏捷。她与宝玉真心相爱，是宝玉反抗封建礼教的同盟，是自由恋爱的坚定追求者。因父母先后去世，外祖母怜其孤独，接来荣国府抚养。虽然她是寄人篱下的孤儿，但生性孤傲，天真率直，和宝玉同为封建的叛逆者，从不劝宝玉走封建的仕宦道路。她蔑视功名权贵，当贾宝玉把北静王所赠

的圣上所赐的名贵念珠一串送给她时，她却说：“什么臭男人拿过的，我不要这东西!”她和宝玉有着共同理想和志趣，真心相爱，但这一爱情被贾母等人残忍地扼杀了，林黛玉泪尽而逝。

捐躯报国恩（第四回）

【原文】

捐躯报国恩①，未报身犹在。

眼底物多情②，君恩或可待。

【注解】

①捐躯：为国献身。

②物多情：指风物多情。比喻机会不错。

【背景】

这是第四回正文开头的回头诗，见于乾隆抄本百二十回《红楼梦稿》及列藏本，当是曹雪芹所作。此诗不但程高本没有，也未见诸其他脂评本，故也有人疑其为评诗。吴世昌主张它是原有的，认为“也许是因为它讽刺太辛辣而被删去。原诗讥贾雨村，但可作为一般封建官僚的写照”。同时，他还认为这也可以证明，“大体上没有脂评的《红楼梦稿》所据的底本是‘脂本系统’中最早的抄本之一，而且还保存了雪芹旧稿的一些痕迹，实在应该算作脂本中一个极重要的正文本，是研究《红楼梦》成书过程的重要资料”。

【赏析】

“捐躯报国恩，未报身犹在”，诗的前两句模仿贾雨村所言，讥刺贾雨村的奸猾假态，这也是当时一些为官者常挂在口头的冠冕堂皇的话。在处理“葫芦案”中，贾雨村曾虚伪地对门子说：“你说的何尝不是。但事关人命，蒙皇上隆恩，起复委用，实是重生再造，正当殚心竭力图报之时，岂可因私而废法？是我实不能忍为者。”

“眼底物多情，君恩或可待”，诗的后两句申述为什么贾雨村没有“捐躯报国”的理由：因为眼前风物多情。也就是说功名利禄对自己的诱惑力很大，机会很不错，所以才徇私枉法，胡乱判案，想借此讨好贾府和京营节度使王子腾，凭他们之力等待君恩加身，可以爬得更高。短短的四句诗，便将贾雨村的虚伪面目揭露无遗。

护官符（第四回）

【原文】

贾不假，白玉为堂金作马。
阿房宫，三百里，住不下金陵一个史①。
东海缺少白玉床，龙王来请金陵王。
丰年好大雪②，珍珠如土金如铁。

【注解】

①阿房宫：秦时营造的宫殿，规模极为宏大。金陵：今南京。

②雪：同“薛”。

【背景】

雨村道：“方才何故不令发签？”门子道：“老爷荣任到此，难道就没抄一张本省的护官符来不成？”雨村忙问：“何为护官符？”门子道：“如今凡作地方官的，都有一个私单，上面写的是本省最有权势极富贵的大乡绅名姓，各省皆然。倘若不知，一时触犯了这样的人家，不但官爵，只怕连性命也难保呢！所以叫作护官符。方才所说的这薛家，老爷如何惹得他！他这件官司并无难断之处，从前的官府都因碍着情分脸面，所以如此。”一面说，一面从顺袋（古代一种挂在腰带上盛放物品的小袋）中取出一张抄的“护官符”来，递与雨村看时，上面皆是本地大族名宦之家的俗谚口碑。并提醒雨村：金陵城这四大家族“皆连络有亲，一损皆损，一荣皆荣，扶持遮饰，俱有照应的”，薛蟠就是“丰年好大雪”的薛家的公子，不可莽撞。

【赏析】

薛蟠强抢民女，打死了人。贾雨村从一张“护官符”中得知事关四大家族，便徇情枉法，乱判此案。“护官符”是从“护身符”一词化出的新名词，可能是某个愤恨官场黑暗现状的人私下所说的讥语，被曹雪芹闻知后大胆写入作品，或者就是作者自己的创造。

“贾不假，白玉为堂金作马”，是形容贾家的富贵豪奢。“阿房宫，三百里，住不下金陵一个史”，是形容史家的显赫。“东海缺少白玉床，龙王来请金陵王”，此处借龙王求请，极言王家的豪富。“丰年好大雪，珍珠如土金如铁”，是形容薛家的富足。

《红楼梦》在展开描写以贾家为中心的贾、史、王、薛四大家族之前，先拿出一张“护官符”给读者看，让人们对他们的权势和富贵先有个笼统的认识。因为是老百姓的口头创作，当然要极度夸张。它流露出的情绪，不是对他们的富贵和权势的艳羡，而是对他们官官相

护、横行不法的咒骂。冯渊是个小乡宦的儿子，薛蟠为了争买一个丫头，将其活活打死，竟然没事人一般进京走了。把人命官司视为儿戏，“自为花上几个臭钱，没有不了的”。果然，冯家的仆人告了一年状，竟没有一个为官的为其做主。老谋深算的贾雨村当然也知道个中利害，连欺带压，胡乱判决了此案，保全了薛蟠，向贾家送了个“整人情”，最后写了封“令甥之事已完，不必多虑”的信，就算完事。

为什么薛蟠打死一个小乡宦之子冯渊，抢走那个被拐卖的丫头，这一件“并无难断之处”的人命官司拖了一年之久，“竟无人作主”？为什么贾雨村出尔反尔，任凭英莲落入火坑而置之不理？所有这些问题，都可以从这张四大家族权势和豪富的“护官符”中找到答案。正是这张直接揭露封建政治的腐败和整个社会的黑暗与残酷的“护官符”，向读者揭示了锦衣玉食的宁荣二府、脂浓粉香的大观园，原来只是吞噬无数被压迫、被剥削人民的血汗和生命的罪恶渊薮。

贾、史、王、薛四大家族除了有钱有势之外，还互相联姻，关系密切，“一荣俱荣，一损俱损”，这就使得四大家族成了畅通无阻的“护官符”。

春困葳蕤拥绣衾（第五回）

【原文】

春困葳蕤拥绣衾[①]，恍随仙子别红尘。

问谁幻入华胥境[②]，千古风流造孽人。

【注解】

①葳蕤（wēi ruí）：花草茂密下垂的样子，引申为委顿不振。绣衾（qīn）：绣花被。

②华胥境：即仙境。华胥是神话传说人物庖牺氏的母亲，她遇异迹而孕，生了庖牺。

【背景】

此诗见于戚序本、蒙府本、梦稿本第五回正文的开头，有"题曰"字样，当是曹雪芹为贾宝玉梦游太虚幻境所作的标题诗。

【赏析】

这首诗是为贾宝玉梦游太虚幻境而作，是全书的一个重要章节。

作者写宝玉梦游幻境，除了通过他翻看《金陵十二钗册子》和听唱《红楼梦曲》，预示群芳各自命运外，就是讲他领受警幻所训男女之事。

在这里，作者要告诉我们的只是宝玉已跨过少年在性方面懵懂无知的阶段，而步入性成熟的青春期了，并没有其他诸如贾宝玉与秦可卿之间风流债的暗示。秦可卿本就是个风流种子，而宝玉随着年龄增长，从而对一个与他十分亲近的温柔且具有诱惑力的成熟女性产生爱慕和性冲动，也是十分自然的。为此，作者特地安排他在最软甜温香、能令他想入非非的环境中拥衾入梦，让他在好梦中完成这一生理变化，设想是十分周密的，情理上也是可信的。

文中仙姑警幻指给宝玉可与之“成姻”的仙姬，既有“鲜艳妩媚，有似乎宝钗”者，也有“风流袅娜，则又如黛玉”者，最后却偏偏与“乳名兼美，字可卿”者成就好事，可见原来梦境就是宝玉平时对这几个女性的潜意识的反映。小说本有“情孽”之说，则秦氏作为促使宝玉性意识觉醒的启蒙者，自然可说她宠爱并纵容宝玉在自己的闺房卧榻上睡午觉，致使宝玉从此开启情窦、招至无尽的烦恼是“造孽”了。秦氏本“擅风情”，还与其公公有染，对宝玉的态度，可能在某种程度上带有诱惑成分，但也不必太往深处追究。

宁国府上房内联语（第五回）

【原文】

世事洞明皆学问①，人情练达即文章②。

【注解】

①洞明：洞察明了。

②练达：老练通达。

【背景】

贾宝玉随贾母等至宁府赏梅，倦怠欲睡中觉，侄媳秦可卿先领他到上房内间，宝玉见室中挂着一幅《燃藜图》，“心中便有些不快”，又见了这一副对联，“纵然室宇精美，铺陈华丽，亦断断不肯在这里了”。

【赏析】

这副对联的意思是说：把人情世故弄懂就是大学问，有一套应酬的本领也是好文章。

《燃藜图》画的是西汉时期学者刘向的故事。刘向夜间在天禄阁校对古书，有个穿黄衣服的老者进来，见刘向在暗中读书，就把拐杖的一端吹燃，有了光线刘向才同老者见面。老者教给刘向很多学问，天明才走，自称是太乙之精（神仙）。

《燃藜图》再配上这副联语，是封建阶级陈腐的说教。《燃藜图》启示人们要像刘向那样寒窗苦读，准备求取功名的资本。这副对联也是劝导子弟们去熟悉社会上的各种事态，以便做官，建功立业；同时教育子弟通晓人情世故，以便应酬好上下左右的关系，在社会（其实就是指官场）上立足。

贾宝玉这个封建阶级的“逆子”，却是最讨厌这一套的。他不愿读所谓“治理”之书，无志去“修身齐家治国平天下”，所以一遇到这类说教或暗示，就受不了。因此，宝玉一见此联，连叫：“快出去！快出去！”环境特点和人物思想性格两方面都写得十分鲜明突出。第三十二回中湘云曾劝他“会会为官做宰的人们，谈谈讲讲些仕途经济的学问，也好应酬事务，日后也有个朋友”，他当时就拿下脸来赶她走，并讥刺她：“我这里仔细污了你知经济学问的。”宝钗用同类话劝他，他也立即给她以难堪。贾政教训他时，他也同样反感，只是不敢流露而已。难怪他一见此图此联，不仅“心中便有些不快”，而且“断断不肯在这里了”。

秦可卿卧室联语（第五回）

【原文】

嫩寒锁梦因春冷①，花气笼人是酒香②。

【注解】

①嫩寒：轻寒，微寒。锁梦：不成梦，睡不着觉。春冷：比喻青春孤单寂寥。

②此句意为：人被酒和花的香气所吸引。笼人：诸本多误作“袭人”，应由“花气袭人”致误。笼，笼罩。

【背景】

说着大家来至秦氏卧房。刚至房中，便有一股细细的甜香。宝玉此时便觉眼饧（xíng）（眼睛半睁半闭）骨软，连说："好香！"入房向壁上看时，有唐伯虎画的《海棠春睡图》，两边有宋学士秦太虚写的一副对联。宝玉一下子高兴起来，连叫"这里好！"就在这里沉酣入睡，并作了一个极其离奇荒唐的梦。

【赏析】

这一联是宝玉到秦氏房中所见，对联在明代画家唐伯虎画的《海棠春睡图》的两旁。秦太虚，即秦观（1049—1100），北宋词人，字少游，一字太虚，号淮海居士，高邮（今属江苏）人，曾任太学博士及国史院编修官，是"苏门四学士"之一。他的诗词多写男女情爱，风格纤弱靡丽。但是，小说中的这副对联并非出自他手，只是小说作者的拟作。

作者此处写一联一画，与房内其他种种摆设器物一样，全用假托，都是历史上有名的"香艳故事"。

秦可卿的卧室是个青春少妇的卧室，其摆设、色调、气息，处处都同普通卧室不同。书中说宝玉当时已十三岁，正是青春萌动期的开始，这个卧室的一切都仿佛对他是一种朦胧的启示。作者在这里凭空杜撰了许多摆设，什么武则天的宝镜，赵飞燕的金盘，掷伤杨贵妃乳房的木瓜，寿昌公主（刘宋时人）的卧榻，同昌公主（唐代人）的珠帐，等等。上述这些人都是风流女性，其含意不言自明。唐伯虎的画和秦少游的对联，也是作者根据需要杜撰的。从这些暗示看，秦可卿不像是个能恪守贞操的女子。《金陵十二钗》正册判词说她"情既相逢必主淫"，曲演《红楼梦》里说她"擅风情、秉月貌，便是败家的根本"，都说明秦可卿在宁国府这个大染缸里已经掉入"泥沼"中了。

有人根据宝玉在梦中同秦可卿结为夫妇以及可卿吩咐丫鬟"好生

看着猫儿狗儿打架”等情节，认为作者在这里暗写了可卿引诱宝玉同她发生了暧昧关系。是否如此，笔者难下断语，读者可从书中情节自己去推断。

【链接】

《红楼梦》主要人物性格分析之秦可卿

金陵十二钗之十二，宁国府贾蓉之妻。她是营缮司郎中秦邦业从养生堂抱养的女儿，小名可儿，大名兼美。她长得袅娜纤巧，性格风流，行事又温柔和平，深得贾母等人的欢心。但公公贾珍与她关系暧昧，致使其年轻早夭。

春梦歌（第五回）

【原文】

春梦随云散①，飞花逐水流②；
寄言众儿女③：何必觅闲愁④？

【注解】

①春梦：比喻欢乐短暂。

②飞花：比喻青春易逝。

③寄言：留言告诫的意思。

④闲愁：多余的烦恼，无谓的痛苦。

【背景】

那宝玉才合上眼，便恍恍惚惚地睡去，犹似秦氏在前，悠悠荡荡，跟着秦氏到了一处。但见朱栏玉砌，绿树清溪，真是人迹不逢，飞尘罕到。宝玉在梦中欢喜，想道："这个地方儿有趣，我若能在这里过一生，强如天天被父母师傅管束呢！"正在胡思乱想，听见山后有人（即警幻仙姑）唱出了这首歌辞。

【赏析】

这首歌辞以虚无观念对男女间爱情进行了否定。佛教观念认为，人的一切苦恼都起源于情欲，要摆脱烦恼就要斩断一切情思，包括爱的情欲。警幻仙子让宝玉听见这首歌，就是要启发他尽早"醒悟"，不要陷入情爱的纠葛中不能自拔。宝玉当然不会这么容易"醒悟"，如果他在这时就"醒悟"过来出家当了和尚，那么这部《红楼梦》的故事也就没有了。

对于作者所说的所谓的"儿女闲愁"，既有封建礼教所造成的青年男女的不幸，也有封建阶级本身糜烂生活所带来的恶果。作者虽然对具体的人和事表现了不同的爱憎倾向，但终究不能从本质上对此加以分析区别，因而也不知道如何才能真正解决这些矛盾，以致只能劝人采取消极的处世态度，并对现实发出“繁华易散”、“乐极生悲”等无可奈何的叹息。

同书中的其他诗词一样，这首歌当然也并非作者信笔而作。在这里，作者借仙子的唱词对将来大观园众儿女烟消云散、花飞水逝的命运先作预言，在艺术上具有总摄全书情节的作用。

警幻仙子赋（第五回）

【原文】

方离柳坞[①]，乍出花房[②]。

但行处，鸟惊庭树[③]；将到时，影度回廊[④]。

仙袂乍飘兮，闻麝兰之馥郁[⑤]；荷衣欲动兮，听环佩之铿锵[⑥]。

靥笑春桃兮，云堆翠髻[⑦]；唇绽樱颗兮，榴齿含香[⑧]。

纤腰之楚楚兮，回风舞雪[⑨]；珠翠之辉辉兮，满额鹅黄[⑩]。

【注解】

①柳坞（wù）：柳树成林如屏障。坞，小障蔽物，防卫用的小堡，水边建筑的停船或修造船只的地方，地势周围高中间凹的地方。

②乍：初。

③此句形容仙姑容貌美丽。

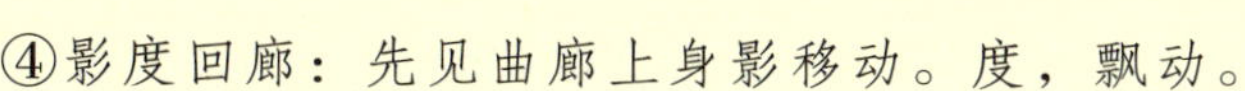
④影度回廊：先见曲廊上身影移动。度，飘动。

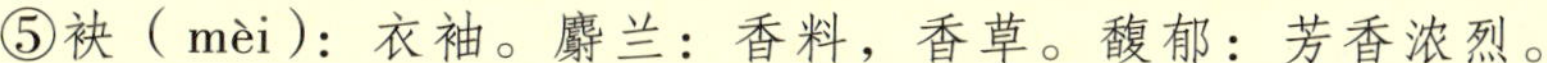
⑤袂（mèi）：衣袖。麝兰：香料，香草。馥郁：芳香浓烈。

⑥荷衣：用荷花制成的衣服，相传为神仙所穿。环佩：古人身上的佩玉。铿锵：形容叮叮相碰之声。

⑦靥（yè）笑春桃：脸上笑靥艳如桃花。云堆翠髻：乌黑的发髻如云隆起。云髻，古代女子一种梳得很高的发式。堆，隆起。

⑧唇绽樱颗：嘴唇好像樱桃绽裂。榴齿：形容齿如石榴颗粒。

⑨楚楚：原指鲜明的样子，引申为好看。回风舞雪：形容身姿轻盈。

⑩辉辉：光耀貌。满额鹅黄：六朝时，妇女于额间涂黄色为饰，称额黄，到唐代还保持着这种妆饰。

【原文】

出没花间兮，宜嗔宜喜[①]；徘徊池上兮，若飞若扬[②]。

蛾眉颦笑兮，将言而未语[③]；莲步乍移兮，待止而欲行[④]。

羡彼之良质兮，冰清玉润[⑤]；慕彼之华服兮，闪灼文章[⑥]。

爱彼之貌容兮，香培玉琢[⑦]；美彼之态度兮，凤翥龙翔[⑧]。

其素若何？春梅绽雪[⑨]；其洁若何？秋菊被霜[⑩]。

【注解】

①宜嗔（chēn）宜喜：意思是无论生气还是高兴，都是很美的。嗔，生气。

②若飞若扬：形容衣裙飘飘好像要随风飞去。

③此两句意为：笑恼之情见于眉目之间，一种欲言又止的样子。颦（pín）：皱眉头。

④此两句形容仙子行步难察形迹。莲步：旧时称美人纤足行步。

⑤良质：美好的品质。冰清玉润：像冰一样晶莹，如玉一般润泽。

比喻人的品格高洁。

⑥闪灼：鲜明，绚烂。文章：花纹。

⑦香培玉琢：好像用香料造就，美玉雕成。

⑧凤翥（zhù）龙翔：龙飞凤舞，形容风采姿态的高超。翥，鸟飞。

⑨素：素雅。绽雪：在雪中开放。

⑩被霜：覆盖着霜。

【原文】

其静若何[1]？松生空谷；其艳若何？霞映澄塘[2]。

其文若何？龙游曲沼[3]；其神若何[4]？月射寒江。

应惭西子，实愧王嫱[5]。

奇矣哉！生于孰地[6]，来自何方？

信矣乎！瑶池不二，紫府无双[7]。

果何人哉？如斯之美也[8]。

【注解】

①静：稳重，端庄。

②澄塘：清澈的池塘。

③文：文采。龙游曲沼：传说龙耀五彩，所以以游龙为喻。曲沼：曲折迂回的池塘。

④神：神采。

⑤此两句意为：容貌美丽，应是西施、王嫱也自愧不如。王嫱：即王昭君，古代四大美女之一。

⑥孰：哪里，什么。

⑦此三句意思是说：真的呀！在瑶池和紫府中都没有第二个人比她更美的了。信：真。瑶池：神话中的仙境，西王母所住的地方。紫

府：神话中仙人居住的宫殿。

⑧如斯：如此。

【背景】

宝玉听了，是个女孩儿的声气。歌音未息，早见那边走出一个美人来，蹁跹袅娜，与凡人大不相同，有赋为证。这篇赋就是描写贾宝玉梦中所遇见的警幻仙姑的风姿容貌的。

【赏析】

赋是一种文章体裁，形成于汉代，其特点是讲求文采韵律。极尽夸张渲染；流弊是堆砌辞藻，有时令人生厌。脂批说："按此书凡例，本无赞赋闲文；前有宝玉二词，仅复见此一赋，何也？盖此二人乃通部大纲，不得不用套。前词却是作者别有深意，故见其妙；此赋则不见长，然变不可无者也。"

旧小说惯用的手法是，在一个重要人物出场时，为引起读者的兴味先来上一大套赞美辞。曹雪芹为迎合当时读者的习惯，也写了这么一篇赋，写的是宝玉眼中的警幻仙姑的形象。赋这种体裁的文章，只能这样写，反反复复地铺陈，不厌其烦地比喻，没完没了地赞叹，一大篇文字也只说了一个"美"

字。警幻仙子的形象完全是出于虚构的，只因为小说要有太虚幻境的情节，才要虚构出这样一个仙子来。所以，她的形象并不是也没有必要写得全个性化。同时，既写了仙子，就得把她的美貌铺张渲染一番，以显得合理相称，因而也就不得不借用一般小说所惯用的套头。

这首赋从曹植的《洛神赋》中取意的地方甚多。如“云堆翠髻”、“回风舞雪”、“若飞若扬”、“将言而未言”、“待止而欲行”等等，即曹植所写“云髻峨峨”、“飘飘兮若流风之回雪”、“若将飞而未翔”、“含辞未吐”、“动无常则，若危若安；进止难期，若往若还”，等等。显然，作者是有意使人联想到曹植梦宓妃之事，所以作了这样的模拟。

从这篇赋可以窥见作者多方面的才华，但赋本身并无深意，只是为了配合太虚幻境的意境。因其内容同全书思想没有什么必然的联系，所以读者对此赋本身也可以不必特别重视。虽然如此，警幻仙子在全书中的作用却不容忽视。

孽海情天联语[①]（第五回）

【原文】

厚地高天[②]，堪叹古今情不尽，

痴男怨女，可怜风月债难偿[③]。

【注解】

①孽海情天：喻人们沉沦于罪恶之中陷入不能自拔的境地。佛教

把情欲说成是罪恶苦难的根源，即所谓“情孽”。

②厚地高天：比喻天地虽宽广，人却受禁锢不能自在。

③风月债：风月本指美好景色，引申为男女情事，以欠债还债为喻，是受宿命论的影响。

【背景】

宝玉梦随仙姑到一处，先见“太虚幻境”的石牌和对联，接着在宫门上看到“孽海情天”四个大字和这副对联。再入内到配殿，则是“薄命司”的对联。

【赏析】

这副联语写在“太虚幻境”的宫门之上，横批是“孽海情天”。

佛教把罪恶的根源称为“孽”，并认为男女情爱也是一种罪恶的根源；世上俗人都陷入情爱纠葛带来的无尽烦恼中，所以称之为“孽海情天”，作者借此说“古今情不尽”、“风月债难偿”。

《红楼梦》写了荣府内外大大小小无数矛盾纠葛，男女间正当和不正当的关系也是其中的一部分。这副对联从虚无观念出发，不分美丑，对之一概否定，表现了作者一股愤激和悲观的情绪。警幻仙姑的“警幻”二字本意是警告人们从梦幻中醒来之意。她领宝玉看见这副对联，是要用它来告诫宝玉。但宝玉当时毕竟还是一个孩子，看了似懂非懂，想道：“原来如此。但不知何为‘古今之情’，何为‘风月之债’？从今倒要领略领略。”结果，不但没能使他“觉悟”，反倒引发了他的好奇心，触发了他性意识的觉醒。所以说，“古今情不尽”，“风月债难偿”，一般人是很难从中警醒的。

薄命司联语（第五回）

【原文】

春恨秋悲皆自惹[1]，花容月貌为谁妍[2]？

【注解】

①春恨秋悲：比喻在春花零落、秋风秋雨之际容易触景生情，引起身世遭遇的悲愁。

②花容月貌：比喻女子容貌美丽。妍：美。

【背景】

宝玉在太虚幻境的内殿看到许多匾额对联，其中写有"痴情司"、"结怨司"、"朝啼司"、"夜哭司"、"春感司"、"秋悲司"。仙姑告诉他说："此各司中皆贮的是普天下所有的女子过去未来的簿册。"然后，一道至"薄命司"，匾额两边写着这副对联。

【赏析】

所谓"太虚幻境"，完全是作者依据表述某种思想意图的需要而凭空虚拟的。梦里的故事当然是假的，但作者借此表现的思想却不是游戏文章，而是融入了很深的含义，特别是十二钗的判词及《红楼梦》曲，更是全书的纲领，需要仔细领会。甚至可以说，读不懂第五回，就没法完全读懂《红楼梦》。

"薄命司"，当是取"红颜薄命"之意。司，就是官署，是办理某一部门工作的机构。小说中先前虚陪的"痴情司"、"结怨司"、"朝啼司”、“夜哭司”、“春感司”、“秋悲司”六个司，从司名看其实也是小说所写的“薄命”的各种类型。这样安排，是为了表明书中女子的不幸命运，在封建宗法制度下是相当普遍的。另外，大观园所有女子的“生死簿”，即《金陵十二钗正册》、《金陵十二钗副册》、《金陵十二钗又副册》都藏在这里，这就预示着她们无论地位高低、品质优劣、才智大小、容颜美丑，一概都没有好命运。这副对联就是对这些女子坎坷命运的叹息。

如果我们再仔细地研究一下曹雪芹对全书原来的构思，就会发现这些对联也与本回中诸判词、曲子一样具有隐示人物未来命运的意思，并非泛泛地劝人净心寡欲以求能超度“孽海”。

这副对联隐示的对象主要是小说的中心情节——宝、黛悲剧。从现在所见后四十回续书情节来看，黛玉是死于被贾母等人所弃，让宝玉娶了宝钗，这似乎与“春恨秋悲皆自惹”扯不上什么关系。但是，许多线索都可以证明，作者原来的构思并非如此。按曹雪芹的原意，黛玉应是因为宝玉的获罪受苦而忧愤悲痛致死的。所谓“偿风月之债”，主要也指“眼泪还债”，而“眼泪还债”的正确含义，应是说黛玉流尽了最后的泪水，以报答知己相知相爱的恩惠，而不是如续书所写的因怨恨知己的薄幸泪尽而亡。

金陵十二钗又副册判词·霁月难逢（第五回）

【原文】

霁月难逢，彩云易散①。

心比天高，身为下贱。

风流灵巧招人怨。

寿夭多因诽谤生②，多情公子空牵念③。

【注解】

①霁（jì）月：明月，比喻开阔的胸襟和心地。雨后新晴叫霁，寓“晴”字。彩云：比喻美好。云呈彩叫雯，寓“雯”字。

②寿夭：短命夭折。晴雯被迫害而死时仅16岁。

③多情公子：指贾宝玉。

【背景】

宝玉一心只拣自己家乡的封条看，只见那边橱上封条大书“金陵十二钗正册”，宝玉因问：“何为‘金陵十二钗正册’?”警幻道：“即

尔省中十二冠首女子之册，故为正册。”宝玉道：“常听人说金陵极大，怎么只十二个女子？如今单我们家里上上下下就有几百个女孩儿。”警幻微笑道：“一省女子固多，不过择其紧要者录之，两边二橱则又次之。余者庸常之辈便无册可录了。”宝玉再看下首一橱，上写着“金陵十二钗副册”，又一橱上写着“金陵十二钗又副册”。宝玉便伸手先将“又副册”橱门开了，拿出一本册来。揭开看时，只见这首页上画的既非人物亦非山水，不过是水墨滃（wēng）染，满纸乌云浊雾而已。后有几行字迹。

【赏析】

旧称女子为“裙钗”或“金钗”，“十二钗”就是十二个女子。在这里，“十二钗”即林黛玉、薛宝钗、贾元春、贾迎春、贾探春、贾惜春、李纨、妙玉、史湘云、王熙凤、贾巧姐、秦可卿。

册有正、副、又副之分。正册都是贵族小姐奶奶。又副册是丫头，即家务奴隶，如晴雯、袭人等。香菱生于官宦人家，沦而为妾，介于两者之间，所以入副册。

大观园里女儿们的命运虽然各有不同，但在作者看来都是可悲的，因而统归太虚幻境薄命司。但正如鲁迅所说，“十二钗”的人物命运“则是在册子里一一注定，末路不过是一个归结：是问题的结束，不是问题的开头。读者即小有不安，也终于奈何不得”（《坟·论睁了眼看》）。这是这部伟大杰作的十分明显的局限性。

图册判词和后面的《红楼梦曲》一样，使我们能从中窥察到作者对人物的态度以及在安排她们的命运和小说全部情节发展上的完整艺术构思，这在原稿后半已散失的情况下，具有十分重要的研究价值。在后 40 回的续书中，不少情节的构想就是以此为依据的。

这一首判词是说晴雯的。判词前还画着一幅画：“又非人物，也无山水，不过是水墨滃染的满纸乌云浊雾而已。”要理解判词所隐藏

的含义，需要结合图画来分析。

“霁月难逢”，是说像晴雯这样的好姑娘难以找到；同时“难逢”又是“难于逢时”，即命运不好的意思。“彩云易散”，是预示她薄命早死。画里的“乌云浊雾”也是说她的遭遇将是一塌糊涂。这两句意思是说：像晴雯这样的人极为难得，因而也就难于为阴暗、污浊的社会所容。她的周围环境正如册子上所画的，只有“满纸乌云浊雾而已”。“心比天高，身为下贱”，是说晴雯从不肯低三下四地奉迎讨好主子，没有阿谀谄媚的奴才相。“风流灵巧招人怨”，传统道德提倡“女子无才便是德”，要求安分守己，不必风流灵巧，尤其是奴仆，如果模样标致、倔强不驯，则必定会招来一些人的妒恨，从而“因谤而夭”，徒留“多情公子空牵念”。

晴雯从小被人卖给贾府的家仆赖大供役使，连父母的乡籍姓氏都无从知道，地位原是最低下的。在曹雪芹笔下的许多家仆中，晴雯是最具反抗精神的。她藐视王夫人为笼络丫头所施的小恩小惠，嘲讽向主子讨好邀宠的袭人是“哈巴狗”。赵姨娘作威虐待芳官，结果被藕官等四个孩子一拥而上“手撕头撞”，弄得狼狈不堪。晴雯站在反抗者一边，对主子欺压家仆反而吃了亏大为称心。抄检大观园时，凤姐、王善保家的一伙直扑怡红院，袭人等顺从听命，“任其搜捡一番”，唯独晴雯，“挽着头发闯进来，‘哐啷’一声将箱子掀开，两手提着底子往地一倒，将所有之物尽都倒出来”，公然反抗，还当众指着狗仗人势的王善保家的脸痛骂。晴雯因此而遭到残酷报复，在她病得“四五日水米不曾沾牙”的情况下，硬把她“打炕上拉下来”，撵出大观园，当夜就悲惨地死去。贾宝玉对于这样思想性格的一个丫头满怀同情，在她抱屈夭亡后，特意为她写了一篇长长的悼词《芙蓉女儿诔》，以抒发自己内心的哀痛和愤慨。这说明贾宝玉之亲近晴雯，自有其开明思想为基础，绝不是因为“美人的轻怒薄嗔，受宠的使性弄气”使他觉得“更别具有一番风韵”。曹雪芹在介绍十二钗的册子时，将晴雯置于首位，这是有心的安排。作者对晴雯的特殊热情，是有现实感受为基础的，在描写她不幸遭遇的同时，也可能还有政治上的寄托，所以图咏中颇有“怨时骂世”的味道，从中可以看出作者对平等自由的渴望。

作者将晴雯这个聪明美丽的少女写得光彩四射，楚楚动人，又把她的结局写得凄惨悲凉，令人心酸，并引起人们深深的思索。

金陵十二钗又副册判词·枉自温柔和顺（第五回）

【原文】

枉自温柔和顺①，空云似桂如兰②。

堪羡优伶有福③，谁知公子无缘④。

【注解】

①枉：白白地。

②空：徒然。云：说。似桂如兰：因其香，暗点袭人其名。

③堪羡：值得羡慕。此处带有调侃之意。优伶：旧称戏剧艺人。这里指蒋玉菡。

④公子：指贾宝玉。

【背景】

宝玉看了不甚明白。又见后面画着一簇鲜花，一床破席，也有几句言词，就是这首判词。

【赏析】

这一首判词是说袭人的。袭人是曹雪芹笔下封建社会奴婢的代表，缺乏反抗精神，最后成为传统的卫道士。

“枉自温柔和顺，空云似桂如兰”，是说袭人白白地用“温柔和顺”的姿态去博得主子们的好感，其卑贱的地位并没有因此得到改变。“堪羡优伶有福，谁知公子无缘”，是写贾宝玉饥寒交迫之时，袭人始乱终弃，早就离开宝玉，嫁给了蒋玉菡。

袭人原来出身贫苦，幼小时因为家里没饭吃，老娘要饿死，为了换得几两银子才卖给贾府当了丫头。可是她在环境影响下所逐渐形成的思想和性格却和晴雯相反。她的所谓“温柔和顺”，颇与薛宝钗的“随分从时”相似，合乎当时的妇道标准和礼法对奴婢的要求。这样的女子，从封建观点看，当然称得上“似桂如兰”。作者在判词中用“枉自”、“空云”、“堪羡”、“谁知”，除了暗示她将来的结局与初愿相违外，还带有一定的嘲讽意味。

再看册子里所绘的画，是“一簇鲜花，一床破席”，除了“花”、“席”（袭）谐音其姓名外，“破席”的比喻义也并不光彩。当然，袭人的可非议之处并不是她不能“从一而终”，而在于她的奴性。

就是这样一个最合“三从四德”标准的女子，最后却落到一个戏子手里。按脂批“琪官（蒋玉菡艺名）虽系优人，

后同与袭人供奉玉兄（宝玉）、宝卿（宝钗）得同终始”一句提供的线索，我们还可猜测宝玉和宝钗在穷困落魄后，要靠袭人夫妇过一段生活。这一切在作者看来都是命运在捉弄人，所以才有后两句的感叹。但续书未遵原意，安排袭人在宝玉出家为僧之后才嫁人，有些不切诗意。

【链接】

《红楼梦》主要人物性格分析之袭人

袭人，原名花蕊珠。小时因家里没有饭吃，才把她卖给贾府做丫鬟。她一开始服侍贾母，后服侍史湘云。因贾母恐宝玉之婢不中使，又把她给了宝玉，宝玉给她改名为袭人。她的所作所为合乎当时的妇德标准和礼法对奴婢的要求。主子命令她服侍谁，她的心里便唯有谁。她不时规劝宝玉要读书博取功名。宝玉挨打后，她乘机在王夫人面前进言，大谈宝玉“男女不分”，建议“叫二爷搬出园外来住”，吓得王夫人“如雷轰电掣的一般”。袭人因此取得了王夫人的宠信，王夫人把她升为“准姨娘”，被晴雯斥为“哈巴狗儿”。宝玉出家后，她嫁给蒋玉菡。

金陵十二钗副册判词·根并荷花一茎香（第五回）

【原文】

根并荷花一茎香，平生遭际实堪伤[1]。

自从两地生孤木[2]，致使香魂返故乡。

【注解】

①遭际：遭遇。

②两地生孤木：两个“土”字加上一个“木”字，是“桂”字，指夏金桂。

【背景】

宝玉遂将这一本册子搁起来，又去开了“副册”橱门。拿起一本册来打开看时，只见首页也是画，却画着一枝桂花，下面有一方池沼，其中水涸泥干，莲枯藕败，接着便是这首判词。

【赏析】

这一首判词是说香菱的。香菱是薛家的丫头，是奴婢，进不了“正册”。可她原是甄士隐家的贵小姐，也不能进“又副册”，所以作者就把她安排在介于主奴之间的“副册”之中。

香菱是甄士隐的女儿，她一生的遭遇是极为不幸的。名为甄英莲，其实就是“真应怜”。曹雪芹在第一回中一开始就写到她，后来又在多个回目中写到她，可见对她的怜爱与同情。

判词的第一句暗点香菱其名。香菱本名英莲，莲就是荷，菱与荷同生池中，所以说根在一起。书中八十回香菱曾解自己的名字说："不独菱花，就连荷叶莲蓬都是有一股清香的。""平生遭际实堪伤"，作者直抒胸臆，毫不掩饰对她的同情。"自从两地生孤木，致使香魂返故乡"，是说自从薛蟠娶夏金桂为妻之后，香菱就被迫害而死了。

英莲三岁时被拐走，养到十几岁卖给薛蟠，给这个花花太岁作了侍妾。后来薛蟠娶了个又贪又嫉、又狠又毒的泼妇夏金桂，香菱受尽他们的凌辱虐待，含恨而死。按照曹雪芹本来的构思，关于香菱的结局，这首判词说得很明确。从第八十回的文字看，既然"酿成干血痨之症，日渐羸瘦作烧"，且医药无效，接着当写她"香魂返故乡"，亦即所谓"水涸泥干，莲枯藕败"。而高鹗的续书写夏金桂死后，香菱被扶正，当了正夫人，是显然不符曹雪芹的意图的。在第一百零三回中写夏金桂在汤里下毒，要谋害香菱，结果反倒毒死了自己，以为只有这样写坏心肠人的结局，才足以显示"天理昭彰，自害其身"。把曹雪芹对封建宗法制度摧残妇女的罪恶的揭露

与控诉的意图，改变成一个包含着惩恶劝善教训的离奇故事，实在是弄巧成拙。

如果说甄家的“小荣枯”映衬着贾家的“大荣枯”，那么香菱的命运也是对大观园群芳命运的一个暗示。谁能想象得到娇生惯养的甄家的掌上明珠，会成为一个让人作践的奴才呢？谁能容忍那么聪明俊秀的姑娘，配给一个只会作“哼哼韵儿”的蠢材呢？从作者宿命的观点看来，这是不可逆转的，同时也表达了作者对封建社会宗法制度的控诉。

【链接】

《红楼梦》主要人物性格分析之香菱

香菱，薛蟠之妾，原名甄英莲，甄士隐的女儿。三岁那年元宵节，在看社火花灯时被骗子拐走，十二三岁时，被薛蟠强买为妾，改名香菱。她生得袅娜纤巧，做人行事又温柔安静，夏金桂极为嫉妒她。香菱备受夏金桂的折磨，不仅名字被改为秋菱，还险遭谋害。薛蟠出狱后，把香菱扶了正，后难产而死。

金陵十二钗正册判词·可叹停机德（第五回）

【原文】

可叹停机德①，堪怜咏絮才②。

玉带林中挂，金簪雪里埋。

【注解】

①停机德：出自《后汉书·列女传·乐羊子妻》。故事说乐羊子远出寻师求学，因为想家，只过了一年就回家了。他的妻子就拿刀割断了织布机上的绢，以此来比学业中断，规劝他继续求学，谋取功名，不要半途而废。

②咏絮才：指晋代谢道韫的故事：《世说新语》中说，有一次，天下大雪，谢道韫的叔父谢安对雪吟句说："白雪纷纷何所似？"道韫的哥哥谢朗答道："撒盐空中差可拟。"谢道韫接着说："未若柳絮因风起。"谢安一听大为赞赏。

【背景】

宝玉又去取那"正册"看时，只见头一页上画着两株枯木，木上悬着一围玉带；地下又有一堆雪，雪中一股金簪。下面就是这首判词。

【赏析】

这一首是说林黛玉和薛宝钗两个人的。

林黛玉与薛宝钗，一个是寄人篱下的孤女，一个是皇家大商人的千金；一个天真率直，一个城府极深；一个孤立无援，一个有多方支持；一个作叛逆者知己，一个为卫道而说教。脂砚斋曾有过"钗黛合一"说，作者也在三首诗中同时提到了她们两个人，除了因为她们在小说中的地位相当外，至少还可以通过贾宝玉对她们的不同态度的比较，以显示钗、黛的命运遭遇虽则不同，其结果都是一场悲剧。

"可叹停机德"、"金簪雪里埋"，这两句是说薛宝钗，意思是她虽然有着合乎孔孟之道标准的那种贤妻良母的品德，但可惜徒劳无功，下场也很不妙。"金簪雪里埋"，前三字暗点其名："雪"谐"薛"，"金簪"比"宝钗"。本是光耀头面的首饰，竟埋没在寒冷的雪堆里，这是对一心想当"宝二奶奶"的薛宝钗的冷落处境的写照。宝钗有封建阶级女性最标准的品德。她"品格端方，容貌丰美"，"行为豁达，随分从时”，荣府主奴上下都喜欢她。作者又说她“罕言寡语，人谓藏愚；安分随时，自云守拙”，正是封建时代有教养的大家闺秀的典型。她还规劝宝玉读“圣贤”书，走“仕途经济”的道路，即使受到宝玉冷落也不计较。黛玉行酒令时脱口念出闺阁禁书《西厢记》、《牡丹亭》里的话，她又偷偷提醒黛玉注意，还不让黛玉难堪。按当时贤惠女子的标准，她几乎达到无可挑剔的“完美”程度。但读者同这个典型总是有些隔膜，这是为什么呢？就是她对周围恶浊的环境太适应了，并且有时还不自觉地为恶势力帮一点小忙。如金钏被逼跳井后，她居然不动感情，反倒去安慰杀人凶手王夫人。综合全书内容来看，薛宝钗既是封建礼教的卫道士，又是封建道德的受害者。

“堪怜咏絮才”、“玉带

林中挂”，这两句是说林黛玉，意思是如此聪明有才华的女子，她的命运是值得同情的。但她太聪明了，结局只能是“玉带林中挂”。“玉带林中挂”，前三字倒读即谐其名，同时寓宝玉“悬”念、牵“挂”死去的黛玉之意。林黛玉是个绝顶聪慧的才女，她的才华在大观园中属群芳之冠。她从小失去父母，寄养在外祖母家，尽管是贾母的“心肝肉”，可是以她的敏感，总摆脱不了一种孤独感。特别是在对宝玉的爱情上，几乎到了神经过敏的程度。好在宝玉对她一往情深，处处宽慰她。这样，他们的爱情就在一种奇特的、连续不断的矛盾痛苦中发展着。一会儿笑，一会儿又哭了，哭时要比笑时多；刚刚和好了，突然又闹翻了，闹翻一次反倒加深一次感情。他们的爱情在有形无形的外界压力下，形成一种畸形。在荣国府那样的环境里，越敏感的人就越忍受不了，黛玉的悲剧就在于她不会像宝钗那样会装“糊涂”。

宝钗和黛玉就是一对相互对比的典型：一个胖，一个瘦；一个柔，一个刚；一个藏愚守拙，一个锋芒毕露；一个心满意足地成为“宝二奶奶”，一个凄凄惨惨地不幸夭折。但这一对情敌中没有胜利者，就像诗中说的：宝玉的心仍在“林中挂”，宝钗注定要冷清清地守一辈子活寡。

金陵十二钗正册判词·二十年来辨是非（第五回）

【原文】

二十年来辨是非，榴花开处照宫闱。

三春争及初春景[①]，虎兕相逢大梦归[②]。

【注解】

①三春：春季的三个月，暗指迎春、探春、惜春。争及：怎及。初春：指元春。

②虎兔相逢：原意不明。有人说是元春死时的年月时间，如后四十回续书中说："是年甲寅十二月十八日立春；元妃薨日，是十二月十九日，已交卯年月。"有人说是影射康熙死胤禛嗣位，第二年改元雍正。还有人认为可能暗示元春死于两派政治势力的恶斗之中。大梦归：指死。

【背景】

宝玉遂往后看，只见画着一张弓，弓上挂着一个香橼（yuán）。下面便是这首判词。

【赏析】

这一首判词说的是贾元春。

元春是贾家的大小姐，贾政的长女。她以"贤孝才德"被选进宫里做了女史（女官名），后来又被晋封为"凤藻宫尚书"，加封"贤德妃"，是荣府女性中地位最高的一位。贾家煊赫的势力，除靠祖宗功名基业外，还靠着家里出了这位"贵妃娘娘"这层重要关系。

"二十年来辨是非"，是说元春到了二十岁（大概是她入宫的年纪）时，已经很通达人情世事了。"榴花开处照宫闱"，是说石榴花所开之处使宫闱生色，喻元春被选入凤藻宫封为贤德妃。"二十年"，大约是说元春懂事以来的年龄。她从贵族之家到宫廷，政治上的是非兴衰见得多了。石榴花开在宫廷里，喻元春的荣耀。为了她归家省亲，竟然修造一座规模宏丽的皇家式的大观园，再看她元宵节归省时轰轰烈烈的盛大场面，简直无与伦比了。由此看来，迎春、探春、惜春三姊妹的命运是无法与元春相比的，所以说"三春争及初春景"。可是元春的结局也不妙，"虎兔相逢大梦归"，第四句就说她在寅卯年之交就要一命呜呼！前三句极力渲染元春的荣耀，突然一句跌落下来，让人惊出一身冷汗。元春一死，贾府的靠山倒了，这个荣华经历百载的贵族之家迅速土崩瓦解。

元春虽然在书中出现的场景不多，但她的存在是与贾府这个大家族的兴衰紧紧相连的。

【链接】

《红楼梦》主要人物性格分析之贾元春

贾政与王夫人之长女。自幼由贾母教养。作为长姐，她在宝玉三四岁时，就已教他读书识字，虽为姐弟，有如母子。后因贤孝才德，选入宫作女史。不久，封凤藻宫尚书，加封贤德妃。贾家为迎接她来省亲，特盖了一座省亲别墅。该别墅之豪华富丽，连元春都觉太奢华过费了！元妃虽给贾家带来了“烈火烹油，鲜花著锦之盛”，但她却被幽闭在皇家深宫内。省亲时，她说一句，哭一句，把皇宫大内说成是“终无意趣”的“不得见人的去处”。这次省亲之后，元妃再无出宫的机会，后暴病而亡。

金陵十二钗正册判词·才自精明志自高（第五回）

【原文】

才自精明志自高①，生于末世运偏消②。

清明涕送江边望，千里东风一梦遥。

【注解】

①自：本。精明：精细聪敏。

②消：衰落。

【背景】

后面又画着两个人放风筝，一片大海，一只大船，船中有一女子作掩面泣涕之状。其后便是这首判词。

【赏析】

这一首判词说的是探春。判词前的这幅画象征着探春像断线的风筝一样离别故土，船和海是暗示她远嫁的情景。

册子上所画的船中女子即探春。原稿大概有一段描写送别悲切的文字，现在所见后四十回续书中没有这个情节，而且把“涕送”改为“涕泣”，一字之差，把送别改为望家了。画中的放风筝是象征有去无回，正所谓“游丝一断浑无力，莫向东风怨别离”。所以，放风筝的“放”不是“放起来”而是“放走”的意思。小说特地描写了放走风筝的情节，则画中放走风筝的“两个人”，当就是后来遣探春远嫁的设谋者——据推测可能是赵姨娘和贾环。

“才自精明志自高”，是说她精明能干，有才有志。“生于末世运偏消”，是说探春终于志向未遂，才能无从施展，是因为这个封建大家庭已到了末世的缘故。“清明涕送江边望”，意为清明节江边涕泪相送，当是说家人送探春出海远嫁。“千里东风一梦遥”，当是说天长路远，梦魂难度，不能与家人相见，只能在梦中遥望故乡，这与我们现在读到的探春嫁后又回娘家探亲不同。

探春是贾政的小老婆赵姨娘所生。在贾家四姊妹中她排行老三，是最聪明、最有才干的一个。说她志向高，是她想有一番作为。“敏探春兴利除宿弊”一回，写她代凤姐管理一段大观园，把那么纷繁的事务，一宗一件管理得井井有条，表现出不一般的才干，其精明几乎不在凤姐之下。

她在封建观念影响下，以自己是“庶出”为耻；加上赵姨娘为人卑琐，她就干脆不认她作娘。她同姐姐迎春懦弱的性格截然相反，人称“玫瑰花”，又鲜艳又有刺。在“抄检大观园”一回，她居然敢打那个大太太的陪房王善保家的一个大嘴巴，又是多么令人痛快！凤姐随意作践赵姨娘，可是对她生的这个出众的女儿却丝毫不敢小看，还要“畏她五分”，独表敬重。这样一个才貌双全的娇小姐，随着家族没落，命运也一样令人悲哀，年轻轻的就远嫁异乡，路远山遥，断绝了与家人的联系。

贾探春犹如作者的一个分身，一心想发挥自己的才干，去拯救这个即将衰亡的末世，可惜“时不予我”，徒令人叹！

【链接】

《红楼梦》主要人物性格分析之贾探春

贾政与妾赵姨娘所生，排行为贾府三小姐。她精明能干，有心机，

能决断，连王夫人与凤姐都让她几分，有“玫瑰花”之诨名。她的封建等级观念特别强烈，所以对处于婢妾地位的生母赵姨娘轻蔑厌恶，冷酷无情。抄检大观园时，她为了在婢仆面前维护作主子的威严，“令丫鬟秉烛开门而待”，只许别人搜自己的箱柜，不许人动一下她丫头的东西。“心内没有成算的”王善保家的，不懂得这一点，对探春动手动脚的，所以当场挨了一巴掌。探春对贾府面临的大厦将倾的危局颇有感触，她想用“兴利除弊”的微小改革来挽救，但无济于事。最后贾探春远嫁他乡。

金陵十二钗正册判词·富贵又何为（第五回）

【原文】

富贵又何为[①]？襁褓之间父母违[②]。

展眼吊斜辉[③]，湘江水逝楚云飞[④]。

【注解】

①何为：有什么用。

②襁褓（qiǎng bǎo）：包裹婴儿的被子，泛指一岁以下幼童。违：丧失，死去。

③展眼：放眼。吊：对景伤感。斜晖：傍晚的太阳。

④楚云：指宋玉《高唐赋》中楚襄王梦见能行云作雨的巫山神女。

【背景】

后面又画着几缕飞云，一湾逝水。其后便是这首判词。

【赏析】

这一首判词说的是史湘云。判词前画中“几缕飞云，一湾逝水”，“飞云”照应词中的“斜晖”，隐“云”字；“逝水”照应词中的“湘江”，隐“湘”字。

“富贵又何为？襁褓之间父母违”，是说史湘云从小失去了父母，由亲戚抚养，因而“金陵世勋史侯家”的富贵对她来说是没有什么用处的。湘云是保龄侯尚书令史家的姑娘，即史太君的侄孙女。她生下不久就失去父母，成为孤儿，在叔婶跟前长大。到大观园来，是她最高兴的时刻，这时她大说大笑，又活泼，又调皮；可是一到不得不回家时，情绪就顿时低落下来，一再嘱咐宝玉提醒贾母常去接她，凄凄惶惶地洒泪而去，可见在家时日子过得很不痛快。这样一个健美开朗的女儿，结局如何呢？“展眼吊斜辉”，就是说她婚后的生活犹如美丽的晚霞转瞬即逝。

“湘江水逝楚云飞”，此句比喻夫妻幸福生活的短暂。此句中藏“湘云”两字，点其名。同时，湘江又是娥皇、女英二妃哭舜之处，可能是预示她早死或早寡，或者命运蹇涩。“因麒麟伏白首双星”一回中，写她拣到宝玉丢的一只金麒麟，同她原有的金麒麟恰好配成一对。从回目“双星”的字样看，这肯定是对她未来婚姻生活的暗示。那么她的配偶是谁？是宝玉吗？似乎是，其实又不是。有些研究者根据庚辰本脂批“后数十回若兰在射圃所佩之麒麟正此麒麟也”，推断她可能同一个叫卫若兰的人结婚（第十四回秦可卿出丧时送葬的队伍里出现过一次“卫若兰”的名字）。或许后来宝玉把那只金麒麟再赠给卫若兰（犹如把袭人的汗巾赠给蒋玉菡一样），也未可知。当然，这些只是推测，没有实证。就像有一则清人笔记所说，有一种续书写贾家势败后，宝玉几经沦落，最后同史湘云结婚，这可能就是从“因麒麟伏白首双星”推衍出来的。

【链接】

《红楼梦》主要人物性格分析之史湘云

史湘云，金陵十二钗之一，是贾母的侄孙女。虽为豪门千金，但她从小父母双亡，由叔父史鼎抚养，而婶婶对她并不好。在叔叔家，她一点儿也作不得主，且不时要做针线活至三更。她的身世与林黛玉有些相似，但她没有林黛玉的叛逆精神，且在一定程度上受到薛宝钗的影响。她心直口快，开朗豪爽，甚至敢于喝醉酒后在园子里的大青石上睡大觉。她和宝玉也算是好朋友，在一起时，有时亲热，有时也会恼火，但她襟怀坦荡，从未把儿女私情略萦心上。后嫁给卫若兰，婚后不久，丈夫即得暴病，后成痨症而亡，史湘云立志守寡终身。

金陵十二钗正册判词·欲洁何曾洁（第五回）

【原文】

欲洁何曾洁[1]？云空未必空[2]。

可怜金玉质[3]，终陷淖泥中[4]。

【注解】

①洁：高洁，清净。

②空：佛教要人看破红尘领悟万境归空的道理，所以皈依佛教，又叫“入空门”。

③金玉质：比喻妙玉的身份。

④淖（nào）泥：烂泥，泥沼。此处指流落风尘。

【背景】

后面又画着一块美玉，落在泥垢之中。其后便是这首判词。

【赏析】

这一首判词说的是妙玉。判词前画着“一块美玉，落在泥垢之中”，“美玉”就是“妙玉”，“泥垢”与判词中的“淖泥”都是比喻不洁之地。

妙玉出身于苏州一个“读书仕宦之家”，因自小多病才出家当了尼姑。“金玉质”便是说她“文墨也极通”，“模样又极好”，说明她

也是大观园中的一位佼佼者。说她“洁”，包括两层含义：一是因她嫌世俗社会纷纷扰扰不清净才遁入空门；二是说她有“洁癖”，刘姥姥在她那里喝过一次茶，她竟要把刘姥姥用过的一只名贵的成窑杯子扔掉。她想一尘不染，但那个社会不会给她准备那样的条件，命运偏要将她安排到最不洁净的地方去。按规矩，出家就要“六根净除”，可她偏要“带发修行”，似乎还留一手，这是她尘心未断的一个根据。第六十三回写宝玉过生日时，妙玉特意送来一张拜帖，上写：“槛外人妙玉恭肃遥叩芳辰。”一个妙龄尼姑给一个贵公子拜寿，这在当时是十分荒唐的，似乎透露出她不自觉地对宝玉萌生了一种爱慕之意。所以，作者说“云空未必空”，即是指她虽遁入空门，却六根未净，尘缘未了。

作者写这些细节，并不是要对她进行谴责，而是充满了怜惜之情。一个才貌齐备的少女，冷清清地躲在庙里过着那种孤寂的生活，该是多么残酷！她的最后结局如何呢？有一条脂批说：“瓜洲渡口……红颜固不能不屈从枯骨。”推测起来，她可能在荣府败落后流落到瓜洲，被某个老朽不堪的富翁买去作妾。这也许是作者说她“终陷淖泥中”的真正含义。高鹗续书写她被强盗掠去最终被杀，确有不妥之处。

【链接】

《红楼梦》主要人物性格分析之妙玉

妙玉，苏州人氏。她祖上是读书仕宦人家。因自幼多病，买了许多替身（旧时迷信认为命中有灾难的人应该舍身出家做僧、道，有钱人家买穷人家子女代替出家，叫替身），皆不中用，只得入了空门，身体才好，故一直带发修行。父母已亡，身边带两个老嬷嬷，一个小丫头服侍。她极通文墨，极熟经典，模样又极好。17 岁时随师父到长安都修行，师父圆寂后，被贾家请入栊翠庵带发修行，但她“欲洁何曾洁，云空未必空”，刘姥姥喝过的茶杯，她嫌脏，不要了，而给宝玉喝的茶杯却是自己日常用的绿玉斗。宝玉生日，她特地派人送去“槛外人妙玉恭肃遥叩芳辰 ”的字帖。高鹗续书，后贾府败落，她被强人用迷魂香闷倒奸污，劫持而去。

金陵十二钗正册判词·子系中山狼（第五回）

【原文】

子系中山狼[①]，得志便猖狂。

金闺花柳质[②]，一载赴黄粱[③]。

【注解】

①子：对男子表示尊重的通称。系：是。“子”、“系”合而成“孙”，隐指迎春的丈夫孙绍祖。中山狼：语出无名氏寓言《中山狼传》。说的是赵简子在中山打猎，一只狼将被杀时遇到东郭先生救了它。危险过去后，它反而想吃掉东郭先生。所以，后来把忘恩负义的人叫作中山狼。

②花柳质：比喻迎春娇弱，禁不起摧残。

③一载：一年，指嫁到孙家的时间。赴黄粱：死去的意思。黄粱，出于唐代沈既济传奇《枕中记》。故事讲述卢生睡在一个神奇的枕上，梦见自己荣华富贵一生，年过八十而死，但是，醒来时锅里的黄粱米饭还没有熟，以此来比喻人生虚幻。

【背景】

后面忽画一恶狼，追扑一美女，欲啖之意。其后便是这首判词。

【赏析】

这一首判词说的是贾迎春。判词前“画着个恶狼，追扑一美女，欲啖之意”，这是暗示迎春要落在一个恶人手里被毁掉。

迎春是荣府大老爷贾赦的妾所生的女儿。她长得很美，虽然没有才华，但心地纯洁善良。因性格懦弱，又排行老二，人称“二木头”。后来她被其父许配给孙绍祖。孙绍祖的先人因有“不能了结之事”，才拜在贾家门下，靠贾家的势力起家。这个孙绍祖家资饶富，并且善于“应酬权变”，在官场中很能吃得开，正在兵部等待提升，所以贾赦就选他做了“东床快婿”。但孙绍祖品质恶劣，连贾政都不同意这门亲事，但贾赦不听。迎春嫁过去之后，受尽种种虐待，一年之内就被折磨死了。真是“子系中山狼，得志便猖狂”，用来刻画“应酬权变”而又野蛮毒辣的孙绍祖，真是再贴切不过。

生性懦弱的迎春自觉貌不惊人，才不压众，又不会惹人怜爱，讨人欢心，甚至让下人欺负了也不敢反抗，终于做了封建社会包办婚姻的牺牲品。

【链接】

《红楼梦》主要人物性格分析之贾迎春

金陵十二钗之七，是贾赦与妾所生，贾府二小姐。她老实无能，懦弱怕事，有“二木头”的诨名。她不但作诗猜谜不如姐妹们，在处世为人上，也只知退让，任人欺侮。贾赦欠了孙家五千两银子还不出，就把她嫁给孙家，最后她被丈夫孙绍祖虐待致死。

金陵十二钗正册判词·勘破三春景不长（第五回）

【原文】

勘破三春景不长[①]，缁衣顿改昔年妆[②]。
可怜绣户侯门女[③]，独卧青灯古佛旁[④]。

【注解】

①勘：察，看。

②缁（zī）衣：黑色的衣服。僧尼穿黑衣，所以出家也叫披缁。

③绣户：华丽的居室，多指女子的住所。

④青灯：过去在寺庙里，灯罩是用布做的，因颜色呈青色，所以

叫青灯。

【背景】

后面便是一所古庙，里面有一美人，在内看经独坐。其后便是这首判词。

【赏析】

这一首判词说的是贾惜春。判词前面画的是“一所古庙，里面有一美人在内看经独坐”，喻惜春最后出家当了尼姑。

“勘破三春景不长”，这一句语带双关，字面上说看到春光短促，实际是说惜春的三个姐姐（元春、迎春、探春）都好景不长，使惜春感到人生幻灭。“缁衣顿改昔年妆”，据脂砚斋评语，惜春后来“缁衣乞食”，境况悲惨，“可怜绣户侯门女，独卧青灯古佛旁”。并非如续书所写取妙玉的地位而代之，进了花木繁茂的大观园栊翠庵过闲逸生活，还有一个丫头紫鹃“自愿”跟着去服侍她。

惜春是宁国府贾敬的女儿，贾珍的胞妹。她是贾家四位千金中最小的一个，从小就厌恶

世俗，向往当尼姑，小时爱和馒头庵的小尼姑智能儿玩，后来又和妙玉成了朋友。惜春眼看着当了娘娘的大姐元春短命夭亡，二姐迎春出嫁不久被折磨死，三姐探春远嫁异国他乡音信渺茫，都没有好的际遇，所以才“看破红尘”毅然出家。据脂砚斋的批语说，她将来还要有“缁衣乞食”的经历，也就是要沿门托钵乞讨，下场也是够可怜的。

【链接】

《红楼梦》主要人物性格分析之贾惜春

贾惜春，金陵十二钗之一，贾珍的妹妹。因父亲贾敬一味好道炼丹，别的事一概不管，而母亲又早逝，她一直在荣国府贾母身边长大。由于没有父母怜爱，养成了孤僻冷漠的性格，心冷嘴冷。抄检大观园时，她咬定牙，撵走毫无过错的丫鬟入画，对别人的流泪哀伤无动于衷。四大家族的没落命运，三个本家姐姐的不幸结局，使她产生了弃世的念头，后入栊翠庵为尼。

金陵十二钗正册判词·凡鸟偏从末世来（第五回）

【原文】

凡鸟偏从末世来[①]，都知爱慕此生才。

一从二令三人木，哭向金陵事更哀[②]。

【注解】

①凡鸟：合起来是“鳳”字，点凤姐其名。

②此两句按原著意为：凤姐后来被贾琏所休弃，只好回到金陵的娘家。人木：即“休”字，休弃。

【背景】

后面便是一片冰山，上有一只雌凤。其后便是这首判词。

【赏析】

这一首判词说的是王熙凤。判词前画的是“一片冰山，上面一只雌凤”，喻贾家的势力不过是座冰山，太阳一出就要消融。“雌凤”（指王熙凤）立在冰山上，当然是极为危险。

“凡鸟”即指王熙凤。《世说新语·简傲》中说：晋代，吕安有一次访问嵇康，嵇康不在家，他哥哥请客人到屋里坐，吕安不入，在门上写了一个“凤”字去了。嵇康的哥哥很高兴，以为客人说他是神鸟，其实吕安嘲笑他是凡鸟。这里反过来就“凡鸟”说“凤”，目的只是为了隐曲一些。王熙凤是“护官符”中所说的“龙王来请金陵王”的王家的小姐，嫁给荣府贾琏为妻。她的姑母是贾政的妻子，即宝玉之母王夫人。书中说金陵四大家族“皆连络有亲”，即指此类。

王熙凤掌荣府管家大权的时候，已是这个家族走下坡路的时期了。准备迎接元妃省亲时，凤姐慨叹：“可恨我小几岁年纪，若早生二三十年，如今这些老人家也不薄我没见世面了。”可见书中写的富贵生活较之其家族鼎盛时期还差得远，接着又趋向衰亡，所以说她“偏从末世来”。

王熙凤实际上是荣国府日常生活的轴心。她姿容美丽，秉性聪明，口齿伶俐，精明干练，秦可卿托梦时说她：“你是脂粉队里的英雄，连那些束带顶冠的男子也不能过你。”秦可卿出丧时，她协理宁国府，就是在读者眼前进行了一次典型表演。从千头万绪的混乱状态中，她一下子就找到关键所在，然后杀伐决断，三下五除二，就把宁国府里里外外整顿得井井有条，如果她是男人，可以在封建时代当个政治家，所以众人才“都知爱慕此生才”。

然而，王熙凤心性歹毒，为了满足无止境的贪欲，克扣月银，放高利贷，接受巨额贿赂，为此可以杀人不眨眼，什么缺德的事全干得出来，是个吃人不吐骨头的女魔王。“一从二令三人木”，脂批说“拆字法”，意思是把要说的字拆开来，但如何拆法没有说。吴恩裕先生《有关曹雪芹十种·考稗小记》中说：“凤姐对贾琏最初是言听计‘从’，继而对贾琏可以发号施‘令’，最后事败终不免于‘休’之。”

她的才能和她的罪恶像水和面揉在了一起。因此当贾家败落时，第一个倒霉的就是她，“哭向金陵事更哀”，即预示着她将来会凄惨地结束其短暂的一生。王熙凤的命运其实就是当时封建社会即将衰亡的缩影。

【链接】

《红楼梦》主要人物性格分析之王熙凤

王熙凤，金陵十二钗之一，贾琏之妻，王夫人的内侄女。长着一双丹凤三角眼，两弯柳叶吊梢眉，身量苗条，体格风骚。她精明强干，深得贾母和王夫人的信任，成为贾府的实际大管家。她高踞在贾府几百口人的管家宝座上，口才与威势是她谄上欺下的武器，攫取权力与窃积财富是她的目的。她极尽权术机变，残忍阴毒之能事，虽然贾瑞这种纨绔子弟死有余辜，但“毒设相思局”也可见其报复的残酷。“弄权铁槛寺”为了三千两银子的贿赂，逼得张家的女儿和某守备之子双双自尽。尤二姐以及她腹中的胎儿也被王熙凤以最狡诈、最狠毒

的方法害死。她公然宣称："我从来不信什么阴司地狱报应的，凭什么事，我说行就行!"她极度贪婪，除了索取贿赂外，还靠着迟发公费月例放债，光这一项就翻出几百甚至上千银子的体己利钱来。抄家时，从她屋子里就抄出五七万金和一箱借券。王熙凤的所作所为，无疑是在加速贾家的败落，最后落得个"机关算尽太聪明，反算了卿卿性命"的下场。

金陵十二钗正册判词·势败休云贵（第五回）

【原文】

势败休云贵[①]，家亡莫论亲。

偶因济刘氏[②]，巧得遇恩人。

【注解】

①休：不要。

②济：周济。

【背景】

后面又是一座荒村野店，有一美人在那里纺绩。其后便是这首判词。

【赏析】

这一首判词说的是王熙凤的女儿巧姐。判词前面画的是"一座荒村野店，有一美人在那里纺绩"，这是暗示

巧姐的最后结局是做一名勤苦操劳、艰辛度日的农妇。

“势败休云贵，家亡莫论亲”，是说贾府后来是“一败涂地”、“子孙流散”的，所以说“势败”、“家亡”。那时，任你出身显贵也无济于事，骨肉亲人也翻脸不认——这当是指被她的“狠舅奸兄”卖于烟花巷。此两句正是对上层社会人情冷暖、世态炎凉的慨叹。

“偶因济刘氏，巧得遇恩人”，是说原先刘姥姥进荣国府告艰难，王熙凤给了她二十两银子。后来贾家败落，巧姐遭难，幸亏有刘姥姥相救，所以说她是巧姐的恩人。倒是刘姥姥这个穷老太婆，受人滴水之恩，常思涌泉以报，使人感到人性善良的一面。

巧姐是王熙凤的独生女，从锦衣玉食的公府千金，沦为喂猪打狗的农妇，这是多么大的变化！在作者看来，这也是命运的戏弄。“偶”，贾府本不存心济贫，凤姐更惯于搜刮聚敛，对刘姥姥不过是偶施小恩小惠而已。“巧”，语意双关，是凑巧，同时也指巧姐。有人根据甄士隐《好了歌注》里“择膏粱，谁承望流落在烟花巷”的提示，推测巧姐要被卖到妓院为娼，后被刘姥姥救出，同刘姥姥的外孙板儿结为夫妇。这个推测从书中可以找到根据。第四十一回写巧姐和板儿交换柚子和佛手的情节，很可能是预示他们未来的关系。板儿是农家孩子，将来无疑是农民，嫁给他才能纺线织布。脂批也说刘姥姥“有忍耻之心，故后有招大姐事”（甲戌本第六回），又说巧姐与板儿有“缘”（庚辰本第四十一回），当是指他们后来结成夫妻，过着自食其力的生活。高鹗续书则写巧姐嫁给了一个“家财巨万，良田千顷”的姓周的大地主家做媳妇，把“荒村野店”写成了地主庄院，这是于诗于画都难以说通的。

【链接】

《红楼梦》主要人物性格分析之贾巧姐

金陵十二钗之十，贾琏与王熙凤的女儿。因生在七月初七，刘姥姥给她取名为“巧姐”。在贾府败落后，王仁和贾芸要把她卖与藩王作使女。在紧急关头，幸亏刘姥姥相救，把她带去乡下，根据曹雪芹前 80 回的隐晦预言以及金陵十二钗判词，将来嫁给了刘姥姥的孙儿板儿成为村姑。

金陵十二钗正册判词·桃李春风结子完（第五回）

【原文】

桃李春风结子完①，到头谁似一盆兰②。

如冰水好空相妒，枉与他人作笑谈。

【注解】

①完：指李纨。

②兰：指贾兰。

【背景】

诗后又画一盆茂兰，旁有一位凤冠霞帔的美人。其后便是这首判词。

【赏析】

这一首判词说的是李纨，连带也说了贾兰。判词前“画着一盆茂兰，旁有一位凤冠霞帔的美人”，“茂兰”，当指贾兰，是说他将来有出息，当大官；守着他的“美人”当然就是他的母亲李纨。

“桃李春风结子完”，喻说李纨早寡，她刚生下贾兰不久，丈夫贾珠就死了，所以她短暂的婚姻生活就像春风中的桃李花一样，一到结了果实，景色也就完了。句中还暗藏她的姓名，“桃李”藏“李”字，“完”与“纨”谐音。

“到头谁似一盆兰”，喻指贾兰。贾府子孙后来都不行了，只有贾兰“爵禄高登”，做母亲的也因此显贵。

“如冰水好空相妒，枉与他人作笑谈”，这两句意思是说，李纨死守封建节操，品行如冰清水洁，但是不值得羡慕。像她这样早年

守寡，为儿子操心一辈子，待到儿子荣达、自以为可享晚福的时候，却已“昏惨惨，黄泉路近了”，结果只是白白地作了人家谈笑的材料。

李纨是宝玉的亲嫂子，她与其夫贾珠婚后生了贾兰，不久丈夫就死了。李纨的为人与其妯娌王熙凤正好相反。王熙凤像一团烈火，她像一堆死灰；王熙凤像一把利刃，她像一块面团；王熙凤贪求无居，她与世无争。在大观园诸女性中，她是最默默无闻的一个，她不注意别人，别人也不注意她。贾家没落后，贾兰靠读书求取功名，“头戴簪缨”，“胸悬金印”，当了一个大官；李纨因此受诰封，“戴珠冠，披凤袄”，荣耀一番。可是在作者看来，这已没有意义了，因为她不久就死了，所以这一切终究还是虚幻。年轻守寡，晚年母以子贵，也不过供世人作谈笑资料罢了。

李纨一辈子恪守妇道，育儿教子，从无怨言，并且为人公道，持重守礼，可以说是曹雪芹精心设计的一个最为典型的封建妇女形象。

【链接】

《红楼梦》主要人物性格分析之李纨

李纨，字宫裁，贾珠之妻，生有儿子贾兰。她出身金陵名宦，父亲李守中曾为国子祭酒。她从小就受父亲“女子无才便是德”的教育，认得几个字，记得前朝几个贤女便了，每日以纺织女红为要。贾珠不到20岁就病死了。李纨就一直守寡，虽处于膏粱锦绣之中，竟如“槁木死灰 ”一般，一概不闻不问，只知道抚养亲子，闲时陪侍小姑等女红、诵读而已。她是个恪守封建礼法的贤女节妇的典型。

金陵十二钗正册判词·情天情海幻情身（第五回）

【原文】

情天情海幻情身①，情既相逢必主淫。

漫言不肖皆荣出②，造衅开端实在宁③。

【注解】

①幻：幻化。

②漫言：别说。

③造衅：惹起事端。

【背景】

诗后又画一座高楼，上有一美人悬梁自尽。其后便是这首判词。

【赏析】

这一首判词说的是秦可卿。判词前“画着高楼大厦，有一美人悬梁自缢”，这是暗示秦可卿的死是自杀。

诗的前两句作者借幻境说人世间风月情多，讳言秦可卿引诱宝玉淫乱，假托梦魂游仙，说这是两个“多情种”碰在一起的结果。“情天情海”是为了揭露封建大家族黑暗所用的托词。前文提到太虚幻境宫门上有“孽海情天”的匾额，意思就是借幻境说人世间风月情多。“幻情身”的意思是幻化出一个象征着风月之情的女身。这暗示警幻仙姑称为“吾妹”、“乳名兼美，表字可卿”的那位仙姬，就是秦可卿所幻化的形象。

诗的后两句意思是不要说不肖子孙都出于荣国府（指宝玉），其

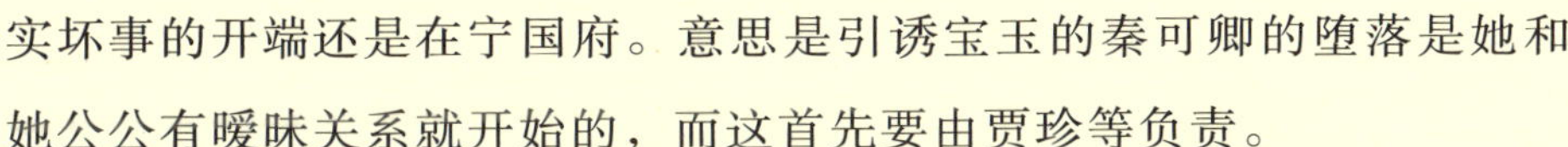

实坏事的开端还是在宁国府。意思是引诱宝玉的秦可卿的堕落是她和她公公有暧昧关系就开始的，而这首先要由贾珍等负责。

据脂批所言，作者在初稿中曾以《秦可卿淫丧天香楼》为回目，写贾珍与其儿媳妇秦氏私通，内有“遗簪”、“更衣”诸情节。丑事败露后，秦氏羞愤难当，自缢于天香楼。作者的长辈、批书人之一的畸笏叟出于维护封建大家族利益的立场，命作者删去这一情节，为秦氏隐恶。这样，原稿就作了修改，删去天香楼一节部分内容，就成了我们现在所见的这样。但有些地方作者故意留下了痕迹，如画中“美人悬梁自缢”就是最为明显之处。

秦可卿本是养生堂抱来的孤女，娘家又是“寒儒薄宦”，那她是如何在权势遮天的宁、荣二府中独得擅宠呢？据此，许多红学家认为，秦可卿才是打开“红楼”的钥匙，破解了她身上的隐秘，便能得到整部《红楼梦》真正的思想奥秘。

红楼梦曲·引子[①]（第五回）

【原文】

开辟鸿蒙，谁为情种[②]？都只为风月情浓。

趁着这奈何天，伤怀日，寂寥时，试遣愚衷[③]。

因此上演出这怀金悼玉的《红楼梦》[④]。

【注解】

①引子：宋元说唱艺术在演唱时的第一个曲子，用以概说此曲创

作的缘由。

②开辟鸿蒙：开天辟地以来。鸿蒙，古人设想中的大自然的原始混沌状态。情种：即所谓“情痴”，感情特别深挚的人。

③奈何天：良辰美景令人无可奈何的日子。遣：排遣。愚：自谦词。衷：衷曲，情怀。

④怀金悼玉：“金”指代薛宝钗；“玉”，指代林黛玉。其实包括以薛、林为代表的“薄命司”的所有人。

【背景】

警幻道：“此曲不比尘世中所填传奇之曲，必有生旦净末之则，又有南北九宫之调。此或咏叹一人，或感怀一事，偶成一曲，即可谱入管弦。若非个中人，不知其中之妙。料尔亦未必深明此调，若不先阅其稿，后听其曲，反成嚼蜡矣。”说毕，回头命小鬟取了《红楼梦》原稿来，递与宝玉。曲子是太

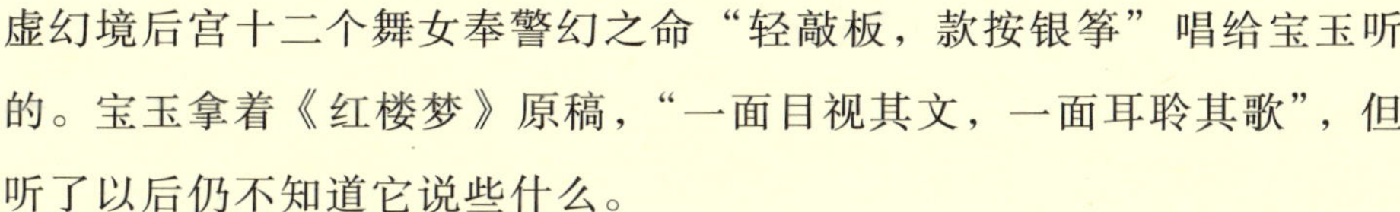

虚幻境后宫十二个舞女奉警幻之命“轻敲板，款按银筝”唱给宝玉听的。宝玉拿着《红楼梦》原稿，“一面目视其文，一面耳聆其歌”，但听了以后仍不知道它说些什么。

【赏析】

《红楼梦曲》十二支，加上前面的引子和后面的尾声，共十四支曲子。中间十二曲分咏金陵十二钗，暗寓各人的身世结局和对她们的评论。这些曲子同《金陵十二钗图册判词》一样，为了解人物历史、情节发展以及四大家族的彻底覆灭提供了重要线索。

《红楼梦》的第四回，被安排得仿佛是一个插曲，而在第五回中则通过警幻的册籍和曲子点出《金陵十二钗》和《红楼梦》两个书名，暗寓众多人物的命运身世。书中常常强调一个“情”字，借这种手法造成此书“非伤时骂世之旨”、“毫不干涉时世”，只为“闺阁昭传”、“大旨不过谈情”的假象。这正如脂砚斋在小说楔子的批语中所说的“足见作者之笔狡猾之甚”。脂批还批出，“作者用画家烟云模糊处”是不少的，提醒“观者万不可被作者瞒蔽了去，方是巨眼”。我们只有透过“情种”、“风月情浓”之类“烟云模糊处”，于假中见真，知道人物的身世命运都必然受他们所生活的那个社会制约，从中看出这个社会必然灭亡的历史命运，才能正确理解这部伟大小说的价值。

“开辟鸿蒙，谁为情种”，曲子一开头就对男女情爱发出慨叹，这同第一回里说的“大旨谈情”是一致的，但我们不能据此就把《红楼梦》视为一部言情小说。如果仅仅是写爱情故事，作者为什么又有“谁解其中味”的担心？作者“趁着这奈何天，伤怀日，寂寥时，试遣愚衷”，并不仅仅是为了“演出这怀金悼玉的《红楼梦》”。这首曲和以下诸曲中，都隐含着一种对命运不可知的咏叹，说明作者有更为深广的寓意。

当然，《红楼梦》的内容是复杂的，主题也是多层次的，其中之一就是表现了作者的妇女观。作者认为，妇女无论就天资、才干等任何一方面说，都不让须眉，只是那个社会把她们的聪明才智压抑埋没了。比如对宝钗、凤姐一类人物，作者在揭露、讽刺、鞭挞的同时，又在某种程度上欣赏其学识，爱慕其才干，惋惜其迷惑，怜悯其不幸。他在无情地揭露和控诉这个罪恶的封建大家庭的同时，又流着辛酸的眼泪对此表示深深的同情。特别是随着封建家族的衰落，众多无辜女子随之一齐毁灭，这也是作者所万分痛惜的。从这个意义上来看，可以说《红楼梦》也是一曲“女儿”们的颂歌和挽歌。

红楼梦曲·终身误（第五回）

【原文】

都道是金玉良缘[1]，俺只念木石前盟[2]。

空对着，山中高士晶莹雪[3]；终不忘，世外仙姝寂寞林[4]。

叹人间，美中不足今方信。

纵然是齐眉举案[5]，到底意难平。

【注解】

①金玉良缘：符合封建秩序和封建家族利益的所谓美满婚姻。此处特指宝玉与宝钗的婚姻。

②木石前盟：“金玉良缘”的对立面。指贾宝玉和林黛玉建立在共同反抗封建礼教基础上的爱情。

③雪："薛"的谐音，指薛宝钗，兼喻其冷。

④世外仙姝（shū）：指林黛玉本为绛珠仙子，这里暗寓其死，亦即所谓"已登仙籍"。姝，美女。林：指林黛玉。

⑤齐眉举案：又作"举案齐眉"，原指送饭时把托盘举得跟眉毛一样高，后形容夫妻互相尊敬、十分恩爱。案，有足的小食盘。《后汉书·梁鸿传》：梁鸿家贫，但妻子孟光对他十分恭顺，每次送饭给他时都把食盘举得同眉毛一样高。后以"举案齐眉"为封建妇道的楷模。

【背景】

这首曲子写贾宝玉婚后仍不忘怀死去的林黛玉，写薛宝钗徒有"金玉良缘"的虚名而实际上则终身寂寞。曲名《终身误》就包含这个意思。

【赏析】

这首曲唱的是宝玉、宝钗、黛玉三个人。

本来曲牌名都是固定的，如《西江月》、《寄生草》之类，按其格式往里填词。但《红楼梦曲》的这些曲名全是作者杜撰的，既像曲牌，又是对内容的概括或提示。像这首《终身误》的曲牌名，就是对宝、黛爱情悲剧的感慨，可视作标题来看。

"金玉良缘"是指符合封建秩序和封建家族利益的所谓美满婚姻，此处特指宝玉与宝钗的婚姻。"木石前盟"则是"金玉良缘"的对立面，指贾宝玉和林黛玉建立在共同反抗封建礼教基础上的爱情。小说中作者虚构宝、黛生前有一段旧缘和盟约：绛珠草为酬报神瑛侍者以甘露灌溉之惠，要用"一生所有的眼泪还他"。这两句与宝玉曾在梦中喊骂"什么是'金玉姻缘'，我偏说是'木石姻缘'"的话相似，但"俺只念木石前盟"应是摹写宝玉婚后所说的话。

"空对着，山中高士晶莹雪；终不忘，世外仙姝寂寞林"，意思是

说宝玉与宝钗虽为夫妻而没有爱情，这是对上一句作进一步的补充。作者以“山中高士”比宝钗，也对她的自命清高、矫情做作有一定的讽刺。没有爱情的“金玉良缘”，无法消除贾宝玉心灵上的巨大创痛，使他忘却精神上的真正伴侣，也无法调和他与宝钗之间两种思想性格的本质冲突，所以他才会发出“叹人间，美中不足今方信”的感慨。“纵然是齐眉举案”，指宝玉与宝钗维持着夫妻相敬如宾的表面虚礼。但宝玉对这样的生活始终不满，所以说“到底意难平”。结果终致一个万念俱灰，弃家为僧；一个空闺独守，抱恨终身。所谓“金玉良缘”，实际是“金玉成空”！这里，我们不难看出曹雪芹的思想倾向和他对封建传统观念大胆的、深刻的批判精神。

宝、钗、黛三人的爱情悲剧，实质是当时整个社会的悲剧。

【链接】

《红楼梦》主要人物性格分析之薛宝钗

薛宝钗，金陵十二钗之一，薛姨妈的女儿，家中拥有百万之富。她容貌美丽，肌骨莹润，举止娴雅。她热衷于“仕途经济”，劝宝玉去会会做官的，谈讲谈讲仕途经济，被宝玉背地里斥之为“混帐话”。她恪守封建妇德，而且城府颇深，能笼络人心，得到贾府上下的夸赞。她挂有一把錾有“不离不弃，芳龄永继”的金锁，薛姨妈早就放风说：“你这金锁要拣有玉的方可配。”在贾母、王夫人等的一手操办下，贾宝玉被迫娶薛宝钗为妻。由于双方没有共同的理想与志趣，贾宝玉又无法忘怀知音林黛玉，婚后不久即出家当和尚去了。薛宝钗只好独守空闺，抱恨终身。

红楼梦曲·枉凝眉（第五回）

【原文】

一个是阆苑仙葩①，一个是美玉无瑕②。
若说没奇缘，今生偏又遇着他；
若说有奇缘，如何心事终虚化③？
一个枉自嗟呀，一个空劳牵挂④；
一个是水中月，一个是镜中花⑤。
想眼中能有多少泪珠儿？
怎经得秋流到冬尽，春流到夏。

【注解】

①阆苑（làng yuàn）仙葩（pā）：指林黛玉，她本是灵河岸上三生石畔的绛珠仙草。阆苑，传说中在昆仑山之巅，是西王母居住的地方。在诗词中常用来泛指神仙居住的地方，有时也代指帝王宫苑。仙葩，仙花。

② 美玉无瑕：指贾宝玉，他本是赤瑕宫的神瑛侍者，同时也赞他心地纯良洁白，没有那种儒臭浊气。瑕，玉的疵斑。

③虚化：成空，化为乌有。

④嗟呀：因悲伤而叹息。牵挂：在情况不明时对人的挂念。

⑤水中月、镜中花：都是虚幻的景象，是说宝、黛的爱情理想虽然美好，最终如镜花水月一样不能成为现实。

【背景】

这首曲子写的是宝、黛的爱情理想因变故而破灭，林黛玉泪尽而逝。曲名《枉凝眉》，意思是悲愁也没有什么用，也即曲中所说的“枉自嗟呀”。

【赏析】

《枉凝眉》，意思是白白地皱眉头，命运就这样无情，追悔、痛苦、叹息、遗憾，全都无用。

前文书中一僧一道对顽石说的“美中不足，好事多磨”，是大有深意的，宝、黛爱情的幻灭就是一个注脚。一个是绝色佳人，不食人间烟火；一个是翩翩少年，内心纯净，如白玉无瑕。这样的一对人，“若说没奇缘，今生偏又遇着他；若说有奇缘，如何心事终虚化？”她整天为他哭泣叹息，他整天为她牵肠挂肚；她心里只有他，他心里只有她，可“一个枉自嗟呀，一个空劳牵挂；一个是水中月，一个是镜中花”，这一切都如镜花水月。在荣国府那样的牢笼里，他们的爱情始终被压制着。封建道德观念在贵族之家就是天条，窒息了人的一切天性。“父母之命，媒妁之言”以及贾家的败落最终隔断了他们的缘分。黛玉这个多愁善感的女孩子，像一朵柔嫩的小花在“风刀霜剑”的凌逼之下枯萎了。面对这一切，即使整日以泪洗面，可“眼中能有多少泪珠儿？怎经得秋流到冬尽，春流到夏”！这出和着血泪的恋爱悲剧，不仅使作者为之“泪尽”，两百多年后的今天仍是人们谈论不尽的话题。

此曲如泣如诉，扣人心弦，让人忍不住为之心酸落泪。

红楼梦曲·恨无常（第五回）

【原文】

喜荣华正好①，恨无常又到②。

眼睁睁，把万事全抛③；荡悠悠，把芳魂消耗④。

望家乡，路远山高。

故向爹娘梦里相寻告⑤：

儿命已入黄泉，天伦呵⑥，须要退步抽身早！

【注解】

①喜荣华正好：指贾元春入宫为妃，贾府因此成为皇亲国戚。

②恨无常又到：指贾元春忽然夭亡。无常，佛家语言，原指人世一切即生即灭、变化无常，后俗传为勾命鬼。

③把万事全抛：抛下世间俗务，指死去。

④芳魂销耗：指元春的鬼魂忧伤憔悴。

⑤寻告：劝告。

⑥天伦：古代制度用作父子、兄弟等亲属的代称，这里是父母的意思。贾元春用来称呼她的父亲贾政。

【背景】

这首曲子唱的是贾元春。曲名“恨无常”，兼有两层意思：元春当了贵妃，但“荣华”短暂，忽然夭亡，是暗示元春早死；“无常”又是佛家语言，指人世一切即生即灭、变化无常。

【赏析】

贾府在四大家族中居于首位，是因为它财富最多，权势最大，而这又因为它有确保这种显贵地位的大靠山——贾元春，世代勋臣的贾府因为她而又成了皇亲国戚。所以，小说的前半部就围绕着元春“才选凤藻宫”、“加封贤德妃”和“省亲”等情节，竭力铺写贾府“烈火烹油，鲜花着锦之盛”。但是，“豪华虽足羡，离别却难堪。博得虚名在，谁人识苦甘?”读者可以看一看元春省亲在私室与亲人相聚的一幕，在“荣华”的背后便可见骨肉生离的惨状。元春说一句哭一句，把皇宫大内说成是“终无意趣”的“不得见人的去处”，完全像从一个幽闭囚禁她的地方出来一样。曹雪芹有力的笔触，揭示了封建阶级所钦羡的荣华对贾元春这样的贵族女子来说也还是深渊，她不得不为此付出丧失自由的代价。

但是，这一切还不过是后来情节发展的铺垫。省亲之后，元春回宫似乎是生离，其实是死别；她丧失的不只是自由，还有她的生命。因而，写元春显贵所带来的贾府盛况，也是为了预示后来她的死是庇荫着贾府大树的摧倒，为贾府势败、抄没后的凄惨景况作了反衬。脂批点出元妃之死也与贾家之败、黛玉之死一样，“乃通部书之大过节、大关键”。不过，在现存的后40回续书中，这种成为“大过节、大关键”的转折作用并没有加以表现，相反地，续书倒通过元春之死称功颂德一番，说什么因为“圣眷隆重，身体发福”才“多痰”致疾，仿佛她的死也足以显示皇恩浩荡似的。

“喜荣华正好，恨无常又到”，元春当了皇帝的妃子，贾家成了皇亲国戚，这是封建社会人们做梦都不敢希冀的荣耀。可是在作者看来，这也丝毫没有意义。正当你享受荣华的兴头上，突然“无常”降临了，不管你愿意还是不愿意，都得把生前贪恋的一切全都抛掉。“无常”一到，“哪怕你铜墙铁壁，哪怕你皇亲国戚”（鲁迅《朝花夕拾·无常》），全都不留情面，一概没落。元春只能“眼睁睁，把万事全抛；荡悠悠，把芳魂消耗。望家乡，路远山高”。元春到死才明白，富贵和权势是靠不住的，“故向爹娘梦里相寻告：儿命已入黄泉，天伦呵，须要退步抽身早！”在梦里劝告父母及早从强争苦夺的名利场中抽身，免得登高跌重，将来后悔。也就是智通寺对联说的“身后有余忘缩手”的反意——别忘及早缩手。

《红楼梦》人物中，短命的都有令人信服的原因，唯独元春青春早卒的原因不明不白，这本身就足以引人深思。作者究竟怎样写的，从“虎兔相逢”四个字是无法推断的。曲子中有些话也很蹊跷，如说元春的“荡悠悠，把芳魂消耗”、“望家乡，路远山高”，倘元春后来死于宫中，对于筑于“帝城西”的贾府并不算远，“路远山高”、“相寻告”等语，都是很难理解的。

从这首曲子的内容看，元妃死时可能要给其父母托梦，但在高鹗的续书中并无此情节。

红楼梦曲·分骨肉（第五回）

【原文】

一帆风雨路三千[①]，把骨肉家园齐来抛闪。
恐哭损残年，告爹娘[②]：休把儿悬念。
自古穷通皆有定[③]，离合岂无缘！
从今分两地，各自保平安。
奴去也，莫牵连。

【注解】

①此句指贾探春远嫁。

②爹娘：指贾政、王夫人。贾探春是庶出，为贾政的小老婆赵姨娘所生，但她不承认自己的生身母亲：“我只管认得老爷太太两个人，别人我一概不管。”（二十七回）所以赵姨娘说她“没有长翎毛就忘了根本，只拣高枝儿飞去了”。

③穷通：穷困和显达。

【背景】

这首曲子是写贾探春的。骨肉指父母与儿女之间的关系，曲名“分骨肉”，是与骨肉亲人分离的意思。

【赏析】

探春在众姊妹中结局不是最坏的，她遭遇的是与亲人不能再见的苦痛。以探春的品貌和才干，尽管是“庶出”，如果在家族的盛世，也不会让她远嫁到天边去。她的远嫁，一定是在家世没落时出于某种不得已的原因（与高鹗续书有别）。探春本人对她的远嫁倒也不那么特别沉痛。从本曲临行前告别致意的话来看，“自古穷通皆有定，离合岂无缘”，想得开，看得开，很豁达。这同她的性格有关。她为人处事刚强决断，颇具男儿之风。同时，她对贾家这个腐败下去的家族有自己的观察和判断。在七十五回里，她说：“咱们倒是一家子亲骨肉呢，一个个不像乌眼鸡？恨不得你吃了我，我吃了你！”“惑奸谗抄检大观园”时，她说：“可知这样大族人家，若从外头杀来，一时是杀不死的，这是古人曾说的百足之虫，死而不僵；必须先从家里自杀自灭起来，才能一败涂地！”这是探春的悲愤，也是作者的悲愤。

在探春的意识中，区分主仆尊卑的封建等级观念特别深固。她之所以对生母赵姨娘如此轻蔑厌恶、冷酷无情，重要的原因是，赵姨娘作为一个处于婢妾地位的人，竟敢逾越“上”、“下”的界线，冒犯她作为主子的尊严。抄检大观园时，在探春看来，“引出这等丑态”比什么都严重，她“命众丫鬟秉烛开门而待”，只许别人搜自己的箱柜，不许动一下她丫头的东西，并且说到做到，绝无回旋余地，这也是为了在婢仆前竭力维护作主子的威信与尊严。“心内没有成算的”王善保家的不懂得这一点，动手动脚，所以当场挨了一记巴掌。

探春对贾府面临大厦将倾的危局颇有感触，她想用“兴利除弊”的微小改革来挽回这个封建大家庭的颓势，但这只能是心劳日拙，无济于事。

对于探春这样的人，作者是有阶级偏爱和阶级同情的。但是，作者没有违反历史和人物的客观真实性，仍然十分深刻地描绘了这个形象，如实地写出了她“生于末世运偏消”的必然结局。

红楼梦曲·乐中悲（第五回）

【原文】

襁褓中，父母叹双亡。纵居那绮罗丛[①]，谁知娇养？

幸生来，英豪阔大宽宏量，从未将儿女私情略萦心上。

好一似，霁月光风耀玉堂[②]，厮配得才貌仙郎[③]，

博得个地久天长，准折得幼年时坎坷形状[④]。

终久是云散高唐，水涸湘江[⑤]。

这是尘寰中消长数应当[⑥]，何必枉悲伤！

【注解】

①绮（qǐ）罗丛：指富贵家庭的生活环境。绮罗，丝绸织物。

②霁月光风：雨过天晴时的明净景象，这里是比喻史湘云胸怀开朗。

③厮：终，才。配：婚配。才貌仙郎：可能指卫若兰。据脂砚斋评注提到，史湘云后与一个贵族公子卫若兰（曾出现于十四回）结婚。八十回以后的曹雪芹佚稿

中还有卫若兰射圃的情节。

④折得：抵销得。坎坷（kǎn kě）：道路不平的样子，引申为人生道路上曲折多难。这里指史湘云幼年丧失父母寄养于叔婶的不幸。

⑤此两句中藏有“湘云”二字，又说“云散”、“水涸”，喻湘云早寡。

⑥尘寰：尘世，人世间。消长：消失和增长，犹言盛衰。数：命数，气数。

【背景】

这首曲子是说史湘云的。曲名“乐中悲”，是说荣华富贵中潜伏着危机，欢乐中潜藏着悲哀，预示湘云的婚姻虽然美满但不能长久。

【赏析】

在史湘云身上，除她特有的个性外，我们还可以看到在封建时代被赞扬的某些文人豪放不羁的特点。湘云是大观园女孩中性格最活泼的一个，她最大的特点就是“豪阔大宽宏量”，从无小儿女那种扭捏之态。第二十一回写她睡觉：“一把青丝拖于枕畔，被只齐胸，一弯雪白的膀子撂于被外。”睡觉也带有男孩儿之态。宝钗过生日唱戏，凤姐说一个小旦活像某个人。宝钗已看出来，一笑，不说；宝玉也猜着了，但不敢说；湘云脱口而出：“倒像林姐姐的模样！”不经心地得罪了黛玉，引起一场有趣的小口角。芦雪庵赏雪联句时，她和宝玉等人烤鹿肉吃，黛玉笑他们是“一群花子”，她则说：“你知道什么！是真名士自风流。你们都是假清高，最可厌的。我们这会子腥膻大吃大嚼，回来却是锦心绣口！”看她言谈举止何等潇洒豪放！至于喝醉酒躺在芍药花丛里睡大觉，更是一段美谈。她的诗词作得也很好，才华不在薛、林之下。

湘云和黛玉都自幼失去父母，寄人篱下，遭遇有相似之处，但个性却截然不同。黛玉多愁多病，整天哭哭啼啼；湘云却健康活泼，爱说爱笑。

史湘云的不幸遭遇主要还在八十回以后。根据这个曲子和脂砚斋评注中提供的零星材料，史湘云后来和一个颇有侠气的贵族公子卫若兰结婚，婚后生活还比较美满。但好景不长，不久夫妻离散，她因而寂寞憔悴。湘云的婚姻是宝钗婚姻的陪衬：一个因金锁结缘，一个因金麒麟结缘；一个当宝二奶奶仿佛幸运，但丈夫出家，自己守寡；一个“断配得才貌仙郎”，谁料“云散高唐，水涸湘江”，最后也是空房独守。“双星”是牵牛、织女星的别称，故七夕又称双星节。总之，“白首双星”是说湘云和卫若兰结成夫妻后，由于某种尚不知道的原因很快离异了，成了牛郎织女。这正好作了宝钗“金玉良缘”的衬托。即便如此，史湘云仍不改其豪放本色，认为“这是尘寰中消长数应当，何必枉悲伤!”命里如此，悲伤何用?

红楼梦曲·世难容（第五回）

【原文】

气质美如兰，才华复比仙[1]，天生成孤癖人皆罕[2]。

你道是啖肉食腥膻[3]，视绮罗俗厌；

却不知好高人愈妒，过洁世同嫌[4]。

可叹这，青灯古殿人将老；孤负了，红粉朱楼春色阑[5]。

到头来，依旧是风尘肮脏违心愿[6]。

好一似，无瑕白玉遭泥陷；又何须，王孙公子叹无缘[7]。

【注解】

①复比仙：也与神仙一样。

②罕：纳罕，诧异，吃惊。

③啖（dàn）：吃。腥膻：腥臊难闻的气味，指荤食。出家人食素，所以这样说。

④此两句意为：太清高了，更会惹人忌恨；过分洁净了，大家都看不惯。

⑤春色阑：春光将尽。喻人青春将过。

⑥风尘：指以出卖色相为生的处境。

⑦王孙公子：指贾宝玉。

【背景】

这一首是写妙玉的。曲名“世难容”，是说她不被社会所容，也说明了她后来的悲剧性结局。

【赏析】

来自苏州的带发修行的尼姑妙玉，原来也是宦家小姐。她住在大观园中的栊翠庵，依附权门，受贾府的供养，却又自称“槛外人”，这正如鲁迅所揭露的：“要做这样的人，恰如用自己的手拔着头发要离开地球一样。”

妙玉是个出众的才女，诗书琴棋样样皆通。“凹晶馆联诗悲寂寞”一回，湘云和黛玉赏月作诗，都要恭而敬之地向妙玉请教。黛玉可是不轻易恭维任何人的，竟然称妙玉是“诗仙”。妙玉爱洁成癖，刘姥姥站过的地方她要用水冲刷，还不许送水的人跨进庵门一步，似乎有些不近人情了。可是从她的出身、境遇考虑，这种性格就可以理解了。她出身宦门，聪慧无比，却自幼与世隔绝，谁能理解她内心的苦闷呢？她又偏偏住进大观园里，同她年龄仿佛的贵族小姐们就在她周围过着花团锦簇的繁华生活，可她却凄凄楚楚地守着青灯古佛，敲着木鱼念

经，木乃伊般地打坐。要知道，她才是个十几岁的女孩子，命运对她显得是那么残酷！如果说贾家的千金们日后还有一段甜蜜的生活可以回忆，妙玉就连这么一点慰藉也没有，一苦到底。最后一句里的“王孙公子”，理解成宝玉也好，理解为泛指也行。因为对这样一个才貌双全的小尼姑，那些贵家公子自然是十分艳羡的。

实际上，妙玉也并没有置身于贾府和各种现实关系之外，她的“高”与“洁”都带有一些矫情的味道。因此，作者既没有认为入空门就能成为一尘不染的高人，也没有因此而特意为她安排更好的命运。作者通过妙玉沦落风尘的悲剧结局，深刻地批判了封建制度下人性的扭曲。

红楼梦曲·喜冤家（第五回）

【原文】

中山狼，无情兽，全不念当日根由[①]。
一味的，骄奢淫荡贪欢媾[②]。
觑着那，侯门艳质如蒲柳[③]；
作践的，公府千金似下流[④]。
叹芳魂艳魄，一载荡悠悠[⑤]。

【注解】

①此三句意为：迎春的丈夫孙绍祖完全忘了他的祖上曾受过贾府的好处。

②欢媾（gòu）：结为婚姻，此处指淫乱。迎春曾哭诉“孙绍祖一味好色”，“家中所有的媳妇、丫头将及淫遍”。媾，结合，交合。

③觑（qù）：窥视，细看。蒲柳：蒲和柳易生易凋，借喻本性低贱的人。这里是说孙绍祖作践迎春，不把她当作贵族小姐对待。

④作践：糟蹋。下流：下贱的人。

⑤此两句指贾迎春嫁后一年即被虐待而死。

【背景】

这首曲子是写贾迎春的。曲名“喜冤家”，是说虽然婚嫁是喜事，但由于错误的婚配，她与所嫁的丈夫却是冤家对头。

【赏析】

迎春的悲剧是其父贾赦一手造成的。按孙绍祖的说法，是贾赦花了孙家五千两银子，拿迎春抵了债。作者一再用“中山狼”称呼孙绍祖，因为他是一个不折不扣的恶棍。“他一味好色，好赌酗酒，家中所有的媳妇、丫头将及淫遍。”这就是他“骄奢淫荡贪欢媾”的注脚。迎春劝两次，他就骂迎春是“酯汁老婆拧出来的”，“好不好，打一顿撵在下房里睡去！”完全是一副流氓嘴脸。迎春这位公府千金哪里经过这个？回到家里啼哭诉苦，王夫人也只能说说“我的儿，这也是你的命”之类既像安慰又像劝导的话。迎春想“在园里旧房子里住得三五天，死也甘心了”，可就这一点可怜的要求也不能得到满足。几天后，孙家来人接，她“只得勉强忍情作辞”，回到“狼窟”里去继续忍受折磨。曹雪芹写了八十回的《红楼梦》就在这个地方绝笔，使我们看不到作者怎样写迎春“一载赴黄粱”的惨状了。高鹗续写的“还孽债迎女返真元”的情节，虽然基本体现了原作者的意图，但稍嫌草率。

贾府的二小姐迎春和同为庶出却精明能干的探春相反，老实无能，懦弱怕事，所以有“二木头”的诨名。她不但作诗猜谜不如姊妹们，在处世为人上也只知退让，任人欺侮，对周围发生的矛盾纠纷采取一概不闻不问的态度。她的攒珠累丝金凤首饰被人拿去赌钱，她不追究；别人要替她追回，她说“宁可没有了，又何必生事”；事情闹起来了，她不管，却拿一本《太上感应篇》自己去看。抄检大观园时，司棋被逐，迎春虽然感到“数年之情难舍”，掉了眼泪，但司棋求她去说情，她却“连一句话也没有”。如此怯懦的人，最终不免悲惨的结局，这在当时的社会环境实在是有其必然性的。

看起来，迎春像是被“中山狼，无情兽”吃掉的，但其实，吞噬她的是整个封建宗法制度，使她成为封建包办婚姻的牺牲品的一个典型代表。作者通过她的不幸结局，揭露和控诉了这种婚姻制度的罪恶，也是写作该书的动机之一。

红楼梦曲·虚花悟（第五回）

【原文】

将那三春看破，桃红柳绿待如何[①]？
把这韶华打灭[②]，觅那清淡天和[③]。
说什么，天上夭桃盛，云中杏蕊多[④]。
到头来，谁把秋捱过[⑤]？
则看那，白杨村里人呜咽，青枫林下鬼吟哦[⑥]。
更兼着，连天衰草遮坟墓。
这的是[⑦]，昨贫今富人劳碌，春荣秋谢花折磨。
似这般，生关死劫谁能躲[⑧]？
闻说道，西方宝树唤婆娑，上结着长生果[⑨]。

【注解】

①将那三春看破：与前文判词所说“勘破三春”意同。桃红柳绿：喻荣华富贵。待如何：结果怎么样呢？

②韶华：大好春光。此处喻所谓“凡心”。

③清淡天和：既指与自然界浓艳的春光相对的天地间清淡之气，又指人体的元气。因为古时有所谓不动心、不劳形、清净淡泊可保持元气不受耗伤的说法，所以，“觅天和”亦即所谓养性修道。天和，元气。

④天上夭桃、云中杏蕊：比喻富贵荣华。夭桃，语出《诗经·周

南·桃夭》："桃之夭夭。"夭夭，美而盛的样子。

⑤挨（ái）过：艰难度过。

⑥则看：只见。白杨村：古人在墓地多种白杨，后来常用白杨暗喻坟冢所在。《古诗十九首》："驱车上东门，遥望郭北墓。白杨何萧萧，松柏夹广路。下有陈死人，杳杳即长暮。"青枫林：李白遭流放，杜甫疑其已死，作《梦李白》诗说："魂来枫林青，魂返关塞黑。"这里青枫林是借用，意同"白杨村"。吟哦（é）：有节奏地背诵、朗读。

⑦的是：真是。

⑧生关死劫：佛教把人的生死说成是关头、劫数。劫，厄运。

⑨宝树：指菩提树，叫"婆娑"。长生果：即《西游记》中所写的人参果，俗传吃了可以长生不老。果，又是佛家语，指修行有成果。

【背景】

这首曲子是写贾惜春的。"虚花"，犹言镜中花。"虚花悟"，意谓悟到荣华富贵都是虚幻的。

【赏析】

这首曲子同前面的《好了歌解注》一样，极力铺张渲染，说荣华富贵瞬息即逝，不要以“假”当“真”，不要执迷不悟。

“将那三春看破，桃红柳绿待如何”，意思是说，惜春已将自己那三个姐姐的归宿都看清楚了，即使是荣华富贵又能怎样呢？

“把这韶华打灭，觅那清淡天和”，意思是说，牺牲美好的、浓艳的大好青春，去寻找那清净淡泊的修行法门，到佛教中去修身养性。

“说什么，天上夭桃盛，云中杏蕊多。到头来，谁把秋捱过”，是说桃杏虽盛，但等不到秋天早已落尽，以草木摇落而变衰的秋季来象征人世间不可避免的衰败。从其他线索看，原稿写贾府势败时在秋天，因此，这里含义双关。

“则看那，白杨村里人呜咽，青枫林下鬼吟哦。更兼着，连天衰草遮坟墓”，意思是说，到头来，你无非也是要死去的，徒然留下一个坟头而已。

对此，作者不禁发出感慨：“这的是，昨贫今富人劳碌，春荣秋谢花折磨。似这般，生关死劫谁能躲？”荣华富贵抵不过命运生死。

“闻说道，西方宝树唤婆娑，上结着长生果”，喻指皈依佛教，求得超度，修成正果。这里，作者是捏合传说以取喻，暗示惜春终于逃避现实，出家为尼。

贾惜春“勘破三春”，“披缁为尼”，这并不表明她在大观园的姊妹中见识最高、最能悟彻人生的真谛。恰恰相反，作者在小说中非常深刻地对惜春进行解剖，让我们看到她所以选择这条生活道路的主客观原因。客观上，她在贾氏姊妹中年龄最小，当她逐渐懂事的时候，周围所接触到的多是贾府已趋衰败的景象。四大家族的没落命运，三个姐姐的不幸结局，使她为自己的未来担忧，现实的一切对她失去了吸引力，她便产生了弃世的念头。主观上，则是由环境塑造成的她那种毫不关心他人的孤僻冷漠性格，这是典型的利己主义世界观的表现。人家说她是“心冷嘴冷的人”，她自己的处世哲学就是“我只能保住自己就够了”。抄检大观园时，她咬定牙关，撵走毫无过错的丫鬟入画，而对别人的流泪哀伤无动于衷，就是她麻木不仁的典型性格表现。所以，当贾府一败涂地的时候，入庵为尼便是她逃避统治阶级内部倾轧保全自己的必然道路。这些描写说明惜春出家是对恶浊的现实所能采取的唯一的抗议形式，似乎只有皈依佛门，才是逃避现实的最好途径。但她将来要“缁衣乞食”，和叫花子差不多，“长生果”定是吃不到的。在原稿中，她所过的“缁衣乞食”的生活，境况肯定要比续书所写的还要悲惨。

其实，这首曲子也不单为惜春而设，更多的句子是作者直接抒发幻灭后的悲哀，悲观的气氛十分浓重。

红楼梦曲·聪明累（第五回）

【原文】

机关算尽太聪明，反算了卿卿性命①！

生前心已碎，死后性空灵②。

家富人宁，终有个家亡人散各奔腾③。

枉费了，意悬悬半世心④；好一似，荡悠悠三更梦。

忽喇喇似大厦倾，昏惨惨似灯将尽。

呀！一场欢喜忽悲辛。叹人世，终难定！

【注解】

①机关：心机，阴谋权术。卿卿：夫妇、朋友间一种亲昵的称呼。

这里指王熙凤。

②死后性空灵："死后性灵"是迷信的说法。使凤姐难以瞑目的事，最有可能是指她到死都牵挂着她的女儿贾巧姐的命运。

③奔腾：在这里是形容灾祸临头时，各自急急找生路的样子。

④意悬悬：时刻劳神，放不下心的精神状态。

【背景】

这首曲子是写王熙凤的。曲名"聪明累"，是受聪明之连累、聪明自误的意思。语出北宋苏轼《洗儿》诗："人皆养子望聪明，我被聪明误一生。惟愿孩儿愚且鲁，无灾无难到公卿。"

【赏析】

王熙凤是贾府的实际当权派。她主持荣国府，协理宁国府，而且勾通官府，为所欲为。这是个政治性很强的人物，不是普通的贵族家庭的管家婆。她的显著特点就是"弄权"，一手抓权，一手抓钱，十足表现出剥削阶级的权欲和贪欲。王熙凤不仅是一个人，而是代表了一个阶级。"忽喇喇似大厦倾，昏惨惨似灯将尽"，不光是王熙凤的个人命运，也是垂死的封建阶级和他们所代表的反动社会制度彻底崩溃的形象写照。

"机关算尽太聪明，反算了卿卿性命"，此两句意为：费尽心机，策划算计，聪明得过了头，反而连自己的性命也给算掉了。道出了正在走向没落的封建势力的共同规律。王熙凤是四大家族中首屈一指的"末世之才"，在短暂的几年掌权中，她极尽权术机变、残忍阴毒之能事，制造了许多罪恶，直接死在她手里的就有好几条人命。为了三千两银子，她略施一点小手段，就害死了张金哥和长安守备的儿子。此外还有贾瑞、鲍二家的、尤二姐等人都先后死在她手里。兴儿还说她："嘴甜心苦，两面三刀；上头一脸笑，脚下使绊子；明是一把火，暗是一把刀，都占全了。"这些话是通过兴儿的嘴说出来的，实际上就

是作者的看法。她是贾家这座大厦的顶梁柱，同时又是这座大厦的蛀虫；她照管着贾家的“长明灯”，又恨不得一口喝干灯里的油。连她自己都承认：“若按私心藏奸上论，我也太行毒了，也该抽头退步。”但这一切只不过为她自己的最后垮台准备了条件，因为她最终一步也没退，当忽喇喇大厦倾倒时，第一个就要把她压死，“枉费了，意悬悬半世心；好一似，荡悠悠三更梦”。脂砚斋批语透露，按照曹雪芹的原意，这个贾门女霸的结局是很糟的。在贾家败落后，她要被关押在“狱神庙”，有一番“身微运蹇”、“回首惨痛”的经历，最后凄惨地死去。唉！真是“一场辛苦忽悲辛。叹人世，终难定！”

其实，凤姐的惨痛结局只是自食恶果，并不是什么人世祸福难定。她越是精明能干，越是加速了贾府的破败与瓦解，而她的结局必定是与之同归于尽。

红楼梦曲·留余庆（第五回）

【原文】

留余庆[①]，留余庆，忽遇恩人；幸娘亲，幸娘亲，积得阴功[②]。

劝人生，济困扶穷，休似俺那爱银钱忘骨肉的狠舅奸兄[③]。

正是乘除加减，上有苍穹[④]。

【注解】

①余庆：先代为后代所遗留下来的福泽。

②娘亲："母亲"的一种方言叫法。阴功：迷信的人认为在人世间所做而在阴间可以记功的好事。

③狠舅：指王仁。奸兄：原作不知指谁，续作指贾芸。

④乘除加减：指老天的赏罚丝毫不爽，犹如"善有善报，恶有恶报"。苍穹（qióng）：苍天。

【背景】

这首曲子是写贾巧姐的。曲名"留余庆"，是说贾巧姐的娘王熙凤曾接济过刘姥姥，做了好事，因而得到好报——由刘姥姥救巧姐出火坑。《易·坤·文言》中云："积善之家，必有余庆。""留余庆"与"积得阴功"含义相似，意谓前人积德，后人沾惠，都是一种因果报应的说法。

【赏析】

巧姐在大观园十二钗中年龄最小，因她尚未长大成人，所以作者没有去刻画她的个性。她的命运取决于结局悲惨的母亲王熙凤。“覆巢之下，焉有完卵？”巧姐的命运就可以推知了。

刘姥姥在穷得过不去冬时，曾到贾府去求助。凤姐对这个“芥豆之微”的穷亲戚本来是看不起的，但在无意中也救济了她。曲中说的“积得阴功”，指的就是这件事。从此刘姥姥和贾家结下了缘分，先后三进荣国府，成为贾家兴衰的见证人。连巧姐的名字还是刘姥姥给起的，当时还恭维说：“她必长命百岁。日后大了，各人成家立业，或一时有不随心的事；必然遇难成祥，逢凶化吉，却从这‘巧’字上来。”从曲子内容看，在巧姐被其舅王仁等人推进火坑（很可能是卖给妓院）时，刘姥姥救她出来，使她“逢凶化吉”。

贾府丑事败露后，王熙凤获罪，自身难保，女儿贾巧姐为狠舅奸兄欺骗出卖，流落在烟花巷。贾琏夫妻、父女，“家亡人散各奔腾”。后来，巧姐幸遇恩人刘姥姥救助，使她死里逃生。

此曲的中心思想是“济困扶穷”，这是巧姐历经磨难后的顿悟，也是曹雪芹通过刘姥姥救巧姐的故事所要表达的救世思想。虽有因果报应之说，也不乏积极意义。

当然，曹雪芹笔下的刘姥姥身上也戴着封建阶级精神奴役的沉重枷锁，说王熙凤能“留余庆”、“积得阴功”，也完全是一种阶级偏见。曲子宣扬“乘除加减，上有苍穹”的冥冥报应的迷信思想，更明显的属于封建糟粕，这些无疑都应剔除。但是，我们也应该看到使作者产生“劝人生，济困扶穷”思想的实际生活基础，把它与封建剥削阶级惯于进行的虚伪的、廉价的慈善说教区别开来。

红楼梦曲·晚韶华（第五回）

【原文】

镜里恩情，更那堪梦里功名[①]！

那美韶华去之何迅！再休提绣帐鸳衾[②]。

只这带珠冠，披凤袄[③]，也抵不了无常性命。

虽说是，人生莫受老来贫，也须要阴骘积儿孙[④]。

气昂昂，头戴簪缨；光灿灿，胸悬金印[⑤]。

威赫赫，爵禄高登；昏惨惨，黄泉路近。

问古来将相可还存？也只是虚名儿与后人钦敬。

【注解】

①镜里恩情：喻夫妻恩情。

②韶华：这里喻青春年华，与曲名中喻荣华富贵有所区别。绣帐鸳衾（qīn）：指代夫妻生活。鸳衾，绣着鸳鸯的锦被。

③只：即使，即便是。珠冠、凤袄：指受到朝廷封赏的贵妇人的服饰。这里指李纨因贾兰长大后做了官而得到封诰。

④阴骘（zhì）：即前曲所谓“阴功”，指暗中有德于人。积儿孙：为儿孙积德。

⑤簪缨（zān yīng）：古时贵人的冠饰。簪，首饰。缨，帽带。金印：为皇帝赏赐、贵人所佩戴的象征身份地位的贵重之物。

【背景】

这首曲子是写李纨的。曲名“晚韶华”，字面上说晚年荣华，其真意是说好光景到来已经晚了。

【赏析】

李纨出身于官僚家庭，其父李守中为国子监祭酒。自幼其父就教她读《列女传》之类的书，受封建伦理道德的熏陶，成为一名典型的淑女。青春丧偶，她能安之若素，只知道孝敬公婆和抚养儿子，此外一概不闻不问。她果然就是“槁木死灰”吗？当然不是，她只不过是把苦痛和悲哀深深掩抑在内心里不流露罢了。这种无法宣泄的痛苦，才是最深沉的痛苦。三十三回里，宝玉遭毒打，王夫人叫着贾珠的名字大哭：“若有你活着，便死一百个我也不管了！”这话犹如一针扎在李纨心上，她禁不住放声痛哭。这大概是她苦痛心情仅有的一次流露。

这是一个封建社会中被人称为贤女节妇的典型，“三从四德”的妇道的化身。在小说中许多重要事件中，李纨都在场，可是她永远只能充当“敲边鼓”的角色，没有给读者留下什么特殊的印象。这也许正是符合她的身份地位和思想性格的——荣国府的大嫂子，一个恪守封建礼法、与世无争的寡妇，从来安分顺时，不肯卷入矛盾斗争的旋涡。

"镜里恩情，更那堪梦里功名"，丈夫早死，夫妻恩情已是空有其名，谁料到儿子的功名、自己的荣华，也像梦境一样虚幻。"只这带珠冠，披凤袄，也抵不了无常性命"，是说待李纨可享荣华时，死期也就临近了，这是得不偿失的。李纨苦了一辈子，尽管晚年母以子贵，还是抵消不了她的悲剧命运，很快便死了。作者以"气昂昂"、"光灿灿"、"威赫赫"之类的字眼形容贾兰升官，讽刺之意很明显，其实最多不过再来一次"苦枯"的小循环而已。"问古来将相可还存？也只是虚名儿与后人钦敬"，是说李纨本来大可不必"望子成龙"。

作者通过李纨一生的事迹，有力地抨击了封建卫道士们宣扬的"贤女节妇"思想对女性的迫害。

红楼梦曲·好事终（第五回）

【原文】

画梁春尽落香尘①。

擅风情，秉月貌，便是败家的根本②。

箕裘颓堕皆从敬③，家事消亡首罪宁④。

宿孽总因情⑤！

【注解】

①此句暗指秦可卿在天香楼悬梁自尽。画梁：有彩绘装饰的屋梁。

②擅风情，秉月貌：自恃风月情多和容貌美丽。此三句意思是说：后来贾府之败，根源可以追溯到这一点上。

③箕裘（jī qiú）颓堕：旧时指儿孙不能继承祖业。箕裘，比喻祖先的事业。箕，簸箕。裘，皮袍。颓堕，颓败崩溃。敬：指贾敬。他颓堕家教，放任子女胡作非为，养了个不肖之子贾珍，而贾珍则乱伦，与儿媳私通。

④家事：家业。宁：宁国府。

⑤宿孽：原始的罪恶，起头的坏事，祸根。

【背景】

这首曲子是写秦可卿的。曲名“好事终”的“好事”特指男女风月之事，是反语，指秦可卿与贾珍乱伦的丑事告一段落，曲名含着明显的讽刺意味。

【赏析】

“画梁春尽落香尘”，此句暗指秦可卿在天香楼悬梁自尽。“擅风情，秉月貌，便是败家的根本”，意思是说：秦可卿自恃风月情多和容貌美丽，后来贾府之败，根源可以追溯到这一点上。从曲子开头几句看，作者似乎是把贾家败落的责任归到秦可卿身上。其实细看书中情节，不过是通过秦可卿把宁府贾珍、贾蓉、贾敬等人牵出来，进行暴露和鞭挞。“箕裘颓堕皆从敬，家事消亡首罪宁”，秦可卿的堕落是主动还是被迫，不得而知，但无论从哪个角度说，贾珍都是主要责任者。秦可卿出身并不高贵，是其父秦业从“养生堂”抱养的孤儿。贾珍这个无耻的酒色之徒垂涎其美，不顾伦理道德，勾引她堕落，导致她自杀，应该是最合理的推测。由此再进一步，作者以为贾珍的堕落，责任又在其父贾敬。这个贾敬一心想当神仙，整年烧丹炼汞，“只在都中城外和道士们胡羼”，完全放弃了家业和对子孙的教育。于是贾珍、贾蓉父子“只一味高乐不了，把宁国府翻了过来”，也没人敢来管他们。子孙不肖，后继无人，焉能不败？

不过，曲子中有一点是颇令人思索的，那就是秦可卿在小说中死得较早，为什么要说她是“败家的根本”呢？难道作者真的认为后来贾府之败是像这首曲子所归结的“宿孽总因情”吗？四大家族的衰亡是社会的、政治的客观规律所决定的，封建统治阶级的生活腐朽、道德败坏也是其阶级本性所决定的。那么，曹雪芹为何把后来发生的重大变故的责任全推到一个受贾府这个罪恶封建家庭的毒氛污染而丧生的女子身上，把一切原因都说成是因为“情”呢？其实，这和十二支曲的《引子》中所说的“都只为风月情浓”一样，只是作者有意识地在小说的一切人物、事件上所施的障眼法。作者在很大程度上为了给人以“大旨谈情”的假象，才虚构了太虚幻境、警幻仙子。但是，这种“荒唐言”若不与现实沟通，就起不了掩护政治性的真实性作用。因而，作者又在现实中选择了秦可卿这个因风月之事败露而死亡的人，作为这种“情”的象征，让她在宝玉梦中“幻”为“情身”，还让那个也叫“可卿”的仙姬与钗、黛的形象混为一体，最后与宝玉一起堕入“迷津”，暗示这是后来情节发展的影子，以自圆其“宿孽因情”之说。

当然，以假象示人是不得已而为之，作者对此也是充满矛盾，所以他在太虚幻境入口处写下了一副对联，一再警告读者要辨清“真”、“假”、“有”、“无”，拨开迷雾，认清本质。

红楼梦曲·收尾·飞鸟各投林（第五回）

【原文】

为官的，家业凋零；富贵的，金银散尽；
有恩的，死里逃生；无情的，分明报应；
欠命的，命已还；欠泪的，泪已尽。
冤冤相报实非轻，分离聚合皆前定①。
欲知命短问前生，老来富贵也真侥幸。
看破的，遁入空门②；痴迷的，枉送了性命。
好一似食尽鸟投林，落了片白茫茫大地真干净！

【注解】

①前定：前世注定。

②遁：躲，逃。

【背景】

这是《红楼梦曲》总收尾的曲子。“飞鸟各投林”，是“家散人亡各奔腾”的另一种说法，与“树倒猢狲散”意思相同。

【赏析】

这首曲子是《红楼梦》十二曲的总结，它概括地写出了封建社会末期以贾府为代表的贵族家庭中发生的急剧变化，从中表现出整个封建制度和封建阶级正在加速走向灭亡的历史趋势。

这首曲子为四大家族的衰亡预先敲响了丧钟。但是，作者并不了解历史发展的客观规律和深刻根源，不能对这种阶级斗争和统治阶级

内部斗争所带来的家族命运的剧变做出科学的解释；同时，还由于他在思想上并没有同这个没落的封建家族割断联系，因此，不可避免地就有许多宿命论的说法，使整首曲子都蒙上了浓重的悲观主义色彩。这首曲子在结尾两句中以食尽鸟飞、唯余白地的悲凉图景，作为贾府未来一败涂地、子孙流散的惨象的写照，从而向读者极其明确地揭示了全书情节发展必以悲剧告终的完整布局。

值得注意的是，曲中所列举种种现象，并不是每句专咏一人。过去，俞平伯先生以为它“不是泛指”，“恰恰十二句分配十二钗”，“这是‘百衲天衣’”，各有所指：

为官的，家业凋零——是指湘云；
富贵的，金银散尽——是指宝钗；
有恩的，死里逃生——是指巧姐；
无情的，分明报应——是指妙玉；
欠命的，命已还——是指迎春；
欠泪的，泪已尽——是指黛玉；
冤冤相报实非轻——是指可卿；
分离聚合皆前定——是指探春；
欲知命短问前生——是指元春；

老来富贵也真侥幸——是指李纨；

看破的，遁入空门——是指惜春；

痴迷的，枉送了性命——是指凤姐。

这个分配大体上也还说得过去，这首曲子既是十二钗曲的收尾，它在表现贾府“树倒猢狲散”的情景时，当然是以写十二钗的结局为主的。但是，后来俞先生自己也觉得未必妥当。因为它的目的毕竟不是把前面曲子中都已具体写过的各人命运再重复一遍，作者也并未故意求巧，使每句曲文恰好分结一钗。把一气呵成的曲文割裂开来，按人分派，这只会削足适履，损伤原意。总之，我们不应拘泥于一句一人，把文义说死，从而影响对这首曲子真义的理解。

【链接】

《红楼梦》中究竟写了多少人物

清朝嘉庆年间姜祺统计共四百四十八人。

民国初年兰上星白编了一部《红楼梦人物谱》，共收七百二十一人，人各有传，字数长短不一，此书中又收《红楼梦》所述及的古代帝王二十三人，古人一百一十五人，后妃十八人，列女二十二人，仙女二十四人，神佛四十七人，故事人物十三人，共二百六十二人，每人略考其生平及传说。连上二者合计，共收九百八十三人。

近年，徐恭时作新统计：

（1）宁荣两府本支：男十六人，女十一人，宁荣两府眷属女三十一人。

（2）贾府本族：男三十四人，女八人。

（3）贾府姻娅：男五十二人，女四十三人。

（4）两府仆人：丫鬟七十三人，仆妇一百二十五人，男仆六十七人，小厮二十七人。

（5）皇室人物：男九人，女六人。宫太监二十七人，宫女七人。

（6）封爵人物：男三十七人，眷属十四人。

（7）官吏：有姓名及职名冠姓的男二十六人，只有职称的三十八人，胥吏男三人。

（8）社会人物：各阶层男一百零二人，女七十一人。医生男十四人，门客男十人。优伶男六人，女十七人。僧道男十七人，尼婆四十九人。连宗男四人，女四人。

（9）外国人：女二人。

（10）警幻天上：女十九人，男六人。

总计：男四百九十五人，女四百八十人。合计：九百七十五人。其中有姓名称谓的七百三十二人，无姓名称谓的二百四十三人。

朝扣富儿门[①]（第六回）

【原文】

朝扣富儿门[①]，富儿犹未足。

虽无千金酬，嗟彼胜骨肉[②]。

【注解】

①扣：敲。

②嗟（jiē）：感叹声。

【背景】

此诗见甲戌本、戚序本第六回正文开头，己卯本附夹一纸上，有“题曰”字样，当是曹雪芹所作的“标题诗”。

【赏析】

此诗化用杜甫《奉赠韦左丞丈二十二韵》诗意，原诗为：“朝扣富儿门，暮随肥马尘。残杯与冷炙，到处潜悲辛。”

诗中说：早早地来敲富人的家门（求救济），富人（身缠巨贯）却依旧感叹钱少。帮扶的银钱虽然不及千金，但受惠的人念恩偿报胜过自家亲骨肉。

刘姥姥为生计忍耻求助于贾府，而“钟鸣鼎食之家”的贾府中人如凤姐却对财富犹未满足，反而向刘姥姥告艰难说“不知大有大的难处”，最后总算给了微不足道的二十两银子打发了她。不料刘姥姥受恩不忘，在后来厄运降临贾府时，能仗义救巧姐出火坑，则其胜过巧姐之骨肉“狠舅奸兄”多矣！

作者友人敦诚有《寄怀曹雪芹霑》一诗云：“劝君莫弹食客铗，劝君莫叩富儿门。残杯冷炙有德色，不如著书黄叶村。”想来曹雪芹也曾有过如刘姥姥那样不得不向人借贷的尴尬经历，所以才能叙述得绘声绘色。

【链接】

红学

红学，即研究《红楼梦》的学问，横跨文学、哲学、史学、经济学、心理学、中医药学等多个学科。清代学者运用题咏、评点、索隐

等传统方法研究《红楼梦》，被称为旧红学。五四运动前后，王国维、胡适、俞平伯等人引进西方现代学术范式研究《红楼梦》，红学作为一门严肃学问堂而皇之步入学术之林，被称为新红学，与甲骨学、敦煌学并称20世纪三大显学。20世纪末21世纪初，红学发生分化，主流红学遭遇瓶颈，民间红学奇谈怪论迭出，红学整体的学术品质和社会声誉均呈下滑之势，同时又给人很多想象空间。

红学纵向划分为旧红学、新红学、当代红学三个时期，横向划分为评论派、考证派、索隐派、创作派四大学派，各派又细化为若干分支，主要包括题咏、评点、鉴赏、百科、批评、曹学、版本学、本事学、脂学、探佚学等。

十二花容色最新（第七回）

【原文】

十二花容色最新①，不知谁是惜花人。

相逢若问名何氏②，家住江南姓本秦。

【注解】

①十二花容：指薛姨妈叫周瑞家的分送给众姊妹戴的“宫里头做的新鲜样法，堆纱花儿十二枝”。

②名何氏：姓什么。

【背景】

此诗甲戌本、戚序本在第七回正文开头，有“题曰”字样，当是曹雪芹所作的标题诗。

【赏析】

此回写到冷香丸的制方时，说了许多“十二两”、“十二钱”、“十二分”之类的字样，脂评以为“凡用‘十二’字样，皆照应十二钗”，这里，“十二花容”同样也有双关含义。这样，“惜花人”便是能怜惜女儿命运的人，自是非宝玉莫属。因本回又写“宝玉结秦钟”，故有“相逢若问名何氏，家住江南姓本秦”一说。甲戌本初提到“秦钟”之名时，有脂批曰：“设云‘情种’。古诗云：‘未嫁先名玉，来时本姓秦。’二语便是此书大纲目、大比托、大讽刺处。”“秦”谐音“情”，自非脂评任意穿凿。只是作者的真实用意和脂批所言的语意，后文难以具体确定。

【链接】

“红学”一词的由来

“红学”一词最早见于清代李放的《八旗画录》：“光绪初，京朝上大夫尤喜读之（指《红楼梦》），自相矜为红学云。”孙雄《道咸同光四朝诗史一斑录》：“都人喜谈《石头记》，谓之‘红学’。新政风行，谈红学者改谈经济；康、梁事败，谈经济者又改谈红学。”

《文艺杂志》1914年第8期发表了均耀《慈竹居零墨》，称清末上海松江有个叫朱昌鼎的人，对《红楼梦》十分入迷。有人问他“治何

经”，他对人家说，他所治的“经”，比起一般的经少“一横三曲”。原来，繁体字的“经”字去掉“一横三曲”，就是个“红”字。这个小故事流传开来，“红学”一词就约定俗成，成为研究《红楼梦》这门学问的名称。

古鼎新烹凤髓香（第八回）

【原文】

古鼎新烹凤髓香①，那堪翠斝贮琼浆②。

莫言绮縠无风韵③，试看金娃对玉郎④。

【注解】

①古鼎：古代烹烧器皿。这里泛说烹茶用器之贵重。凤髓：名贵的茶。

②翠斝（jiǎ）：古代用翠玉制的三足酒器，实则指酒杯。琼浆：指称美酒。

③绮縠（hú）：犹言绮罗，指代女子。这里指宝钗。縠，古称质地轻薄纤细透亮、表面起绉的平纹丝织物，也称绉纱。

④金娃对玉郎：指宝钗与宝玉。

【背景】

此诗见于甲戌本第八回正文的开头，有“题曰”字样，当是曹雪芹所作的标题诗。

【赏析】

脂批指此回是宝钗“正传”，作者在此回中对宝玉与宝钗之间的

关系作了重点的描述，对通灵宝玉与金锁也作了详尽的交代。故事的前后情节中穿插着不少喝茶和饮酒的细节，所以标题诗就围绕着这些事来写。“古鼎烹名茶，玉杯盛佳酿”，表面上是说美酒能醉人，且宝玉也真的喝醉了，实则也兼喻宝钗的迷人风韵。但为什么作者又怕大家会以为宝钗“无风韵”呢？这除了书中写宝钗是“罕言寡语，人谓藏愚；安分随时，自云守拙”外，还因宝玉对钗、黛始终是有明显倾向性的，特别是黛玉死后，宝玉虽与宝钗结成夫妻，却心意难平，不能忘怀黛玉，终至弃宝钗而出家。作者在这里想要表达的意思是，这一切并非因为宝钗之“风韵”不及黛玉，“金娃对玉郎”堪比金童玉女，自然风韵无限。其言外之意，宝玉不愿“金玉良缘”，而偏念“木石前盟”，乃别有缘故。这样提出问题，蕴含深意，发人深思。

【链接】

红学研究的范围

一般来说，对《红楼梦》的文本、版本、历史背景、文学史关系和作者家世、生平、创作经历的研究，都可纳入红学。

对于“红学”含义的争论起于1980年周汝昌的《红学辨义》一

文，他认为红学的范畴应归结为曹学、版本学、探佚学、脂学，且坚持红学真正的本体是探寻曹雪芹这部小说写的是谁家的事，即“本事”，探寻本事的学问，才是红学的本义，才是红学的正宗。

周汝昌的观点受到学者们的普遍质疑。1984 年应必成在《文艺报》上撰文认为，《红楼梦》本身的研究不仅不应该排除在红学研究之外，相反，它应是红学的最主要内容。

嘲顽石幻相（第八回）

【原文】

女娲炼石已荒唐，又向荒唐演大荒①。
失去幽灵真境界，幻来新就臭皮囊。
好知运败金无彩②，堪叹时乖玉不光③。
白骨如山忘姓氏，无非公子与红妆④。

【注解】

①荒唐：指荒唐的人世间。大荒：指代大荒山青埂峰石头的故事。又有荒唐、无边际的意思。这里兼用二义。

②好知：须知。

③堪叹：可叹。时乖：与“运败”同义。

④红妆：指美女。

【背景】

宝钗因笑说道：“成日家说你的这块玉，究竟未曾细细地赏鉴过，我今儿倒要瞧瞧。”说着便挪近前来。宝玉亦凑过去，便从项上摘下来，递在宝钗手内。宝钗托在掌上，只见大如雀卵，灿若明霞，莹润如酥，五色花纹缠护。

看官们须知道，这就是大荒山中青埂峰下的那块顽石幻相。

【赏析】

作者通过薛宝钗赏鉴贾宝玉的通灵玉的情节，点出通灵玉只不过是大荒山青埂峰下顽石的幻相，接着假托“后人有诗”嘲之。

女娲补天丢弃不用的那块石头，被茫茫大士、渺渺真人携入人世，变成了通灵宝玉，同时又是贾宝玉其人。这是作者凭空虚拟的带有神秘色彩的故事，“女娲炼石已荒唐，又向荒唐演大荒”，女娲炼石之事本已荒唐，现在又向荒唐的人间敷演出这一石头的荒唐故事，所以说它荒唐而又荒唐。石头由自由自在的神物，变成一个被人百口诮谤的“臭皮囊”，表面上是对人生意义的否定，其实是作者在抒发他对人生社会幻灭后的愤激情绪。

“失去幽灵真境界，幻来新就臭皮囊”，意思是说：这块补天神石，没求修炼真境界，却来到凡间，落在一身“臭皮囊”，正是借佛家语嘲其幻相。佛教厌恶人的肉体，以为它只是贮存涕、痰、粪、溺等污物的躯壳，所以称为“臭皮囊”。

“好知运败金无彩，堪叹时乖玉不光”，是暗示宝钗、宝玉夫妇命运蹇涩，将由花柳繁花的顶峰，跌入贫困凄凉的底层。“靖藏本”批曰：“伏下闻。又夹入宝钗，不是虚图对的工。”可知原稿后半部有其“运败”时“无彩”的情节，但难知其详。续书写宝钗的冷落是因为宝玉疯癫，后来则因丈夫出家而成为实际上的孀居，与原稿归因于贾府衰亡不同。第二十五回癞僧曾说，通灵玉被蒙蔽是“粉渍脂痕污宝光”。可见，“玉不光”不仅指宝玉后来“贫穷难耐凄凉”，很可能是嘲讽他在不幸的境遇下与宝钗成了亲，即所谓“尘缘未断”。在作者看来，重要的是精神上有默契，肉体只不过是臭皮囊而已，所以为之而发出尾联的叹息。续书中写宝玉“疯癫”中不辨结婚对象而听人摆布，并非作者原意。据脂评谓黛玉死后，宝玉有“对镜悼颦儿”文字，又指出“后文成其夫妇时”宝玉与宝钗有“谈旧”事，可知原稿中宝玉并不痴呆，写法要现实得多。

最后的“白骨如山忘姓氏，无非公子与红妆”两句意思是说，一切荣华富贵都是转瞬即逝的过程，最终全告毁灭。书中这类带有浓厚悲观色彩的地方不少，毋庸讳言，其作用是消极的。重要的问题在于要会读，会分析，作正确的取舍。

这首嘲讽顽石之诗，是作者对世人的当头棒喝，告诫人们不要依附权贵，更不要以为荣华富贵能够长久。全诗余味无穷，发人深省。

【链接】

红学门派之评论派

旧红学中的题咏派、评点派，新红学中的文学鉴赏派、百科全书派、现代批评派，均可纳入广义评论派。评论派坚持文学本位，从艺术性、思想性、百科文化、社会生活、哲理感悟、情感体验等角度解读原著，研究《红楼梦》的思想主题、艺术特色、人物形象、文化价值、写作方法等。

（1）题咏派：叶崇伦、唤明、富察明义、潘炤、姜祺、沈谦。

题咏派“都着眼于书中人物之悲欢离合，从而寄其羡慕或感慨要而言之，无非画饼充饥，借酒浇愁”（茅盾《关于曹雪芹》）。题咏派的诗、词、赋、赞，有的抒发“荣华易逝人生如梦”的人生观，渗透着佛家的“色空”观念和“梦幻”思想；有的抓住书中的“风月繁华”和

“爱情故事”，渲染“繁华”之景和“香艳”之情，吐露出一种仰慕、一种思绪；有的同情宝黛钗，因未能给宝黛钗指出一条光明之出路，抒发一种“无可奈何花落去”的感慨。

（2）评点派：王希廉、张新之、姚燮、脂砚斋、王伯沆。

文学评点起源于明代中叶，是独具中国特色的文论体裁。评点的形式：书首有批序、题词、读法、问答、图说、论赞，每回有回前回后批，页面有眉批、侧批、夹批。

（3）现代鉴赏派：鲁迅、毛泽东、老舍、吴组缃、端木蕻良、宋淇、舒芜、蔡义江、王蒙、马瑞芳、蒋勋、吴淡如、康来新、陈艳涛、白坤峰、闫红、朱楼梦剑。

采用文本细读，从文学艺术的角度谈自己的阅读心得、体会、感悟。

（4）百科全书派：沈从文、邓云乡、顾平旦、陈诏、夏桂霞、段振离、刘世彪、关华山、李光斗、沈雁英、黄云皓、苏芩。

《红楼梦》被誉为中国封建社会的百科全书，书中服饰、饮食、茶道、养生、美容、医药、建筑、园林、经济、民俗、宗教等各方面的描写都经得起专业化解读。

（5）现代批评派：王国维、吴宓、茅盾、王昆仑、李辰冬、何其芳、周策纵、白盾、李希凡、蒋和森、余英时、丁维忠、吕启祥、张锦池、周思源、胡文彬、段启明、刘梦溪、刘再复、李劼、孙伟科、梅新林。

王国维《红楼梦评论》（1904），用叔本华唯意志主义观点评论《红楼梦》，阐述其社会意义和艺术价值。虽然产生在旧红学时期，却是现代批评派的开山之作。关于这一派的学术旨趣，红学会总舵主张庆善如是说：“《红楼梦》是一部文学作品，是一部讲人生、讲爱情、讲情感的书，红学研究只能以一种文学的眼光和文学研究的方法，去挖掘《红楼梦》深邃的思想艺术内涵，而不能用索隐的方法把《红楼梦》变成清宫秘史或是别的什么秘史。学术就是学术，不能娱乐化，更不能戏说。”

通灵宝玉与金锁铭文（第八回）

【原文】

通灵宝玉铭文：

莫失莫忘，仙寿恒昌[①]。

金锁铭文：

不离不弃，芳龄永继[②]。

【注解】

①仙寿恒昌：长寿发达。恒昌，久远昌盛。

②芳龄永继：长寿之意。

【背景】

宝钗看毕，又重新翻过正面来细看，口里念道：“莫失莫忘，仙寿恒昌。”

宝玉托着锁看时，果然一面有四个字，两面八个字，共成两句吉谶（希望将来能应验的吉祥语）。

【赏析】

通灵宝玉本是补天之余的顽石，因向往人世繁华，经仙僧大展幻术，变成一块鲜明莹洁的美玉，又镌上了一些字，由下凡的神瑛侍者夹带着投了胎，成了贾宝玉落草时衔着来、以后一直挂在脖子上的美玉。关于通灵玉，前文曾多次写到，但都未详述，现在因宝钗要“细细地赏鉴”，才对它作了详尽的正面介绍。

通灵玉即石头，是曹雪芹虚拟的小说的作者，小说也就被虚构成是石头幻入红尘所经历的故事。石头是一直伴着贾宝玉的，所以实质上也等于是贾宝玉所经历的故事。“莫失莫忘”是告诫语，也就是说若能如此就会吉祥平安。那么，故事中贾宝玉是否不慎“失”掉过玉呢？据脂批提示，后半部原稿有“误窃”、“凤姐扫雪拾玉”、“甄宝玉送玉”等情节，看来还真的失掉过，只是详情已不可知了。反正很可能还是现实的合乎情理的写法，与续书所写莫名其妙地神秘失踪，致使宝玉迷失本性成了疯癫不一样。

宝钗的金锁虽不过是人工打造的金器，但錾在上面的两句吉谶却“是个癞头和尚送的”，且又有“金玉相配”之说。宝钗在赏鉴通灵玉时，宝玉听丫头说她项圈的金锁上也錾有字，故央求宝钗拿给他瞧。在相互赏鉴中，作者通过丫鬟莺儿和宝玉自己的话一再强调，彼此饰物上的两句话八个字“是一对儿”，这些话本身不妨也视作是一种吉谶。作者思想上本带有某种宿命的成分，艺术上又特别注重伏线照应，既然“金玉姻缘”是他们将来注定的命运，所以先有这样的暗示就不足为奇了。

与通灵玉上的吉谶一样，金锁上八个字其实也并不一定是吉利的，因为它也有“不”字作为前提条件，倘或“离”了“弃”了，

那就谈不上吉利了。但宝钗的结局确是最终被“弃”而“离”的，吉谶暗藏深意，用意也是十分巧妙的。

这两句铭文恰好是对仗工整的一副联语，也是所谓“金玉良缘”的根据。从字面上看，这是两句好话，但用在二人身上就带有明显的嘲讽意味。一个将来要出家当和尚，一个将来要独守活寡，长寿又有什么趣味呢？说是“仙寿恒昌”，宝玉并没有成佛成仙；说是“芳龄永继”，宝钗同样要衰老贫病。所以这不过是求取吉利的两句空话而已。

早知日后闲争气（第八回）

【原文】

早知日后闲争气[①]，岂肯今朝错读书！

【注解】

①争气：招气受。

【背景】

此第八回回末诗。秦业望子成龙，好不容易得到儿子秦钟能入贾家塾中念书的机会，“亲带了秦钟，来代儒家拜见了。然后听宝玉上学之日，好一同入塾”。在此回末语后，以“正是”二字接上这一联。

【赏析】

这一联诗句，起着关联下文、预提后话的作用。下一回“恋风流情友入家塾，起嫌疑顽童闹学堂”写秦钟入学后，因“恋风流”招致“同窗人起了疑，背地里你言我语，诟谇谣诼，布满书房内外”，终于惹起口角争斗，造成群童大打出手，把学堂闹了个天翻地覆，秦钟的头也被打破了。孩子们打架，大人们自然生气。金荣母亲不必说，即如秦可卿“听见有人欺负了她兄弟，又是恼，又是气”，恼的是那些“扯是搬非”者，“气的是她兄弟不学好，不上心读书”，因此使她增加烦恼，添了病。事情闹到这地步，是秦钟始料未及的，故有此联语。下句在“读书”之前加个“错”字，还用“岂肯”，活画出宝玉、秦钟等人“不因俊俏难为友，只为风流始读书”的存心和秉性，用语风趣，幽默感十足。

赞会芳园（第十一回）

【原文】

黄花满地[1]，白柳横坡。

小桥通若耶之溪[2]，曲径接天台之路[3]。

石中清流激湍，篱落飘香；树头红叶翩翻[4]，疏林如画。

西风乍紧，初罢莺啼；暖日当暄[5]，又添蛩语[6]。

遥望东南，建几处依山之榭[7]；纵观西北，结三间临水之轩[8]。

笙簧盈耳[9]，别有幽情；罗绮穿林[10]，倍添韵致。

【注解】

①黄花：菊花。

②若耶之溪：浙江绍兴县南有若耶溪，相传是西施浣纱处，又叫浣纱溪。这里借以点染景色人事 。

③曲径：曲折的小路。天台之路：天台山在浙江天台县北。传说汉代刘晨、阮肇入天台山采药，遇见两个仙女，留他们住了半年。后来他们要求回家，到家乡时发现已经过了七世。这里也是借遇仙故事来烘托景物和接着便写到的情节。

④翩（piān）翻：飘忽摇曳貌。

⑤暄：太阳的温暖。

⑥蛩（qióng）语：蟋蟀的叫声。

⑦榭：建筑在台上的房屋。

⑧轩：有窗的小屋子。

⑨笙簧：吹奏乐器。簧是笙管中的薄片，吹时振动发声。

⑩罗绮：绫罗彩绸。这里指代穿着罗绮的女子。

【背景】

这段骈文是写王熙凤从宁府庆寿辰、探望秦可卿的病回来，路经会芳园时，对园中景致的描写。

【赏析】

会芳园，坐落在宁国府的花园，内中有“天香楼”、“凝曦轩”、“逗蜂轩”等建筑。

这首诗中的景物描写，在情节安排上有它的反衬作用，“会芳园”三字语含双关。王熙凤在观赏景致中，碰上了躲在假山后等她的贾瑞。接着作者就描写“毒设相思局”的丑事，对古代大家庭的生活糜烂、道德败坏作了无情的揭露。这些帏内幕后的丑恶，与会芳园的美好外景形成了鲜明的对比。可见，“接天台”之路实际上只是通淫秽之径，“涧流清溪”也不过是臭水泥潭而已。

【链接】

红学门派之考证派

考证派是新红学第一大派，坚守史学本位，运用杜威实证主义方法，致力于考证曹雪芹家事、《红楼梦》版本和成书经过。

（1）曹学：胡适、顾颉刚、吴恩裕、周汝昌、冯其庸。

曹学注重搜集有关《红楼梦》作者曹雪芹的家世、生平史料，勾勒

出《红楼梦》诞生的历史背景，通过研究曹雪芹的生平经历来了解《红楼梦》。四字法言：曹贾互证。十字箴言：大胆地假设，小心地求证。

（2）版本学：林语堂、俞平伯、周绍良、张爱玲、梅节、刘世德、欧阳健、沈治钧、陈林。

版本学以程高本、全评本、脂评本、全抄本原版为研究对象，比较各本先后、真伪、异同，并校订异文。

（3）出版人：程伟元、高鹗、王德化、狄葆贤、汪原放、陶洙、启功、刘金星。

出版人是《红楼梦》版本的制作人，故纳入考证派。

一步行来错（第十三回）

【原文】

一步行来错，回头已百年。

古今风月鉴①，多少泣黄泉！

【注解】

①风月鉴：回应本书书名《风月宝鉴》。鉴，可以使人警惕或引为教训的事情，借鉴。

【背景】

此诗见于靖藏本十三回回前。庚辰本用朱笔大字另写在第十一回之前的空页上，大概是因为过录者误把这首诗当作是说贾瑞的，而诗前长批又明说秦可卿，遂凭己意将其位置移前，以表示兼说两者。庚辰本有“诗曰”字样，当是曹雪芹所作。

【赏析】

“一步行来错，回头已百年”，这两句是说秦可卿“一失足成千古恨，再回头已百年身”。“风月鉴”虽出现于贾瑞之死情节中，但其含义显然是象征性的，因此可以普遍适用，故又加“古今”二字。题秦氏之死的诗中又提出“风月鉴”，更证明作者把秦氏与贾瑞穿插起来写是有意安排的，故用“多少”两字来概括。

【链接】

红学门派之索隐派

索隐派是红学中的猜谜派、秘史派。以索隐、秘史本位否定文学、历史本位，透过字面，运用谐音、拆字、藏头、谜语、谶纬等文字游戏，用历史上或传闻中的人和事去附会《红楼梦》，考索出“所隐之事，所隐之人”，编造各种秘史。鲁迅评语：流言家看见宫闱秘史。

（1）本事学：透过《红楼梦》的表面故事去索隐所谓“背后”的“真事”、“真相”、“秘史”。

①官宦家事说：由《红楼梦》索隐满清官宦家族秘史。

②宫闱秘史说：由《红楼梦》索隐满清皇家秘史。

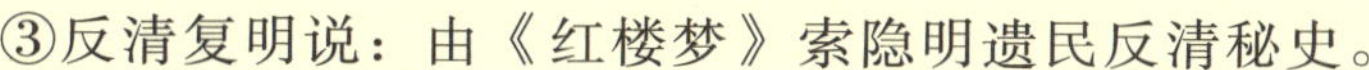

③反清复明说：由《红楼梦》索隐明遗民反清秘史。

④曹谜学：由《红楼梦》编造曹家秘史。

⑤非曹雪芹说：由《红楼梦》编造各种秘史，并拿秘史中的主人公侵犯曹雪芹的著作权。

（2）脂学：基于脂本，猜测脂砚斋与曹雪芹的关系以及脂砚斋抄阅、评点乃至协助曹雪芹创作《红楼梦》的经过。

（3）探佚学：基于脂本，腰斩后四十回，猜测八十回后曹雪芹原意。

梦秦氏赠言（第十三回）

【原文】

三春过后诸芳尽①，各自须寻各自门②。

【注解】

①尽：尽头，完结。

②门：门路。

【背景】

秦可卿死时，王熙凤梦见她前来告别，劝凤姐为将来贾府不可避免的衰败早作打算，临别时，又赠凤姐这两句话。

【赏析】

秦可卿托梦赠言，预示“盛筵必散”，但也表达了传统的宿命论思想。她为贾府所筹划的，如在祖茔附近预先多置房产、田地，以备祭祀、供给，也为子孙将来留一条退路等，都是为这个大家族的长远利益做打算。

“三春过后诸芳尽”，表面上说春光逝去后，众花都要落尽，实际上是预言后事，说待到元春、迎春、探春死去和远嫁，大观园姊妹们也都要死的死、散的散了。“各自须寻各自门”，意思是说：各自都得寻找各自的归宿，也就是“飞鸟各投林”的意思。

从脂评中我们知道，曹雪芹的亲友看了初稿中这一段，曾为之“即欲堕泪”，“悲切感服”，还因此原谅了秦氏生前的行为，嘱令曹雪芹把暴露她与公公贾珍之间丑事的“遗簪、更衣诸文”统统删去，以便将她从作者的“刀斧之笔”下“赦”出来。这当然只是批书人的立场观点。不过，从作者终于删改“淫丧天香楼”文字和这一情节描写来看，对贾府“树倒猢狲散”的结局，作者自己也还是流露出悲惋心情的。

【链接】

红学门派之创作派

创作派，从事《红楼梦》相关文艺创作。

（1）现代伪续：《刘心武续红楼梦》，西岭雪《黛玉传》，温皓然《红楼梦续》，胡楠《梦续红楼》，金俊俊、何玄鹤《癸酉本石头记》（《吴氏石头记》）。

（2）独立原创：云槎外史《红楼梦影》、归锄子《红楼梦补》、高阳《红楼梦断》、安意如《惜春纪》、红楼梦同人。

（3）译著：霍克斯（英译本）、李治华（法译本）、弗朗茨·库恩（德译本）、伊藤漱平（日译本）。

（4）仿作：张爱玲《金锁记》、巴金《家》、林语堂《京华烟

云》、流潋紫《甄嬛传》。

（5）衍生艺术：《红楼梦古画录》、1962 越剧电影（徐玉兰、王文娟主演）、1977 港版电影（林青霞、张艾嘉主演）、1987 央视版电视剧（欧阳奋强、陈晓旭、邓婕、张莉主演）、北昆舞台剧及电影（翁佳慧、朱冰贞、邵天帅主演）、江苏红楼梦世界实景文学。

赞省亲别墅（第十八回）

【原文】

金门玉户神仙府①，桂殿兰宫妃子家②。

【注解】

①金门玉户：形容金碧辉煌。

②桂殿兰宫：月殿仙宫。此处是以仙境比宫室。

【背景】

贾元春来到大观园正殿，见“琳宫绰约，桂殿巍峨。石牌坊上明显‘天仙宝境’四字，贾妃忙命换‘省亲别墅’四字”。于是进入行宫，只见庭燎绕空，香屑布地，火树琪花，金窗玉槛，说不尽帘卷虾须，毯铺鱼獭，鼎飘麝脑之香，屏列雉尾之扇。

【赏析】

小说用这一联来赞宫室的建筑和陈设的富丽。

上一回描写要为正殿拟题时，有这样一段文字：“贾政道：‘此处书以何文？'众人道：'必是蓬莱仙境方妙 。'贾政摇头不语。宝玉见了这个所在，心中忽有所动，寻思起来，倒像哪里曾见过的一般，却一时想不起哪年月日的事情了。"在这里，脂批说：这是"仍归于葫芦一梦之太虚玄境"。可见，"省亲别墅"原准备题"蓬莱仙境"、"天仙宝境"，都并非泛泛夸张。作者要通过这种描写暗示的是：贾府以大观园为代表的奢靡豪华生活和以贾元春为代表的尊贵显赫地位，只不过是幻梦一场，转眼就会破灭的。宝玉觉得似曾相识，又想不起来，这表面上说的是他对梦游太虚幻境中所经历的种种尚留下依稀的印象，实质上则是一种曲折的艺术反映：贾宝玉对逐渐弥漫的衰败气息，比别人感受得更敏锐，但此时此刻又还不可能完全觉悟。

【链接】

红学名人之鲁迅

鲁迅（1881—1936），红学评论派代表人物。鲁迅红学的文献资料主要保存在《中国小说史略》（1923—1924，附录《中国小说的历史的变迁》）中，其他就只有一些杂论。鲁迅红学贯串了两条红线：一是方法上坚持文学欣赏，否定考证、索隐、探佚；二是内容上坚持"人情说"，否定"自传说"、"秘史说"。作为20世纪中国最伟大的文学家，鲁迅的红学具备大历史、大国学、大文化的品格，这是其他偏安一隅的红学流派望尘莫及的。

大观园题咏（第十八回）

【原文】

顾恩思义（贾元春）

天地启宏慈[①]，赤子苍头同感戴[②]，
古今垂旷典[③]，九州万国被恩荣[④]。

【注解】

①启：开启。宏：广大，宏大。慈：和善，怜惜，慈爱。

②赤子苍头：小孩和老人，指百姓万民。

③垂：垂范。旷典：前所未有的典制。

④被：覆盖。此处是享有、泽及的意思。

【原文】

题大观园（贾元春）

衔山抱水建来精[①]，多少工夫筑始成。
天上人间诸景备，芳园应赐大观名。

【注解】

①精：精致，精心。

【原文】

旷性怡情（贾迎春）

园成景备特精奇，奉命羞题额旷怡[①]。
谁信世间有此境，游来宁不畅神思[②]？

【注解】

①羞题额旷怡：不好意思地题了“旷性怡情”的匾额。

②宁不：怎不。畅神思：即额题“旷性怡情”的同义语。

【原文】

万象争辉（贾探春）

名园筑出势巍巍[①]，奉命何惭学浙微[②]。
精妙一时言不出，果然万物生光辉。

【注解】

①势巍巍：指建筑气势雄伟。

②浙微：才疏学浅。

【原文】

文章造化[①]（贾惜春）

山水横拖千里外，楼台高起五云中[②]。
园修日月光辉里[③]，景夺文章造化功。

【注解】

①文章造化：景物之华美如天工神力造成。文章，文采。造化，谓天地创造化育万物。常指天运或神力。

②五云：五色云霞。隐以神宫仙府作比。

③日月：古代文人多以日月比拟皇帝。

【原文】

文采风流[1]（李纨）

秀水明山抱复回，风流文采胜蓬莱[2]。
绿裁歌扇迷芳草[3]，红衬湘裙舞落梅[4]。
珠玉自应传盛世[5]，神仙何幸下瑶台[6]。
名园一自邀游赏，未许凡人到此来。

【注解】

①文采风流：这里指景物多采，风光美好。

②抱复回：要合抱而又回转，即曲折萦绕的意思。蓬莱：传说中海上的仙山。

③歌扇：古时女子歌唱以扇遮面，所以有歌扇之称。

④湘裙：疑当作“缃裙”。缃，浅黄色绢帛。

⑤珠玉：喻诗文美好。这里借以说大观园题咏。

⑥瑶台：传说中神仙所居之处。

【原文】

凝晖钟瑞[①]（薛宝钗）

芳园筑向帝城西[②]，华日祥云笼罩奇[③]。
高柳喜迁莺出谷[④]，修篁时待凤来仪[⑤]。
文风已著宸游夕[⑥]，孝化应隆归省时[⑦]。
睿藻仙才盈彩笔，自惭何敢再为辞[⑧]。

【注解】

①凝晖钟瑞：光辉瑞象毕集于此。凝，凝聚。晖，日光。钟，聚集。瑞，吉兆。

②帝城西：古人以近帝居为荣。小说中设想的贾府在宫城的西面，加写元春归省时“忽见两个太监骑马缓缓而来，至西街门下了马”。

③华日祥云：是说气象佳胜，喻所谓“体仁沐德”，受皇帝的恩荣。这两句即额题之意。

④此句意思是说：喜庆的莺从幽谷飞到高柳上去。喻元春出深闺进宫为妃。

⑤此句意思是说：时刻等待凤凰飞到竹林里来。喻元春归来省亲。传说凤凰食竹实，呈祥瑞。篁（huáng）：竹子。竹修长，所以称修竹、修篁。凤来仪：即“有凤来仪”，有凤凰来到这里栖息。仪，朝见的意思。

⑥文风：指儒家所宣扬的君主提倡文学、重视礼乐的风气。这是从某些政治意义上来说大观园赋诗一事。著：表现得显著。宸（chén）

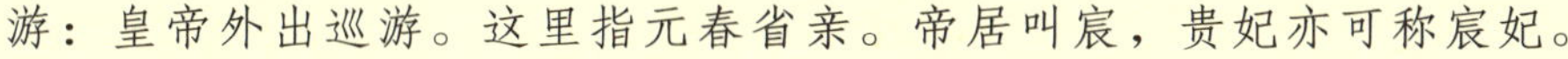
游：皇帝外出巡游。这里指元春省亲。帝居叫宸，贵妃亦可称宸妃。

⑦孝化：孔孟认为能做到孝悌，就不会“犯上作乱”。以后的一些君主就利用它作为维持国家宗法制度的道德基础，以此来规范人们的思想和行为，亦即所谓进行教化，所以称孝化。隆：发扬光大。归省（xǐng）：回家探亲。

⑧此两句意思是说：瞻仰了元春所题的才智非凡的联额和诗后，自惭才疏，不敢再措辞了。睿：明智。这是古时候常用作吹捧帝王的字。藻：辞藻，泛指诗文。

【原文】

世外仙源（林黛玉）

名园筑何处，仙境别红尘①。
借得山川秀②，添来景物新③。
香融金谷酒④，花媚玉堂人⑤。
何幸邀恩宠⑥，宫车过往频。

【注解】

①别红尘：不同于人间。别，区别。

②此句意思是说：诗歌从山川中借得秀丽。

③此句意思是说：盛事使园林增添新气象。

④融：融入，混合着。金谷酒：晋代石崇家有金谷园，曾宴宾客于园中，命赋诗，不成者罚酒三斗。这里借典故说大观园中“大开筵宴”，命题赋诗。

⑤媚：对人献妩媚之态，拟人化写法。玉堂人：指元春。玉堂，妃嫔所居之处。

⑥邀：叨受，幸蒙得到。

【原文】

有凤来仪（贾宝玉）

秀玉初成实[①]，堪宜待凤凰[②]。
竿竿青欲滴[③]，个个绿生凉[④]。
迸砌妨阶水，穿帘碍鼎香[⑤]。
莫摇清碎影，好梦昼初长[⑥]。

【注解】

①秀玉：喻竹。实：竹实。

②堪宜：正适合。

③青欲滴：形容竹子色鲜。

④个个：竹叶像许多“个”字，叶绿荫浓则生凉。

⑤此两句是倒装句法，即“妨阶水迸砌，碍鼎香穿帘”。意思是说：竹林挡住绕阶的泉水迸溅到阶台上来，又使房中鼎炉上所焚的熏香气味不会穿过帘子散去。砌：阶台的边沿。妨：即“防”。

⑥此两句意思是说：在此翠竹遮荫之下，正好舒适昼睡，希望竹子别因为有点风吹便动摇起来，使散乱的影子晃动于跟前，徒扰我好梦。

【原文】

蘅芷清芬（贾宝玉）

蘅芜满净苑[①]，萝薜助芬芳[②]。
软衬三春草，柔拖一缕香[③]。
轻烟迷曲径，冷翠滴回廊[④]。
谁谓池塘曲，谢家幽梦长[⑤]。

【注解】

①蘅芜：香草。苑：园林。

②萝薜：藤萝，薜荔。

③软衬、柔拖：蘅芜院的异草香花以牵藤引蔓为多，所以用“软”、“柔”。写色用“衬”，写香用“拖”。

④轻烟：喻藤蔓延生萦绕的样子，如女萝亦称烟萝。冷翠：指花草上的露水。迷曲径、滴回廊：因为这些植物“或垂山岭，或穿石脚，甚至垂檐绕柱、萦砌盘阶”，所以这样写。

⑤此两句意思是说：谁说只有写过“池塘生春草”名句的谢灵运才有触发诗兴的好梦呢！用南朝诗人谢灵运梦见其族弟谢惠连而得到佳句的典故。《诗品》引《谢氏家录》：“康乐（谢灵运曾袭封康乐公）每对惠连，辄得佳语，后在永嘉西堂，思诗竟日不就。寤寐间，忽见惠连，即成‘池塘生春草’。故尝云：‘此语有神助，非吾语也。’”

【原文】

怡红快绿（贾宝玉）

深庭长日静，两两出婵娟[①]。

绿蜡春犹卷[②]，红妆夜未眠[③]。

凭栏垂绛袖，倚石护青烟[④]。

对立东风里[⑤]，主人应解怜[⑥]。

【注解】

①两两：指芭蕉与海棠，意暗蓄“红”、“绿”二字在内。婵娟：美好的样子。

②此句意思是说：春天里芭蕉叶还卷而未展。与下一句“红妆夜未眠”都不是单纯写景，实在都是借花木以写人，暗示后来怡红院中的生活。绿蜡：翠烛，此喻还卷着叶的芭蕉。

③此句意思是说：海棠在夜里并未睡着。红妆：女子，喻花。

④此两句意思是说：海棠如美人凭栏垂下大红色衣袖；芭蕉倚石而植，使山石如被青烟笼罩。

⑤对立：指芭蕉与海棠相对而立。

⑥主人：题咏时应指元春，以后也就是怡红院主宝玉自己。解怜：会爱惜。

【原文】

杏帘在望（贾宝玉）

杏帘招客饮，在望有山庄①。
菱荇鹅儿水，桑榆燕子梁②。
一畦春韭绿③，十里稻花香。
盛世无饥馁，何须耕织忙④？

【注解】

①杏帘：酒店作标志的旗帜。招：是说帘飘如招手。这一联分题目为两句，浑成一气，以下六句即从“客”的所见所感来写。

②此两句意思是说：种着菱荇的湖水是鹅儿戏水的地方，桑树榆树的枝叶正是燕子筑巢用的屋梁。荇（xìng）：荇菜，水生，嫩叶可食。

③畦（qí）：田园中划分成块的种植地。

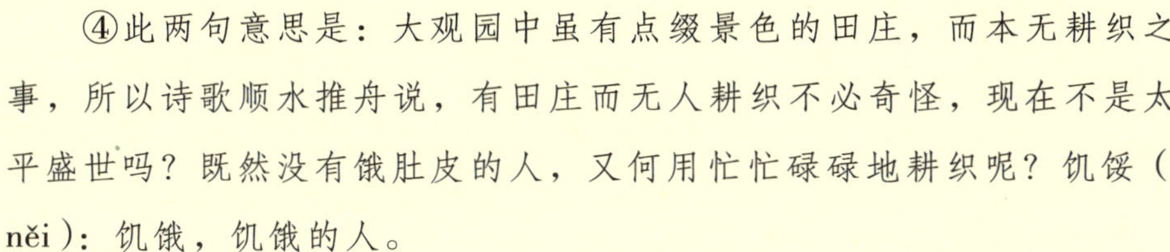
④此两句意思是：大观园中虽有点缀景色的田庄，而本无耕织之事，所以诗歌顺水推舟说，有田庄而无人耕织不必奇怪，现在不是太平盛世吗？既然没有饿肚皮的人，又何用忙忙碌碌地耕织呢？饥馁（něi）：饥饿，饥饿的人。

【背景】

元春书匾额、对联后，又题大观园一绝，然后命众姊妹也各题一匾一诗；又要宝玉为“潇湘馆”、“蘅芜苑”、“怡红院”、“浣葛山庄”四大处各赋五言律诗一首，借此面试其才情。末首《杏帘在望》系黛玉代作，因为她见宝玉构思太苦，所以就“考场作弊”了。

【赏析】

《大观园题咏》实际上是朝廷中皇帝命题叫臣僚们作的应制诗的一种变相形式。《红楼梦》这部以“言情”面目出现的小说，常常采用这种障眼法来描写它所不便于直接描写的内容，以免被加上“干涉朝廷”的罪名。所以，在这些诗中除了蔑视功名利禄的贾宝玉所作的几首以外，大都不脱“颂圣”的内容，这是并不奇怪的。此外，从匾到诗，都是带有个性化或暗合人物命运的。

贾元春《顾恩思义》匾额与题联，纯为“颂圣”之语。

贾元春《题大观园》一诗与后面几首不同，作者是有深意的：说的是园林建筑，其实也指小说创作。“衔山抱水建来精，多少工夫筑始成”，意思是说：环山萦水的构建，设计精心，工程浩大。作者借此暗寓小说创作呕心沥血，周密构思，花了他一生大半精力。“天上人间诸景备，芳园应赐大观名”，包含几层意思：其一，“天上人间诸景备”的大观园，只有通过艺术的典型概括才能创造出来。考证它的地点是荒唐的。其二，“天上”，也隐指“太虚幻境”。宝玉初见大观园正殿，“心中忽有所动，寻思起来倒像在哪里见过一般”以及“省亲别墅”原称“天仙宝境”等，都在暗示“天上”与“人间”两种

境界的联系。其三，小说所反映的社会生活面是广阔的，从“天上”到“人间”，亦即从皇家到百姓，形形色色，包罗万象，蔚为“大观”，确是一部当时社会的百科全书。

贾迎春《旷性怡情》一诗写得了无生趣，语句牵强，十分切合人物性格。迎春为人懦弱，逆来顺受，所以自谓能“旷性怡情”；她缺乏想象力，所以诗也写得空洞无物。

贾探春《万象争辉》一诗，“何惭”、“言不出”两句，将一个精明自负而又富有心机的人刻画得活灵活现。探春为人精明，因知“难与薛、林争衡”，不如藏拙为是，故只作一绝以“塞责”；但“惭学浅”之语，与迎春言“羞”，宝钗称“惭”，自不相犯，都表现出各自的个性。所题“万象争辉”，写高楼崇阁气势巍巍，和惜春赞美造化神力，又都仿佛无意中与他们后来一个嫁得贵婿，一个皈依佛门等事有瓜葛。

贾惜春《文章造化》一诗夸赞大观园的景物之华美有如鬼斧神工。“山水横拖千里外，楼台高起五云中”，上句极言地广，下句极写楼高。“园修日月光辉里，景夺文章造化功”，意思是说：大观园修建于皇帝贵妃的恩泽荣光之中，风光景物有巧夺天工之奇。

李纨《文采风流》一诗，颂扬景物多采，风光美好，人物不凡。“秀水明山抱复回，风流文采胜蓬莱”，概括了大观园的自然风光十分秀美，貌似海外蓬莱。“绿裁歌扇迷芳草，红衬湘裙舞落梅”，意思是说：歌扇用绿绸裁制成，与芳草颜色一样，迷离不分；裙子浅黄底子衬着红花，舞动时如红梅落瓣，随风飞回。“珠玉自应传盛世，神仙何幸下瑶台”，从侧面烘托大观园的确是个人间仙境。“名园一自邀游赏，未许凡人到此来”，意思是说：名园一经贵人游赏，便增价百倍，犹如仙境不许凡人来到。亦借此“颂圣”。李纨，小说中虽说她自幼父亲“不十分令其读书”，但毕竟出身名宦，“族中男女无有不诵诗读书者”，非寻常家庭妇女可比；她后来被推为诗社社长，除了因年长之处，也说明她还是懂一点诗的。她作的七律，也很符合这种虽乏才情，但尚有修养的情况：诗中或凑合前人旧句，或借用唐诗熟事，都还平妥稳当。所题“文采风流”四字，似能令人想到后来贾兰的荣贵，至于“未许凡人到此来”等语，又与她终生持操守节的生活态度相契合。此诗面面俱到，从侧面反映出李纨为人处世得体大方，不失风度。

薛宝钗《凝晖钟瑞》一诗反映出她就是一个奉势迎上的人，一个封建宗法制度的卫道者。

但同是“颂圣”，也因人而异。林黛玉所作就颇有应付的味道，如“盛世无饥馁，何须耕织忙”即是。命人赋诗者何尝不知其为了作诗而矫情地粉饰太平，但只要对方有这样的立意，能说得符合自己的政治需要，就加以褒奖，真话假话倒无关紧要。宝钗的诗则可以看出从遣词用典到构章立意都是以盛唐时代那些有名的应制诗为楷模的。对她来说，歌功颂德，宣扬孝化文风，完全出于她的本心本意。

这类文字，就作品反映政治斗争的内容看，既是一种掩护，又是一种揭露。由于它“称功颂德，眷眷无穷”，所以是一种掩护。但由此看出贾府受皇帝特别宠幸的身份地位，让我们清楚地了解这个罪恶的封建大家族的政治靠山是什么，这就是一种揭露。

题宝玉续《庄子》文后（第二十一回）

【原文】

无端弄笔是何人[①]？作践南华庄子文[②]。

不悔自家无见识，却将丑语怪他人[③]！

【注解】

①无端：无缘无故。弄笔：指执笔写字、为文、作画。

②作践：糟蹋。今通行本作“剿袭”，宝玉是明续，不是暗偷，所以以“作践”为好。南华：《庄子》又称《南华经》。

③丑语：恶语，难听的话。

【背景】

黛玉来到宝玉房中，宝玉不在，因翻弄案上书，见其所续《庄子胠箧》文，“不觉又气又笑”，也提笔续诗于后。

第二十一回

【赏析】

与黛玉存在一些芥蒂的钗、袭为了收伏宝玉，施展了撒娇含嗔、忽热忽冷的手法，使宝玉陷入苦恼之中。他从庄子思想中去寻求解脱，以为不论哪一方面都应弃绝不顾，才能怡然自悦。这虽是出于一时愤激、“逞着酒兴”所说的话，但毕竟还是皂白不分、是非不明之言，所以黛玉作诗相讥，说他“无见识”，不能知人，因为把黛玉混同钗、袭，都说成是“张其罗而邃其穴”、“迷惑缠陷天下”，这正证明自己已受到别人罗穴的“迷惑缠陷”。说出这样“丑语”来的人，正应该知道“自悔”才是。作者让黛玉出来反驳，正是为黛玉作必要的洗刷，因为黛玉与宝钗、袭人、麝月是不能等同的，同时也为后文的故事发展留下线索。

【链接】

红学名人之周汝昌

周汝昌（1918—2012），是继胡适等诸先生之后，新中国研究《红楼梦》的第一人，享誉海内外的考证派主力和集大成者。1953 年版《红楼梦新证》为其首部也是最重要、最具代表性的著作，其丰富详备的内容以及开创意义在红学史上具有广泛持久的影响力，被评为“红学方面一部划时代的最重要的著作”。他的另一部代表作《石头记会真》历经五十余载潜心努力，对 11 种《红楼梦》钞本进行汇校。

专著:《红楼梦新证》、《曹雪芹》、《曹雪芹小传》、《恭王府考》、《献芹集》、《石头记鉴真》、《红楼梦与中华文化》、《红楼梦的历程》、《曹雪芹新传》、《红楼艺术》、《红楼梦的真故事》、《红楼真本》、《周汝昌红学精品集》、《风流文采第一人》、《红楼十二层》。

参禅偈·寄生草·解偈（第二十二回）

【原文】

参禅偈[①]

你证我证，心证意证[②]。
是无有证，斯可云证。
无可云证，是立足境。
无立足境，是方干净[③]。

【注解】

①参禅：佛教禅宗的修行方法，即习禅者集中精神参究禅理，以求“顿悟”。

②证：印证，证验，实验而有所得。在佛教用语中又作领悟、修成解。

③此联为黛玉所续。干净：禅宗与其他佛教派别不同，以为终日诵经静坐并不能成佛，丢掉邪念，顿悟到内心本自清净，即可成佛。

【原文】

寄生草·解偈

无我原非你，从他不解伊[①]。
肆行无碍凭来去[②]。
茫茫着甚悲愁喜[③]，纷纷说甚亲疏密。
从前碌碌却因何[④]，到如今回头试想真无趣！

【注解】

①从他：任凭她（指湘云）。伊：她（指黛玉）。

②肆行：随心而行，我行我素。

③茫茫：指人生渺茫。这是消极悲观的虚无主义人生观。着甚：干什么，何用。

④碌碌：宝玉体贴姊妹丫头，忙着替别人操心，宝钗取他绰号为“无事忙”。

【背景】

史湘云口快，说出演戏的孩子“倒像林妹妹的模样儿”。宝玉怕黛玉恼，马上使眼色，结果恼了湘云。宝玉忙去解释，又被黛玉听到，也向宝玉发脾气。宝玉两面受气，觉得庄子消极无为的思想有道理，联想到自己也如《寄生草》曲中所说“赤条条，来去无牵挂”，十分颓伤，便参究禅理，题了一偈和下面一支《寄生草》曲。第二天黛玉看了，说偈末二句“还未尽善”，便又续了两句。宝钗就引惠能作偈而承师位的故事，说黛玉的偈语方是悟彻，笑宝玉愚钝，以此阻止他参禅。

【赏析】

《参禅偈》四联乍看似不知所云，好似文字游戏，细细品味后，则别有深意。全文意思是说：彼此想从对方的身上得到感情的印证，内心在寻找证明，表情达意也为了获得证明。无求于身外，不要证验，才谈得上参悟禅机，证得上乘。到万境归空无证验可言时，才算找到

了安身立命之境。只有把安身立命的境界抛弃了，这样才是彻底干净了。

《寄生草·解偈》是对《参禅偈》的解读，全文意思是说：我既与你互为依存，不分彼此，那就任凭别人不理解好了，干我何事？若是可以随心而行，通达自在，那么在渺茫的人世里，还有什么悲喜可言？还有什么亲密可分？从前忙忙碌碌，为何到如今落得如此。回头想想真没有什么意思！第二十回宝玉对黛玉说：“你这么个明白人，难道连‘亲不间疏，后不僭先’也不知道？我虽糊涂，亦明白这两句话。头一件，咱们是姑舅姊妹，宝姐姐是两姨姊妹，论亲戚她比你疏；第二件，你先来，咱们两个一桌

吃，一床睡，长得这么大了，她是才来的，岂有个为她疏你的?"

《参禅偈》中宝玉所作和黛玉所续，既是禅理，也是谶语。后来，宝玉流落在外，讯息杳不可闻，以致他最终"悬崖撒手"，与世缘断绝，都应了"无可云证"的话；而黛玉所说的"无立足境"，则是为她泪尽夭亡作谶。这些地方，都可以看出禅宗的宗教思想对曹雪芹侵蚀之深。关于曹雪芹对禅宗思想的理解，可参考书中所举的《弘忍弟子所作二偈》。其一是神秀所作偈语："身是菩提树，心如明镜台。时时勤拂拭，勿使惹尘埃。"其二是惠能所作偈语："菩提本非树，明镜亦非台。本来无一物，何处惹尘埃?"

《参禅偈》与《寄生草·解偈》，其实都是想通过逃避现实来寻求精神上的解脱。

贾元春灯谜诗·爆竹（第二十二回）

【原文】

能使妖魔胆尽摧①，身如束帛气如雷②。
一声震得人心恐，回首相看已化灰③。

【注解】

①迷信传说爆竹能驱鬼辟邪，所以说妖魔丧胆。

②身如束帛：形容爆竹像一束卷起来的绢帛。又是形容女子身材的话。气：声气，气势。也是物与人两指的。

③回首：既是回头间、转眼间之意，又因"回首"是佛教称俗人

死亡的婉词，所以隐指死亡。

【背景】

贾元春的灯谜是一首绝句。灯谜是写爆竹的，同时也是写自己的。

【赏析】

这首灯谜诗，写得颇有气势。一响而散的爆竹恰好是贾元春富贵荣华瞬息即逝的命运的写照。《红楼梦曲》中元春曾以自己的死为鉴，劝父亲赶快从官场中“退步抽身”，脱免即将临头的大祸。可见，她的早死实在与她所依仗的势力在皇室权贵内部各派的钩心斗角中失势没落有关，而并非像续书中所说的因“圣眷隆重，身体发福”、“偶沾风寒”以致不起的。这样，在她入宫为妃、显赫飞腾之时，敌对政治势力亦即所谓“妖魔”因贾家忽然得到皇亲为靠山而曾震恐得“胆尽摧”，也就不难理解了。见到过后半部佚稿的脂砚斋说元春之死是“通部书之大过节、大关键”，正可帮助我们理解贾府“一败涂地”的真正的原因。

贾府势同爆竹，响彻京城，但终将灰飞烟灭，一败涂地。

【链接】

红学名人之张爱玲

张爱玲（1921—1995），不仅在创作中自觉师承《红楼梦》、《金瓶梅》的传统，而且出版有红学专著《红楼梦魇》。

红学成果：《红楼梦魇》。卷首是“自序”，全书共由7篇专文构成：《红楼梦未完》、《红楼梦插曲之一——高鹗、袭人与畹君》、《初详红楼梦——论全抄本》、《二详红楼梦——甲戌本与庚辰本的年份》、《三详红楼梦——是创作不是自传》、《四详红楼梦——改写与遗稿》、

《五详红楼梦——旧时真本》。这7篇文章以版本研究为主要内容，显现出一位作家对《红楼梦》的浓厚兴趣和研究的独特视角。

贾迎春灯谜诗·算盘（第二十二回）

【原文】

天运人功理不穷①，有功无运也难逢②。

因何镇日纷纷乱③？只为阴阳数不同④。

【注解】

①天运：算盘上的子或碰在一起，或分离，在没有计算出“数”之前，谁也不知它是离是合，要看注定的结果是什么，所以叫“天运”。人功：算盘上的子靠人手去拨，所以说“人功”。理不穷：结局明明是人拨出来的，但又不随人的意志、不为人所预知，这道理很难懂得，所以说“理不穷”。

②此句意为：如果“数”中注定两子相离，任你怎么拨算也是不会相逢的。这里的双关含义十分明显。

③镇日：整天。镇，通“整”。

④阴阳：指奇数和偶数，泛指数字。每次运算的数字既不一样，算盘子所代表的一、五、十……数字又不相同，这就难怪进退上下，乘除加减，整天纷纷不止了。“阴阳”另一义可指男女、夫妻。“数”的另一义就是命运，命不好也叫“数奇”。

【背景】

这是贾迎春的灯谜，谜底为算盘。所谓人算不如天算，任凭贾迎春平日里老实本分，不惹是非，以为就能逢凶化吉，恰是这般懦弱无能，最终被“中山狼”所吞噬。

【赏析】

这首谜语的谜底是算盘，谜面的语言句句双关。贾赦想选个有财有势的贵婿，结果把女儿送进“中山狼”的口里。对迎春的婚配，贾母心中不称意，又不想出头多事；贾政深恶孙家，“劝谏过两次，无奈贾赦不听”；宝玉为此痴痴呆呆的，也只能跌足自叹；王夫人十分怜惜迎春，也只能劝她服从命运……都曾乱纷纷地拨弄过算盘，结果都是“有功无运”，迎春这个善良的姑娘终于断送了年轻的生命。作者为迎春拟作的这首谜语，其实是一首带有浓厚宿命色彩的自伤自悼的抒情诗。

在作者看来，贾府祖上对孙家已仁至义尽，迎春本人也忠厚老实，这些都算得上“有功”了，但为什么结局如此悲惨呢？由于不能从当

时制度的根本社会原因上去寻求正确的答案，所以只好归之于“无运”，发出所谓阴阳命数不如别人的宿命论的叹喟。

贾迎春以算盘暗喻命运如“数”无常，结果正合应验，被虐打生病而死。

【链接】

红学名人之胡适

胡适（1891—1962），“新红学”及考证派奠基人。胡适在红学史上开新纪元的成就主要有：把红学纳入了学术轨道，开创“曹学”、“版本学”，最早重视和研究脂批本，他对《红楼梦》续书的研究，成为红学争论的焦点之一。胡适提倡的方法、观点和态度，在《红楼梦》研究领域淋漓尽致地发挥了“新典范”的作用。

贾探春灯谜诗·风筝（第二十二回）

【原文】

阶下儿童仰面时①，清明妆点最堪宜②。
游丝一断浑无力③，莫向东风怨别离。

【注解】

①仰面：指抬头看风筝。

②此句意思是说：春季多持续定向的东风，是最适宜放风筝的时候。妆点：指点缀清明佳节。

③游丝：本指春天飘荡在空中的飞丝，由昆虫吐出，这里是说拉住风筝的线。浑：全。

【背景】

这是贾探春的灯谜，谜底是风筝。正合贾探春的正册图画：两个人放风筝，一片大海，一只大船，大船中有一女子，作掩面涕泣之状。

【赏析】

贾探春是贾府里精明能干之人，没想到是一个出海远嫁的结局。

作者每写及探春命运时，总用风筝暗喻。她的判词图册中“两人放风筝”，第七十回探春的软翅凤凰风筝被风刮走，这首谜语又是说的风筝，暗示探春的命运犹如断线风筝，将要远嫁他乡。

庶出的探春凭着投靠王夫人，在贾府中一度当上了发号施令的女管家，这就和风筝凭着东风吹送入云一样。但一旦风筝断线，这位才干精明的三小姐就再不能有所作为，也无力维持她原先的权力地位，而曾经抬举她的“东风”也就不得不把她远远地送走。可惜我们已无法确切地知道断线此喻的具体含义是什么。从脂评“使此人不远去，将来事败，诸子孙不至流散也”的话来看，她的出嫁还在贾府事败之前。这样，她的远走，在遭遇不幸的众姊妹中，还算是结局比较好的。

作者用断线风筝暗示她将飘摇海上，不知所踪，真是再恰当不过了。

贾惜春灯谜诗·佛前海灯（第二十二回）

【原文】

前身色相总无成①，不听菱歌听佛经②。

莫道此生沉黑海③，性中自有大光明④。

【注解】

①色相：佛教名词，指一切事物的形状外貌，旧时亦指女子的声容相貌。

②菱歌：乐府诗中菱歌莲曲，内容多唱青年男女的爱情。“不听菱歌”即“看破红尘”之意。

③沉黑海：入佛门表示永远与人间荣华欢乐隔绝，在世人看来，这无异于沉入到看不见一丝光明的海底。

④此句意思是说：海灯看似暗淡无光，内中自有光焰在。性：佛家认为人的自身中本来存在着一种所谓永恒不变的“性”，问题在于能不能觉悟到并保持住它。这是赤裸裸的唯心主义宣传。大光明：又指佛。

【背景】

这是贾惜春的灯谜，谜底是佛前海灯。此首在梦觉主人序本《红楼梦》（简称甲辰本）、梦稿本、程高本中被删去。戚序本上狄葆贤曾作眉批说：“惜春一谜是书中要旨，今本删去，谬极。”今据庚辰、戚序诸本。

【赏析】

海灯是点在寺庙里佛像前的长明灯，隐喻惜春出家为尼。佛前海灯，供于寺庙佛像前，灯内大量贮油，中燃一焰，长年不灭。从灯的堂皇外表（色相）来看，好像本该与其他灯一样用于繁华行乐之处，现在偏偏相反，所以说“前身色相总无成”。这里是借灯说人，把人的空有姿色、不能享受欢乐归于前世宿缘。海灯悬于寂静孤凄的佛殿，外观也并不明亮，所以“此生沉黑海”。在这首谜诗中，作者虽然借用了一些佛教语，如“色相”、“性”等，但其用意显然并不在于劝人信佛，也不过是预示惜春的归宿而已。从她同样被归于“薄命司”之列并在判词中说她“可怜”来看，“性中自有大光明”之说，至多也只是拟写惜春将来前途绝望时自身的念头。

对惜春将来出家为尼，作者充满悲悯、同情。出家修行，可以成佛作祖，永生不死，这不是绝大的好事吗？可是从古至今有几个人真正相信？那不过是自欺欺人的一种精神安慰而已。“性中自有大光明”是带有苦涩味道的解嘲的话；“听佛经”、“沉黑海”等句才见作者的真情。试看前面判词：“可怜绣户侯门女，独卧青灯古佛旁”，写得多么惨淡凄凉。

难怪站在维护大家庭利益的立场上的脂砚斋在读此诗谜时，联想到曹雪芹后半部原稿中所写的惜春为尼的悲惨结局，禁不住叹息道：“公府千金至缁衣乞食，岂不悲夫！”（庚辰本）实际上，她确是沉入了一点“光明”也见不到的“黑海”之中。

薛宝钗灯谜诗·更香（第二十二回）

【原文】

朝罢谁携两袖烟[①]？琴边衾里总无缘[②]。

晓筹不用鸡人报[③]，五夜无烦侍女添[④]。

焦首朝朝还暮暮[⑤]，煎心日日复年年[⑥]。

光阴荏苒须当惜，风雨阴晴任变迁[⑦]。

【注解】

①此句意思是说：早朝回来衣袖上尚有宫中的炉香味。两袖烟：等于说两袖风、两手空。谜外寓有荣华过后一无所得的意思。

②此句解说这是什么香，用排除法。香有多种，与琴、棋、书、

画为伴的是鼎炉之香，熏被褥、衣服用的则有熏炉、熏笼，都用不着更香，所以说与这些“无缘”。寓意也承上句申述一无所得的含义。琴边衾里：指夫妻关系。以夜里同寝、白天弹琴表示亲近和乐。

③晓筹：早晨的时刻。筹，指古代计时报时用的竹筹。鸡人：古代宫中掌管时间的卫士。

④五夜：即五更。古代计时，将一夜时间五等分，叫五夜、五更或五鼓。无烦侍女添：炉香要加添香料，更香只要点上就是了。

⑤焦首：香是从头上点燃的，所以说焦首。喻人的苦恼，俗语所谓“焦头烂额”。

⑥煎心：棒香有心，盘香由外往内烧，所以说煎心。也喻人的内心受煎熬。

⑦此两句意思是说：更香同风雨阴晴的变化无关，却随着时间的消逝，不断地消耗着自己。荏苒（rěn rǎn）：时光渐渐过去。须当：应当。上句是红颜渐老、青春堪惜的意思，下句则说虽世事变幻莫测，而自己却已心灰意冷，只是听之任之罢了。

【背景】

这是薛宝钗的灯谜，后人改为林黛玉，谜底是更香。从早期脂本都止于惜春之谜、畸笏叟特记下这首诗并批明“此回未补成而芹逝矣”等情况来看，这首诗很可能是作者生前在《红楼梦》稿中的绝笔。后来，有人续补了宝玉、宝钗两首谜诗，就把这一首改属于林黛玉了。

【赏析】

更香，是一种可用以计时的香。夜间打更报时者燃此香以定时，或一炷为一更，或视香上的记号以定更数。细细体会谜语字里行间的隐义，就不难看出，这是作者借以暗示薛宝钗的结局。她在丈夫出家为僧后，将过着冷落孤凄、终生愁恨的孀居生活。后来续补者将这首诗谜的所有权给了林黛玉，大概以为宝钗既与宝玉结了亲，就不应说“琴边衾里总无缘”，倒不如用以指黛玉更像。

这首诗句句说的是更香，又句句在说人。“琴边衾里总无缘”，是说黛玉和宝玉没有夫妻恩爱的情分，白白地恋爱一场。“晓筹不用鸡人报”，似乎有写黛玉忧思不眠之意。第七十六回写湘云去潇湘馆过夜，湘、黛二人同时失眠，黛玉说：“我这睡不着也并非今日，大约一年之中通共也只好睡十夜满足的。”“焦首朝朝还暮暮，煎心日日复年年”，黛玉多病、多愁、多泪，焦首煎心，日日年年，正是她的特点。“光阴荏苒须当惜，风雨阴晴任变迁”，最后两句是同情怜惜的话：要珍惜青春的时光，周围生活中的风雨阴晴、是非纠葛任它去，不要挂在心上。

这类诗，说谜语是很巧的谜语；丢开谜底去欣赏，就是很有味道的诗。

其实，作者本意是指终至于“金玉成空”。黛玉病魔缠身，又多愁善感，中间两联似乎也用得上。黛玉短命夭折，当然应惜华年，所以与“光阴”句也可适合。至于末句，既有“风雨阴晴”、“变迁”等字眼可表示变故，只要不执着于一个“任”字，倒也含混得过去。在原稿残缺，又不能苛求续补者也具备曹雪芹同等才情的情况下，把这首作得很巧妙的谜诗归属于聪明灵巧的林黛玉，只要勉强可解，也并没有什么不好，是符合一般读者心意的。但作为读者来说，知道它原非黛玉之谜则很有必要，它至少再一次证明宝钗最后并没有获得什么精神安慰。可见，续书中写薛宝钗得了“贵子”，将来还振兴家业等，纯属痴人说梦。

【链接】

王希廉评《红楼梦》

《石头记》也是说梦，而立意做法，别开生面。前后两大梦，皆游太虚幻境。而一是真梦，虽阅册听歌，茫然不解；一是神游，因缘定数，了然记得。且有甄士隐梦得一半幻境，绛芸轩梦语含糊，甄宝玉一梦而顿改前非，林黛玉一梦而情痴愈痼。又有柳湘莲梦醒出家，香菱梦里作诗，宝玉梦与甄宝玉相合，妙玉走魔恶梦，小红私情痴梦，尤二姐梦妹劝斩妒妇，凤姐梦人强夺锦匹，宝玉梦至阴司，袭人梦见宝玉，秦氏、元妃等托梦，及宝玉想梦无梦等事，穿插其中。与别部小说传奇说梦不同。文人心思，不可思议。

一部书中，翰墨则诗词歌赋，制艺尺牍，爰书戏曲，以及对联匾额，酒令灯谜，说书笑话，无不精善；技艺则琴棋书画，医卜星相，及匠作构造，栽种花果，畜养禽鸟，针黹烹调，巨细无遗；人物则方正阴邪，贞淫顽善，节烈豪侠，刚强懦弱，及前代女将，外洋诗人，仙佛鬼怪，尼僧女道，倡伎优伶，黠奴豪仆，盗贼邪魔，醉汉无赖，色色皆有；事迹则繁华筵宴，奢纵宣淫，操守贪廉，宫闱仪制，庆吊盛衰，判狱靖寇，以及讽经设坛，贸易钻营，事事皆全；甚至寿终夭折，暴亡病故，丹戕药误，及自刎被杀，投河跳井，悬梁受逼，并吞金服毒，撞阶脱精等事，亦件件俱有。可谓包罗万象，囊括无遗，岂别部小说所能望见项背！

四时即事四首（第二十三回）

【原文】

春夜即事

霞绡云幄任铺陈，隔巷蟆包听未真[①]。
枕上轻寒窗外雨，眼前春色梦中人[②]。
盈盈烛泪因谁泣，点点花愁为我嗔[③]。
自是小鬟娇懒惯，拥衾不耐笑言频[④]。

【注解】

①此两句意思是说：任凭锦被铺着，绣帐挂着，深夜中隔巷更鼓之声已隐约可闻，但自己并无睡意。霞绡（xiāo）：美艳轻柔的丝织物；亦以形容景物，像薄绸一样的红霞。云幄（wò）：轻柔飘洒似云雾的帷幄。也指云雾似的四合帷幕，状如宫室，借指殿廷。蟆（má）包：也叫虾蟆包，夜里打梆子报时间的声音。真：真切，清楚。

②此两句意思是说：卧床而未睡，听见窗外雨声微觉寒意，更感到眼前青春欢乐总难长久，犹如好梦易逝。春色：喻说人事，不是实写。

③上句因所见而感，下句从听到夜来雨声联想到花愁而有所感。嗔：生气。

④此两句意思是说：娇懒惯了的丫头已拥被欲睡，不耐我在她耳边还谈笑不绝。自是：本是。小鬟：年纪小的丫头。

【原文】

夏夜即事

倦绣佳人幽梦长[①]，金笼鹦鹉唤茶汤。

窗明麝月开宫镜，室霭檀云品御香[②]。

琥珀杯倾荷露滑[③]，玻璃槛纳柳风凉。

水亭处处齐纨动[④]，帘卷朱楼罢晚妆。

【注解】

①幽梦：深沉的睡梦。引申为好梦、香梦。

②此两句意思是说：以为明月映照着窗子，原来是打开了镜匣；以为云雾缭绕着房间，原来是点燃了香炉。麝月：指月亮。檀云：香云，香雾，因檀木是香料。品：品评，赏鉴，这里引申为点燃。御香：宫中所用之香，也泛指贵重香料。

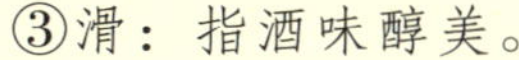
③滑：指酒味醇美。

④齐纨：细白的薄纱绸。古代齐国风行穿纨绮，所以叫“齐纨”。这里指小姐、丫鬟们的衣衫裙裾。

【原文】

秋夜即事

绛芸轩里绝喧哗[①]，桂魄流光浸茜纱[②]。
苔锁石纹容睡鹤[③]，井飘桐露湿栖鸦[④]。
抱衾婢至舒金凤[⑤]，倚槛人归落翠花[⑥]。
静夜不眠因酒渴[⑦]，沉烟重拨索烹茶[⑧]。

【注解】

①绛芸轩：贾宝玉的住室名。

②桂魄：月亮。茜（xī）纱：染色丝织品的一种，这里指窗纱。

③此句意思是说：石上裂缝皱纹都被厚厚的青苔盖满，变得柔软平滑，可以让鹤憩息了。

④此句意思是说：井栏上桐叶飘落，栖鸦为秋露所湿。有夜深时久之意。

⑤金凤：指有金凤图案的

被褥。

⑥落：卸下。翠花：首饰，翡翠之类镶嵌的簪花。诗中常以落翠遗簪写富家小姐的闲散奢靡，如“长乐晓钟归骑后，遗簪落翠满街中”。小说初稿中曾写过秦可卿“遗簪”的情节，后删去。有人解“落”为“卸下”，亦可通。

⑦酒渴：酒后口渴。

⑧沉烟：指炉中的深灰余火。索：索取，要求。

【原文】

冬夜即事

梅魂竹梦已三更[①]，锦罽鹴衾睡未成[②]。
松影一庭唯见鹤[③]，梨花满地不闻莺[④]。
女奴翠袖诗怀冷[⑤]，公子金貂酒力轻[⑥]。
却喜侍儿知试茗[⑦]，扫将新雪及时烹。

【注解】

①梅魂竹梦：以梅竹入梦点染冬夜冰雪寒冷，为下句铺垫。

②锦罽鹴（jì shuāng）衾：织出锦花的毛毯，雁凫绒里的被褥。罽，一种兽毛织品。鹴，雁类的一种。

③此句意思是说：松耐冬寒，又常以鹤为伴，借以写清冷孤高。

④此句意思是说：虽满地梨花，但并非春天，所以说“不闻莺”。以梨花喻雪。唐代诗人岑参《白雪歌送武判官》诗：“忽如一夜春风来，千树万树梨花开。”

⑤诗怀：作诗怀念，诗人的胸怀。

⑥此句意思是说：冬夜严寒，公子穿戴着貂皮尚嫌酒力不足御寒。酒力轻：是说酒的劲头不够，而不是说人的酒量小。

⑦试茗：古代上层人士讲究喝茶，不同品种的茶，烹烧的火力时间不同，要恰到好处才不失香变味，所以要“试”。

【背景】

且说宝玉自进园来，心满意足，再无别项可生贪求之心，每日只和姊妹丫鬟们一处，或读书，或写字，或弹琴下棋，作画吟诗，以致描鸾刺凤，斗草簪花，低吟悄唱，拆字猜枚，无所不至，倒也十分快意。他曾有几首四时即事诗，虽不算好，却是真情真景。

【赏析】

即事诗，是指以当时的事物为题材的诗。《四时即事》是贾宝玉进了大观园后，写自己一年四季与姊妹丫鬟们相亲相近的生活情景的诗。

贾宝玉一方面是敢于蔑视封建礼教的大胆的叛逆者，一方面又是过惯了封建地主阶级吃喝玩乐的寄生生活的公子哥儿。当他初进大观园暂时地感到“心满意足，再无别项可生贪求之心”的时候，他更多的是一个“富贵闲人”。《四时即事》诗即是他这一面生活的自我写照。但大观园不是世外桃源，它同样存在着污秽、眼泪、挣扎和反抗，当宝玉领略到“悲凉之雾，遍被华林”的时候，他就不能再悠然闲适下去。于是，愤懑、痛苦、绝望，终至以“悬崖撒手”来抹去他身上的粉渍脂痕。《四时即事》诗所代表的那种生活，是贾宝玉那样的人所经历的人生中必然会有的一个过程。此处作者用贾宝玉自己作的诗来加以概括，这是情节结构上的省笔，是一种独特的艺术手法。

叹通灵玉二首（第二十五回）

【原文】

其一

天不拘兮地不羁[①]，心头无喜亦无悲。
只因锻炼通灵后[②]，便向人间惹是非。

其二

粉渍脂痕污宝光，房栊日夜困鸳鸯[③]。
沉酣一梦终须醒，冤债偿清好散场[④]。

【注解】

①拘、羁：约束，羁绊。

②锻炼通灵：小说开头说石头被补天的女娲“锻炼之后，灵性已通”。喻无知的儿童逐渐增长了见识，懂得了人事，也包括接受了新的思想。

③房栊：指房间。栊，房子的窗户。困鸳鸯：沉溺于风月之事。

④冤债：指风月债。

【背景】

宝玉、凤姐被魇垂危，贾府请来一僧一道。癞僧解说那块上面刻着“能除凶邪”的通灵玉为什么未见灵效的原因说：“只因为声色货利所迷，故此不灵了。”他把玉擎在掌上，念了这两首诗。

【赏析】

要正确地理解此诗的含义，首先要看一看本回中的另外两首诗。一是《癞和尚赞》：“鼻如悬胆两眉长，目似明星有宝光。破衲芒鞋无住迹，腌臜更有一头疮。”另一首是《跛道人赞》：“一足高来一足低，浑身带水又拖泥。相逢若问家何处，却在蓬莱弱水西。”

这两首赞诗是用来描绘前来解救被魔法弄疯的宝玉、凤姐的一僧一道的模样的。小说中凡提到癞和尚、跛道人处，都有着隐示情节发展和人物命运的预言作用。正当宝玉与黛玉的恋爱婚姻问题发展到明朗化、仿佛已被贾府众人公认、幸福就在眼前的时候，突然飞来横祸，宝玉被魇魔法镇住，险些送命。这种“乐极生悲，好事多磨”的变故情节，在某种意义上是为后来更大的变故情节——贾府势败、宝玉获罪坐牢、宝黛爱情理想突然破灭而作引的。因为我们知道，后来淹留于狱神庙的除宝玉外还有凤姐，而他们二人的罪状不外乎是癞僧所说的迷于“声色”与“货利”。续书者曾仿此回写宝玉失玉疯癫、癞僧送玉除邪，但脂评指出：“通灵玉除邪，全部百回只此一见，何得再言?”可见，在原作者的构思中，后面已不再重复此类带有神秘主义色彩的情节了。

作者借癞和尚之口说宝玉之为“声色”所迷，犹如凤姐之为“货利”所迷。这是对宝玉生活中“房栊日夜困鸳鸯”一面的否定，但这绝不等于说作者把宝玉与凤姐等量齐观。凤姐终至利欲熏心、自食恶果，而宝玉却在体验现实生活的过程中逐渐地“醒悟”过来，冲破了所谓“迷关”。值得注意的是，他的“醒悟”并非表现为最后成了一个“改恶从善”的“正人君子”，恰恰相反，他与劝谏他成为正人君子的薛宝钗之流决裂了。可见，小说不是为了宣扬“去欲存理”。在这两首诗中，前一首说它当初在青埂峰下的好处，后一首叹它今日的经历。宝玉的心路历程被作者蒙上了一件厚厚的风月情孽和宗教宿命的外衣，其中又渗透着作者对现实人生无可奈何的悲观主义情绪，这样，就不仅把事情的本质弄得扑朔迷离，而且也给人以消极的思想影响。一僧一道给小说披上了神秘的宗教外衣，但曹雪芹并非是借此来宣扬宗教，而是通过这种艺术手法来达到他特定的目的。

【链接】

诸联评《红楼梦》

书中无一正笔，无一呆笔，无一复笔，无一闲笔，皆在旁面、反面、前面、后面渲染出来。中有点缀，有剪裁，有安放。或后回之事先为提挈，或前回之事闲中补点。笔臻灵妙，使人莫测。总须领其笔

外之深情，言时之景状。

作者无所不知，上自诗词文赋、琴理画趣，下至医卜星象、弹棋唱曲、叶戏陆博诸杂技，言来悉中肯綮。想八斗之才又被曹家独得。全部一百二十回书，吾以三字概之：曰新、曰真、曰文。

哭花阴诗（第二十六回）

【原文】

其一

花魂默默无情绪，鸟梦痴痴何处惊。

其二

颦儿才貌世应希①，独抱幽芳出绣闺②。
呜咽一声犹未了，落花满地鸟惊飞。

【注解】

①颦儿：黛玉。希：少。

②幽芳：这里指幽怨感伤的情怀和孤芳自傲的操守。绣闺：绣房。

【背景】

黛玉素知丫头们的性情，她们彼此玩耍惯了，恐怕院内的丫头没听见是她的声音，只当别的丫头们了，所以不开门，因而又高声说道：

“是我，还不开门么?”晴雯偏偏还没听见，便使性子说道：“凭你是谁，二爷吩咐的，一概不许放进人来呢!”黛玉听了这话，不觉气怔在门外。待要高声问她，逗起气来，自己又回思一番：“虽说是舅母家如同自己家一样，到底是客边。如今父母双亡，无依无靠，现在他家依栖，若是认真怄气，也觉没趣。”一面想，一面又滚下泪珠来了。真是回去不是，站着不是。正没主意，只听里面一阵笑语之声，细听一听，竟是宝玉、宝钗二人。黛玉心中越发动了气，左思右想，忽然想起早起的事来：“必意是宝玉恼我告他的原故。但只我何尝告你去了，你也不打听打听，就恼我到这步田地！你今儿不叫我进来，难道明儿就不见面了?”越想越觉伤感，便也不顾苍苔露冷，花径风寒，独立墙角边花阴之下，悲悲切切，呜咽起来。原来这黛玉秉绝代之姿容，具稀世之俊美，不期这一哭，把那些附近的柳枝花朵上宿鸟栖鸦，一闻此声，俱飞起远避，不忍再听。

【赏析】

其一中的“花魂”两句说，见林黛玉哭泣，花为之神魂颠倒，默

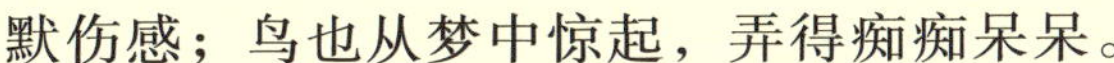
默伤感；鸟也从梦中惊起，弄得痴痴呆呆。

其二中的“独抱幽芳”两句，是说才貌双全的林黛玉满怀忧伤地走出闺门。“落花”两句，以花鸟拟人，说不忍听黛玉的哭声，极写她的悲泣令人悯恻，又兼应首句说貌美。

这首《哭花阴》是下回中《葬花吟》的前奏。下一回“埋香冢飞燕泣残红”是小说中的重要文字，所以预先用黛玉哭花阴的细节作引。有了这一番渲染，更增强了后文的艺术效果。

葬花吟（第二十七回）

【原文】

花谢花飞飞满天，红消香断有谁怜？
游丝软系飘春榭[1]，落絮轻沾扑绣帘[2]。
闺中女儿惜春暮，愁绪满怀无释处[3]。
手把花锄出绣闺[4]，忍踏落花来复去[5]？
柳丝榆荚自芳菲[6]，不管桃飘与李飞；
桃李明年能再发，明年闺中知有谁？
三月香巢已垒成，梁间燕子太无情！
明年花发虽可啄，却不道人去梁空巢已倾。

一年三百六十日，风刀霜剑严相逼；
明媚鲜妍能几时，一朝飘泊难寻觅。
花开易见落难寻，阶前闷杀葬花人。
独把花锄泪暗洒，洒上空枝见血痕[⑦]。
杜鹃无语正黄昏，荷锄归去掩重门；
青灯照壁人初睡，冷雨敲窗被未温。
怪奴底事倍伤神[⑧]？半为怜春半恼春：
怜春忽至恼忽去，至又无言去不闻。
昨宵庭外悲歌发，知是花魂与鸟魂？
花魂鸟魂总难留，鸟自无言花自羞。
愿侬此日生双翼[⑨]，随花飞到天尽头。
天尽头！何处有香丘[⑩]？
未若锦囊收艳骨，一抔净土掩风流。
质本洁来还洁去，不教污淖陷渠沟。
尔今死去侬收葬，未卜侬身何日丧？
侬今葬花人笑痴，他年葬侬知是谁？
试看春残花渐落，便是红颜老死时。
一朝春尽红颜老，花落人亡两不知！

【注解】

①榭：筑在台上的房子。

②絮：柳絮，柳花。

③无释处：没有排遣的地方。

④把：拿。

⑤忍：岂忍。

⑥榆荚：榆树的实。榆未生叶时先生荚，色白，像是成串的钱，俗称榆钱。芳菲：花草香茂。

⑦此句与两个传说有关：湘妃哭舜，泣血染竹枝成斑。所以黛玉号“潇湘妃子”。蜀帝魂化杜鹃鸟，啼血染花枝，花即杜鹃花，所以下句接言“杜鹃”。

⑧奴：我，女子的自称。底：何，什么。

⑨侬：我。

⑩香丘：香坟，指花冢。以花拟人，所以下句用“艳骨”。

【背景】

林黛玉为怜桃花落瓣，曾将它收拾起来葬于花冢。如今她又来至花冢前，以落花自况，十分伤感地哭吟了此诗，恰为宝玉所闻。

【赏析】

《葬花吟》是林黛玉感叹身世遭遇的全部哀音的代表，也是作者曹雪芹借以塑造这一艺术形象、表现其性格特性的重要作品。它和《芙蓉女儿诔》一样，是作者最具感染力、最具代表意义的文字之一。这首风格上仿效初唐体的歌行，在抒情上淋漓尽致，具有很强的艺术感染力。

这首诗并非一味哀伤凄恻，其中仍然有着一种抑塞不平之气。“柳丝榆荚自芳菲，不管桃飘与李飞”，就寄有对世态炎凉、人情冷暖的愤懑；“一年三百六十日，风刀霜剑严相逼”，又是对长期迫害着她的冷酷无情现实的控诉；“愿奴胁下生双翼，随花飞到天尽头。天尽头，何处有香丘？未若锦囊收艳骨，一抔净土掩风流。质本洁来还洁去，强于污淖陷渠沟”，则是在幻想自由幸福不可得时，所表现出来的那种不愿受辱被污、不甘低头屈服的孤傲不阿的性格。这些，才是它的思想价值之所在。

这首词，从伤春到感怀，从感怀到控诉，从控诉到自伤，从自伤到向往，从向往到失落，从失落到绝望，黛玉的情感随着诗句而流露。我们同情林黛玉，但同时也要看到这种多愁善感的贵族小姐，其思想感情是十分脆弱的。

题帕三绝句（第三十四回）

【原文】

其一

眼空蓄泪泪空垂，暗洒闲抛更向谁？
尺幅鲛绡劳解赠[①]，叫人焉得不伤悲！

其二

抛珠滚玉只偷潸[2]，镇日无心镇日闲。
枕上袖边难拂拭，任他点点与斑斑。

其三

彩线难收面上珠[3]，湘江旧迹已模糊[4]。
窗前亦有千竿竹，不识香痕渍也无[5]？

【注解】

①鲛绡：传说海中有鲛鱼（美人鱼），在海底织绡（丝绢），她流出的眼泪会变成珠子。此处指揩眼泪的手帕。

②潸（shān）：流泪。

③收：串起来的意思。

④湘江旧迹：旧传湘妃哭舜的事迹。

⑤不识：未知。香痕：指泪痕。渍也无：沾上了没有？

【背景】

宝玉遭贾政毒打，昏睡中听到悲切之声，醒来知是黛玉，“只见她两个眼睛肿得桃儿一般”，就推说自己疼痛是假装的，安慰她一番。黛玉走后，宝玉心里惦念，设法支开袭人，命晴雯以送两条旧绢帕为名去看黛玉。这黛玉体贴出绢子的意思来，不觉神痴心醉，想到：“宝玉能领会我这一番苦意，又令我可喜。我这番苦意，不知将来可能如意不能，又令我可悲。要不是这个意思，忽然好好的送两块帕子来，竟又令我可笑了。再想到私相传递，又觉可惧。他既如此，我却每每烦恼伤心，反觉可愧。”如此左思右想，一时五内沸然。由不得余意缠绵，便命掌灯，也想不起嫌疑避讳等事，研墨蘸笔，便向那两块旧帕上题了这三首绝句。

【赏析】

这三首绝句是林黛玉用泪写就的。“那黛玉还要往下写时，觉得浑身火热，面上作烧，走至镜台揭起锦袱一照，只见腮上通红，真合压倒桃花，却不知病由此起。”

这三首诗在小说中的作用，全在于联系宝玉挨打这件事，表明宝、黛之间的关系完全不同于他人。只有将它放在具体的情节中，对比宝钗、袭人的不同态度，才能看出宝、黛的互相同情、支持。宝玉被打得半死，宝钗来送药时虽然也露出一副怜惜的样子，但心里想的却是“你既这样用心，何不在外头大事上做工夫，老爷也欢喜了，也不能这样吃亏”，还笑着说：“你们也不必怨这个，怨那个，据我想，到底宝兄弟素日不正，肯和那些人来往，老爷才生气的。”处处卫道，处处维护贾政，实际上是用所谓“堂皇正大”的话把宝玉教训了一顿。袭人则乘机在王夫人面前进言，大谈宝玉“男女不分”，“偏好在我们队里闹”和“君子防未然”的道理，从中挑拨宝、黛关系，建议“叫二爷搬出园外来住”。她的话吓得王夫人“如雷轰电掣的一般”，并骗取了王夫人的宠信，为后来抄检大观园做好了充分的舆论准备。正是在这种情况下，作者写了宝、黛的相互体贴、了解和黛玉的一往情深、万分悲痛，顺便也写了宝玉身边唯一足以托付心事的忠诚信使——晴雯，这都是大有深意的。只要细读书中的文字，自不难理解作者的用心。其次，“还泪债”在作者艺术构思中是林黛玉悲剧一生的同义语。要了解“还泪债”的全部含义，当然最好读曹雪芹原来所写的黛玉之死的情节，但在这里我们已看不到了。不过，作者的写作有一个规律，多少可以帮助弥补这个遗憾，即他所描写的家族或人物的命运预先都埋下了伏笔，露出了端倪，有的甚至还先有作引的文字。描写小说的主要人物林黛玉，作者当然更是先有成竹在胸，作了全盘安排的。在有关黛玉的情节中，作者先从各个方面挖好渠道，最后都通向她的结局。

这三首绝句始终着重写一个“泪”字，而这泪是为她的知己宝玉受苦而流的，它与黛玉第一次因宝玉摔玉而流泪，具体原因尽管不同，性质上却有相似之处——都为脂评所说的知己“不自惜”。这样的流泪，脂评指出过是“还泪债”。但很久以来，人们形成了一种看法（续书起了很大的作用），以为黛玉总是为自身的不幸而伤感，其实，宝玉的不幸才是她最大的伤痛。为了宝玉，她简直毫不顾惜自己。宝玉挨打，她整天地流泪，“任他点点与斑斑”。“眼空蓄泪泪空垂，暗洒闲抛却为谁?”诗中提出这个问题，为“还泪债”定下了基调。

【链接】

张新之评《红楼梦》

是书叙事，取法《战国策》、《史记》、三苏文处居多。《石头记》脱胎在《西游记》，借径在《金瓶梅》，摄神在《水浒传》。

贾探春咏白海棠（第三十七回）

【原文】

斜阳寒草带重门[1]，苔翠盈铺雨后盆[2]。
玉是精神难比洁，雪为肌骨易销魂[3]。
芳心一点娇无力，倩影三更月有痕[4]。
莫道缟仙能羽化[5]，多情伴我咏黄昏。

【注解】

①寒草：秋草。

②苔翠：青翠的苔色。

③销魂：使人迷恋陶醉。

④倩影：美好的身姿。痕：影子。

⑤缟（gǎo）仙：白衣仙子。缟，古时一种白色的丝织品。这里指白衣。羽化：道家称成仙或飞升叫“羽化”，意思是如化为飞鸟，可以上天。

【背景】

宝玉挨打后不久，贾政点了学差到外省公出，宝玉得到了解放，在大观园内“任意纵性地逛荡，真把光阴虚度，岁月空添”。这时，探春忽然雅兴大发，写信给宝玉提议结社作诗。恰好贾芸孝敬宝玉两盆珍贵的白海棠，他们便借此成立了海棠诗社，上面是探春作的第一首诗。

【赏析】

这是大观园众姊妹结成“海棠诗社”后首次吟咏。李纨被大家推为社长，负责评诗，迎春限韵，惜春监场。诗成后，大家认为黛玉的最好，李纨却评宝钗为第一，探春表示赞同，宝玉则为黛玉鸣不平。第二天史湘云到来，又和了两首，众人看了称赞不已。

结社、赏花、吟咏唱和是清代都门特别盛行的社会风气，是古时贵族人家闲情逸致的表现，大观园的公子小姐们当然不会例外。这些诗和有关情节给我们提供了认识这种生活的画面。如果从这一角度看，诗本身的价值是不大的，但作为塑造人物思想性格的一种手段，它仍有艺术上的效用。李纨评黛玉的诗“风流别致”，宝钗的诗“含蓄浑厚”，可见风格上绝不相混。李纨、探春推崇宝钗，独宝玉偏爱黛玉，评诗的分歧也都表现各自立场、爱好和思想性格的不同。湘云的诗写得跌宕潇洒，也与她的个性一致。这是作者高明之处。特别值得注意的是这些诗多半都“寄兴寓情”，各言志趣。作者甚至把人物的未来归宿也借他们的诗隐约地透露给读者了。咏海棠诸诗以及后面的咏菊诸诗，每一首都“诗如其人”，把大观园群芳每个人的思想、情趣、品格表现出来，同时作者曹雪芹也通过其中词句隐示了他们的命运。

探春这首诗也就是她本人的写照。“斜阳寒草带重门，苔翠盈铺雨后盆”，开篇的环境描写决定了全诗的基调。“玉是精神难比洁”，正是“才自清明志自高”的同义语。“雪为肌骨易销魂”也是她“俊眼修眉，顾盼神飞，文彩精华，见之忘俗”的形象的进一步描绘。此二句是以玉和冰雪喻白色的花。同时，这又是以花拟人，把它比作仙女。“芳心一点娇无力，倩影三更月有痕”，意思是说，花儿娇柔无比，深夜的月亮照出了白海棠美丽的身影。“芳心无力”，使人联想到断线风筝。“莫道缟仙能羽化，多情伴我咏黄昏”，意思是说：不要说白衣仙女会升天飞去，她正多情地伴我在黄昏中吟咏呢。“绢仙羽化”，使人联想到离家远嫁。探春把自己的情操赋予了白海棠，实际上是借白海棠咏叹自己。

薛宝钗咏白海棠（第三十七回）

【原文】

珍重芳姿昼掩门，自携手瓮灌苔盆[①]。
胭脂洗出秋阶影，冰雪招来露砌魂[②]。
淡极始知花更艳，愁多焉得玉无痕[③]？
欲偿白帝宜清洁[④]，不语婷婷日又昏[⑤]。

【注解】

①手瓮：可提携的盛水的陶器。

②此两句意思是说：秋阶旁有洗去胭脂的倩影，露砌边招来冰雪的精魂。洗出：洗掉所涂抹的而显出本色。露砌：带着露水的阶台边沿。

③痕：指泪痕。其实就是指花的怯弱姿态或含露的样子。

④此句意思是说：花儿报答白帝雨露化育之恩，也应使自身保持清洁。白帝：西方之神，管辖秋事。

⑤婷婷：美好的样子。

【背景】

海棠诗社由李纨自荐掌坛，并声明："若是要推我作社长，我一个社长自然不够，必要再请两位副社长，就请菱洲（迎春别号）、藕榭（惜春别号）二位学究来，一位出题限韵，一位誊录监场。亦不可拘定了我们三个人不作，若遇见容易些的题目韵脚，我们也随便作一首。你们四个都是要限定的。"李纨说的"四个"，即探春、宝钗、宝玉、黛玉，所以第一次作海棠诗的只有他们四位。

【赏析】

宝钗是封建阶级典型的大家闺秀，几乎到了"非礼勿视，非礼勿听，非礼勿言，非礼勿动"的地步。虽然小时也偷读过《西厢记》一类的书，但在人前绝不流露；听到黛玉行酒令时说出《西厢记》中的词语，立即在背后提出善意的告诫；大观园出了"绣春囊"事件，她立即借口母亲有病搬出大观园，等等，都是她"珍重芳姿"的表现。她平日不爱花儿粉儿的，穿着的也是半新不旧的衣服，这是她"洗出胭脂"的注脚。"淡极始知花更艳"，表明她对自己内在和外在的美都充满了矜持和自信，第五回里说她"品格端方，容貌丰美，人多谓黛玉所不及"，即是旁证。

"愁多焉得玉无痕"一句，直接指的是白海棠，有一条脂批说：

"讽刺林、宝二人。"林、宝二人的名字都有"玉"字，他们确也"多愁"，这究竟是有意地影射呢，还是偶然的巧合？不好下断语，可聊备一说。

宝钗的诗深意尤为明显，"珍重芳姿昼掩门"，可以看出她恪守封建妇德、对自己豪门千金的身份十分矜持的态度。"洗出胭脂影"、"招来冰雪魂"，都与她的结局有关：前者通常是丈夫不归、妇女不再修饰容貌的话，后者则说冷落孤寂。"淡极始知花更艳"，宝钗之"罕言寡语"、"安分随时"能笼络人心，得到上下的夸赞。"愁多焉得玉无痕"，话里有刺，是对林黛玉爱哭的讥讽。

全诗充分表达了薛宝钗作为豪门望族的千金大小姐的高贵矜持的态度。

诗社社长李纨以为"要推宝钗这诗有身份"，这身份就是封建社会淑女的身份。宝钗既受了封建礼教深深的毒害，又用这种礼教去约束别人，并且自以为是在帮助人。她的悲剧就在于害己害人都不自觉。从本质上说，她不是恶人，更不是阴谋家，她的未来遭遇也是值得大家同情的。

【链接】

戚蓼生评《红楼梦》

吾闻绛树两歌，一声在喉，一声在鼻；黄华二牍，左腕能楷，右腕能草。神乎技也，吾未之见也。今则两歌而不分乎喉鼻，二牍而无区乎左右，一声也而两歌，一手也而二牍，此万万不能有之事，不可得之奇，而竟得之《石头记》一书。嘻！异矣。

贾宝玉咏白海棠（第三十七回）

【原文】

秋容浅淡映重门[①]，七节攒成雪满盆[②]。
出浴太真冰作影[③]，捧心西子玉为魂。
晓风不散愁千点[④]，宿雨还添泪一痕[⑤]。
独倚画栏如有意[⑥]，清砧怨笛送黄昏[⑦]。

【注解】

①秋容：指花的容貌。

②七节攒成：是说花在枝上层层而生，开得很繁。攒，簇聚。雪：喻花。

③出浴太真：指杨贵妃华清池出浴之事。

④愁千点：指花如含愁，因花繁而用“千点”。

⑤宿雨：经夜之雨。

⑥画栏：有画饰的栏杆。

⑦清砧（zhēn）怨笛：古时常秋夜捣衣，诗词中多借以写妇女思念丈夫的愁怨。怨笛也与悲感有关。砧，捣衣石。

【背景】

社长李纨评这首诗说：“怡红公子是压尾，你服不服?”宝玉说：“我的那首原不好了，这评的最公。”

【赏析】

宝玉的这首海棠诗暗喻和他关系最密切的两个人——薛宝钗和林

黛玉。

“秋容浅淡映重门，七节攒成雪满盆”，这两句是写景，从正面描写了白海棠花的颜色与形状。

“出浴太真冰作影”，是借咏海棠咏宝钗。宝钗长得“肌肤丰泽”，和杨贵妃同具健康丰满的美。第三十回书中宝玉就曾以“怪不得他们拿姐姐比杨妃，原来也体丰怯热”的话讥诮过宝钗。“捧心西子玉为魂”，是借咏海棠咏黛玉。黛玉行动如“弱柳扶风”，和西施同具病态柔弱的美。第三回书中宝玉送黛玉的“颦颦”的称呼，就是“捧心而颦”的意思。“冰作影”是形容宝钗的肌肤，“玉为魂”是比喻黛玉的心灵。

“晓风不散愁千点”，是暗示宝钗日后寡居时的苦闷；“宿雨还添泪一痕”，则显然是喻黛玉爱哭。

“独倚画栏如有意，清砧怨笛送黄昏”，最后这两句似乎是合说钗、黛都对宝玉大有情意，但结局都不太好。

这首诗其实是曹雪芹借宝玉之口，有意暗示了某些内容。其他人的诗均有此意。

林黛玉咏白海棠（第三十七回）

【原文】

半卷湘帘半掩门[①]，碾冰为土玉为盆。
偷来梨蕊三分白，借得梅花一缕魂。
月窟仙人缝缟袂[②]，秋闺怨女拭啼痕。
娇羞默默同谁诉？倦倚西风夜已昏。

【注解】

①湘帘：湘竹制成的门帘。

②月窟：月中仙境。因仙人多居洞窟之中，故名。缟袂：苏轼曾用“缟袂”喻花，有《梅花》诗说：“月黑林间逢缟袂。”这里借喻白海棠，并改“逢”为“缝”，另藏深意。

【背景】

别人都交卷了，黛玉还没作。李纨催她，她提笔一挥而就，掷给李纨等人，表现了黛玉才思特殊的敏捷。

【赏析】

和宝钗“珍重芳姿昼掩门”相反，黛玉是“半卷湘帘半掩门”，任性任情，并不特别珍视贵族小姐的身份，“半卷”、“半掩”与末联的娇羞倦态相呼应。“碾冰为土玉为盆”，表明她玉洁冰清，目下无尘。因花的高洁白净而想象到栽培它的也不该是一般的泥土和瓦盆，所以用冰清玉洁来侧面烘染。“偷来梨蕊三分白，借得梅花一缕魂”，她以白海棠自比，有梨花的洁白，有梅花的馨香，说得巧妙别致。“月窟仙人缝缟袂，秋闺怨女拭啼痕”，这里的“月窟仙人”不就是“绛珠仙子”吗？在清冷的月窟里缝白色的缟衣，多么颓丧；在秋天的深闺里悄悄哭泣，又多么可怜。“娇羞默默同谁诉？倦倚西风夜已昏”，满腹的心事不能向任何人倾诉，只好在西风落叶的季节，凄凄凉凉地送走一个又一个寂寞的黄昏。

看了第一句，宝玉先喝起采来，说：“从何处想来！”众人看了，也都不禁叫好，说：“果然比别人又是一样心肠。”众人看了，都道：“是这首为上。”李纨道：“若论风流别致，自是这首，若论含蓄浑厚，终让蘅稿。”探春道：“这评的有理。潇湘妃子当居第二。”李纨的评价未必公允，但她的评论确也指出了林、薛二人诗的特点。所谓“风流别致”，就是构思新巧，

潇洒通脱；所谓“含蓄浑厚”，就是温柔敦厚，哀而不伤。李纨从“大家闺秀”的标准来衡量，自然要把四平八稳的宝钗的诗评为第一了。只有最理解黛玉的宝玉理解了她的诗的内蕴，要求重新评价薛、林诗的高下，但被李纨顶了回去。

史湘云咏白海棠和韵二首（第三十七回）

【原文】

其一

神仙昨日降都门①，种得蓝田玉一盆②。
自是霜娥偏爱冷③，非关倩女亦离魂④。
秋阴捧出何方雪⑤？雨渍添来隔宿痕。
却喜诗人吟不倦，肯令寂寞度朝昏⑥？

【注解】

①都门：本指都城中的里门，后通称京都为都门。

②蓝田：县名，在今陕西省渭河平原南缘，秦岭北麓，渭河支流灞河上游。该地以产美玉著名。

③自是：本是。霜娥：青霄玉女，主管霜雪的女神，亦称青女。

④此句典出唐代陈玄佑《离魂记》。故事说：张镒的幼女倩娘与王宙相爱，张镒将她另许他家，王宙愤恨而诀别远行，途中倩娘忽然追至，两人就一起遁去。他们在外地共居五年，回家看父母，家人都惊讶不已。这

时，从房中跑出倩娘，与回家的倩娘相抱，合成一体。原来当时倩娘怨忿成病，卧床数年不起，跟王宙外逃的只不过是她的魂魄。这是一个不满包办婚姻的传奇故事。

⑤秋阴：秋天的阴云。捧出：将秋阴拟人化，也写出了花的形状。何方雪：云阴与雨雪相连，但秋天无雪，所以要用“何方”二字。

⑥肯：岂肯。

【原文】

其二

衡芷阶通萝薜门[1]，也宜墙角也宜盆。
花因喜洁难寻偶，人为悲秋易断魂[2]。
玉烛滴干风里泪[3]，晶帘隔破月中痕[4]。
幽情欲向嫦娥诉[5]，无那虚廊月色昏[6]。

【注解】

①衡芷：蘅芜、清芷，都是香花芳草。萝薜：藤萝、薜荔，都是蔓生植物。此句为下句写海棠种植随处适宜而先写环境。

②断魂：形容极度悲愁。

③此句意思是说：白玉色的蜡烛，烛芯烧完、蜡泪滴干时剩下的是一堆凝脂，以喻花。

④晶帘：水晶帘。从水晶帘内可见帘外景物，唯白色的东西不明显。

⑤幽情：隐藏在心中的怨恨。

⑥无那：无奈。

【背景】

海棠诗社刚成立时，湘云不在场。过后，宝玉特意把湘云请来。

湘云来后，兴头极高，立即依韵和了如上两首。众人看一句惊讶一句，看到了赞到了，都说："这个不枉做了海棠诗！真该要起'海棠社'了。"湘云道："明日先罚我个东道儿，就让我先邀一社，可使得？"众人道："这更妙了。"因又将昨日的诗与她评论了一回。

【赏析】

湘云是十二钗中的重要人物之一，除了黛玉、宝钗就要数到她。她像宝钗一样健美，像黛玉一样聪明，是一个介于薛、林之间的人物。

第一首气格高雅，兴致浓郁。"自是霜娥偏爱冷"、"秋阴捧出何方雪"，隐指吃"冷香丸"的冷美人薛宝钗；"非关倩女亦离魂"、"雨渍添来隔宿痕"，隐指在苦恋中魂牵梦惹、沼渍不干的林黛玉。尾联"却喜诗人吟不倦，肯令寂寞度朝昏"，以反问句式，收束全诗，高度赞扬了白海棠的精神。

第二首音调凄凉，哀音婉转。为"悲秋"而"断魂"说的是林黛玉；被"晶帘"隔破的花影，也很容易令人联想起"水中月"、"镜中花"之类关于宝、黛爱情的判词。相对地，花难寻偶、玉烛滴泪等句，也像是隐指宝钗未来的寡居生活。尾联"幽情欲向嫦娥诉，无那虚廊月色昏"，是诗人抒发无可奈何的幽情，意境深沉。

湘云的诗说了宝钗，又说了黛玉，也就等于说了她自己。虽然我们已无法知道曹雪芹如何写她的结局的具体情节，但"湘江水逝楚云飞"、"云散高唐、水涸湘江"等判词已说明了她的结局同样是凄惨的。她将像黛玉那样为婚姻悲剧而哭泣，像宝钗那样过孤寂无着的生活，当然情节不会雷同。

这两首诗一喜一悲。在第二首中，如"难寻偶"、"烛泪"、"嫦娥"等，皆暗示她和她丈夫后来成了牛郎织女那样的"白首双星"。作者还写湘云"英豪阔大宽宏量"，则"也宜墙角也宜盆"的隐义是说她无论是在史家绮罗丛中受到娇养，还是投靠贾府寄人篱下，都能处处顺合环境，随地而宜。其实，这正说明她缺乏黛玉那种叛逆性格。称之为“阔大宽宏”，是作者的偏爱。

细细琢磨，可知曹雪芹为书中人物代拟的这些诗是下了一番苦心的，读者不可忽略其寓意。因为这些诗既要咏物，又要加进寓意，两面都要兼顾，诗意就要朦胧些，所以我们在理解时要从多角度考虑。

蘅芜君宝钗·忆菊（第三十八回）

【原文】

怅望西风抱闷思，蓼红苇白断肠时①。
空篱旧圃秋无迹②，冷月清霜梦有知③。
念念心随归雁远④，寥寥坐听晚砧迟⑤。
谁怜我为黄花瘦⑥，慰语重阳会有期⑦。

【注解】

①怅望：失意、伤感地望着天空。闷：愁闷，苦闷。蓼：水蓼，花小色红，聚集成穗状。苇：芦苇，花白。蓼红苇白时菊尚未开，所以说“抱闷思”、“断肠”。

②旧圃：去年的花圃。秋无迹：即花无迹。

③梦有知：唯有梦中能见。

④此句意思是说：秋雁北归南飞，勾起自己无限想念之情。因传说雁能带书传讯。

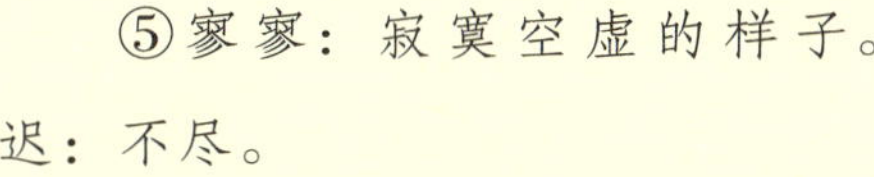

⑤寥寥：寂寞空虚的样子。迟：不尽。

⑥黄花：菊花。

⑦重阳：阴历九月初九。重阳节正是菊花盛开之时，有登高赏菊的习俗，所以说是相会之期。

【背景】

贾母领着众女眷在藕香树赏花饮酒吃螃蟹，欢乐非凡。宝玉和众小姐们酒足蟹饱之后，诗兴大发，分题作了十二首咏菊诗，宝钗作了这第一首。

《菊花诗》和《咏白海棠》属于同一类型，都在花事吟赏上反映了当时的都城社会习俗和有闲阶级的文化生活情趣。

【赏析】

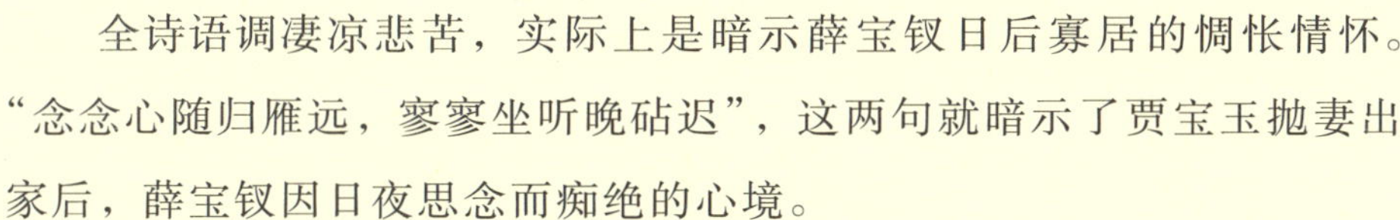

全诗语调凄凉悲苦，实际上是暗示薛宝钗日后寡居的惆怅情怀。“念念心随归雁远，寥寥坐听晚砧迟”，这两句就暗示了贾宝玉抛妻出家后，薛宝钗因日夜思念而痴绝的心境。

对这首诗，探春评价说：“到底要算蘅芜君沉着，‘秋无迹’、‘梦有知’，把个‘忆’字烘染出来了。”确实，这是最精彩的两句。

咏菊诗，把菊花拟人化了。忆菊，其实是忆人。宝钗这首诗预示了她未来独居时“闷思”、“断肠”的凄凉情绪。这样看，她所忆的人就是离家出走的宝玉了。因为诗只是朦胧地表达一种情绪，所以不好把每一句都坐实，绝对肯定它暗示的就是什么。

【链接】

脂砚斋评《红楼梦》

此书只是着意于闺中，故叙闺中之事切，略涉于外事者则简，不得谓其不均也。此书不敢干涉朝廷，凡有不得不用朝政者，只略用一笔带出，盖实不敢以写儿女之笔墨唐突朝廷之上也，又不得谓其不备。

诗曰：

浮生着甚苦奔忙，盛席华筵终散场。
悲喜千般同幻渺，古今一梦尽荒唐。
谩言红袖啼痕重，更有情痴抱恨长。
字字看来皆是血，十年辛苦不寻常。

怡红公子宝玉·访菊（第三十八回）

【原文】

闲趁霜晴试一游，酒杯药盏莫淹留[①]。
霜前月下谁家种？槛外篱边何处秋[②]？
蜡屐远来情得得[③]，冷吟不尽兴悠悠[④]。
黄花若解怜诗客[⑤]，休负今朝挂杖头[⑥]。

【注解】

①淹留：滞留住。

②何处秋：即何处花。

③蜡屐：木底鞋。古人制屐上蜡，又古代有闲阶级多着木屐游山玩水。得得：特地，唐时方言。

④冷吟：在寒秋季节吟咏。

⑤解：懂得。

⑥此句意思是说：不要辜负我今天的乘兴游访。挂杖头：《世说新语》中说阮修“以百钱挂杖头，至店，便独醉酣畅”。这里取其兴致很高的意思，又重阳有饮菊花酒的习俗。

【背景】

咏菊诸诗是以诗的内容排顺序的。宝钗说：“起首是《忆菊》；忆之不得，故访，第二是《访菊》；访之既得，便种，第三是《种菊》；种既盛开，故相对而赏，第四是《对菊》；相对而兴有余，故折来供瓶为玩，第五是《供菊》；既供而不吟，亦觉菊无彩色，第六便是《咏菊》；既入词章，不可不供笔墨，第七便是《画菊》；既为菊如是碌碌，究竟不知菊有何妙处，不禁有所问，第八便是《问菊》；菊如解语，使人狂喜不禁，第九便是《簪菊》；如此人事虽尽，犹有菊之可咏者，《菊影》、《菊梦》二首续在第十第十一；末卷便以《残菊》总收前题之盛。这便是三秋的妙景妙事都有了。”宝玉选作了第二、第三首。

【赏析】

贾政不在家，宝玉无拘无束地同众姊妹在大观园内尽情玩乐，这是他生活中最惬意的时刻，诗中充满富贵闲人的情趣。

首联“闲趁霜晴试一游，酒杯药盏莫淹留”是说大好时光正好出游，不必借口饮酒或身体病弱而留在家中。

颔联“霜前月下谁家种？槛外篱边何处秋”，从正面描写访菊时所见的景象。

颈联“蜡屐远来情得得，冷吟不尽兴悠悠”，是说访菊时的具体活动表现，显得如此惬意。

尾联“黄花若解怜诗客，休负今朝挂杖头”，是写诗人对菊花的痴情，希望不要辜负他今天的乘兴游访。

怡红公子宝玉·种菊（第三十八回）

【原文】

携锄秋圃自移来[1]，篱畔庭前故故栽。
昨夜不期经雨活[2]，今朝犹喜带霜开。
冷吟秋色诗千首[3]，醉酹寒香酒一杯[4]。
泉溉泥封勤护惜[5]，好和井径绝尘埃[6]。

【注解】

①移来：指把菊苗移来。

②不期：没想到。

③秋色：指菊花。

④酹（lèi）：洒酒于地表示祭奠。这里只是对着菊花举杯饮酒的意思，与吟诗一样，都表示兴致高。寒香：指菊。

⑤泉溉泥封：用水浇灌，用土封培，是种菊的技术。

⑥好和：须和。井径：田间小路，泛指偏僻小径。

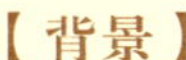
【背景】

宝玉自以为他的诗写出了“访菊”、“种菊”的情景，但也心服口服地承认不如林、薛、史诸人之诗。

【赏析】

第五回书中，警幻仙子曾赞宝玉是闺阁中的良友，并且说他可为闺阁增光。这是说宝玉喜欢女孩子，同那些玩弄女性的纨绔子弟不同，他尊重女性、关心女性、保护女性，无论是千金小姐还是小家碧玉，也不论是奴婢还是戏子，他都把她们当作和自己一样的人来平等对待。如果以花喻女孩子，那么这首诗吟诵的种菊、灌菊、护菊，就正表现了他对女孩子的态度。

尾联“泉溉泥封勤护惜，好和井径绝尘埃”，在爱惜之余，要让菊花跟它所在的小路一起都与尘世的喧闹隔绝。作者笔触间也不禁流露出“采菊东篱下，悠然见南山”的绝尘出世之感，这种出世思想又暗示了他后来的出家之举。

【链接】

鲁迅评《红楼梦》

《红楼梦》是中国许多人所知道，至少，是知道这名目的书。谁是作者和续者姑且勿论，单是命意，就因读者的眼光而有种种：经学家看见《易》，道学家看见淫，才子看见缠绵，革命家看见排满，流言家看见宫闱秘事……

全书所写，虽不外悲喜之情，聚散之迹，而人物事故，则摆脱旧套，与在先之人情小说甚不同。

至于说到《红楼梦》的价值，可是在中国的小说中实在是不可多得的。其要点在敢于如实描写，并无讳饰，和从前的小说叙好人完全是好，坏人完全是坏的，大不相同，所以其中所叙的人物，都是真的人物。总之自有《红楼梦》出来以后，传统的思想和写法都打破了——它那文章的旖旎和缠绵，倒是还在其次的事。

枕霞旧友湘云·对菊（第三十八回）

【原文】

别圃移来贵比金，一丛浅淡一丛深。
萧疏篱畔科头坐①，清冷香中抱膝吟②。
数去更无君傲世③，看来惟有我知音。
秋光荏苒休辜负④，相对原宜惜寸阴。

【注解】

①科头：不戴帽子。这里借用来说不拘礼法的样子。

②清冷香：指菊花。

③傲世：菊不畏风霜，冒寒开放，有“傲霜枝”之称。

④荏苒（rěn rǎn）：渐渐过去。常形容时光易逝。

【背景】

在十二首咏菊诗中，这一首被评为第五，属上乘之作。

【赏析】

在这首诗中，湘云以一个男性抒情主人公出现，正表现了她豪爽不羁的潇洒风度。

史湘云生来“英豪阔大宽宏量”，颇具男性气度。“科头”是不戴帽子，只能是男人的形象；古代女孩子没有帽子，无所谓“科头”。但这是作诗，是遣兴取乐，诗人尽可以把自己想象成是男人。湘云从小就喜爱男装，甚至有一次贾母竟把她误认成宝玉。第六十三回书中写道：“湘云素习憨戏异常，她也最喜武扮的，自己每每束蛮带，穿折袖。”

“数去更无君傲世，看来惟有我知音”，从这两句看来，这首诗实际上是诗人发出的知音难觅、人生苦短的感慨。按曹雪芹的原意，史湘云与贾宝玉在家族败落后互相引为知己，惺惺惜惺惺。

枕霞旧友湘云·供菊[1]（第三十八回）

【原文】

弹琴酌酒喜堪俦[2]，几案婷婷点缀幽[3]。
隔坐香分三径露[4]，抛书人对一枝秋。
霜清纸帐来新梦[5]，圃冷斜阳忆旧游[6]。
傲世也因同气味，春风桃李未淹留[7]。

【注解】

①供菊：将菊花插在瓶中，放在房间里供观赏。

②喜堪俦（chóu）：高兴菊花能做伴。俦，同辈，伴侣。

③婷婷：指菊枝样子好看。幽：说因菊而环境显得幽雅。

④此句意思是说：一座之隔而闻到菊花的香气。香分三径露：菊之香气从三径分得。

⑤霜清：指菊花清雅。纸帐来新梦：房内新供菊枝，使睡梦也增香。因纸帐上多画花卉，而真的菊自然大大超过所画的花。纸帐：一种用藤皮茧纸缝制成的帐子，以稀布为顶，取其透气。帐上常绘有梅花，情致清雅。

⑥圃冷：菊圃冷落。斜阳：衰飒之景。旧游：旧时的同游者、老朋友。

⑦春风桃李：喻世俗荣华。淹留：长期逗留。这里是久留忘返的意思。

【背景】

供菊，是把菊花插在花瓶中作摆设来赏玩。这一首被评为第六。

【赏析】

在这首诗中，诗人弹琴饮酒，赏菊吟诗，蔑视富贵，佯狂傲世，颇具陶潜一类名士的风度。黛玉很欣赏湘云这首诗，她评论说："据我看来，头一句好的是'圃冷斜阳忆旧游'，这句背面傅粉。抛书人对'一枝秋'已经妙绝，将供菊说完，没处再说，故翻回来想到未折未供之先，意思深透。"所谓"背面傅粉"，又称"背面铺粉"，本是绘画的一种特殊的技术处理方法，就是在作画的绢面上涂一层铅粉，然后再作画，从而把画面衬托得更加清晰、鲜明。这种绘画手法被借用于文学创作，成为一种写作技巧，通常指作者要表现的是甲，却不写甲，而借助于对乙的描写，通过乙突出甲。此处就是用了倒插笔的手法，写完插瓶的菊花后再写原来在园中赏菊的情景。这就扩大了诗的意境，丰富了吟咏的内容。

尾联"傲世也因同气味，春风桃李未淹留"，意思是说：自己也与菊一样傲世，并不迷恋世上的荣华富贵，表现了诗人的高雅傲视情怀。

【链接】

胡适评《红楼梦》

因为《红楼梦》是曹雪芹"将真事隐去"的自叙，故他不怕琐碎，再三再四地描写他家由富贵变成贫穷的情形。我们看曹寅一生的历史，绝不像一个贪官污吏；他家所以后来衰败，他的儿子所以亏空破产，大概都是由于他一家都爱挥霍，爱摆阔架子；讲究吃喝，讲究场面；收藏精本的书，刻行精本的书；交结文人名士，交结贵族大官，招待皇帝，至于四次五次；他们又不会理财，又不肯节省；讲究挥霍惯了，收缩不回来：以至于亏空，以至于破产抄家。《红楼梦》只是老老实实地描写这一个“坐吃山空”、“树倒猢狲散”的自然趋势。因为如此，所以《红楼梦》是一部自然主义的杰作。

潇湘妃子黛玉·咏菊（第三十八回）

【原文】

无赖诗魔昏晓侵[①]，绕篱欹石自沉音[②]。
毫端蕴秀临霜写[③]，口齿噙香对月吟。
满纸自怜题素怨[④]，片言谁解诉秋心？
一从陶令评章后[⑤]，千古高风说到今[⑥]。

【注解】

①无赖：百无聊赖，无法可想。诗魔：诗歌创作冲动所带来的不得安宁的心情。佛教把人们有所欲求的念头都说成是魔，宣扬修心养性用以降魔。昏晓侵：从早到晚地侵扰。

②欹：此处同“倚”。沉音：心里默默地在念。

③毫端：笔端。蕴秀：藏着灵秀。临霜写：对菊吟咏。临，即临摹。霜，指代菊。写，描绘。这里说吟咏。

④素怨：即秋怨。

⑤一从：自从。陶令：陶渊明（365—427），东晋诗人，字符亮，一说名潜字渊明。曾做过八十多天彭泽县令，所以称陶令。他喜欢菊，写了不少与菊有关的诗文。评章：鉴赏，议论。亦借说吟咏。

⑥高风：高尚的品格。

【背景】

黛玉“魁夺菊花诗”，她的三首咏菊诗是十二首咏菊诗之冠，而这一首又是三首之冠，被评为第一。

【赏析】

“毫端蕴秀临霜写，口齿噙香对月吟”——人美、花美、景美、情美、诗美，合诸美于两句诗中，构思新颖，造句巧妙，确实是精彩的咏菊诗句。“满纸自怜题素怨”，写出了黛玉平素多愁多病，自怨自艾的情状；“片言谁解诉秋心”，道出了自己一怀情愫不被人理解的苦闷。最后把同菊花关系最深的诗人陶渊明拉出来，歌咏菊花的亮节高风，也把自己高洁的品格暗示出来了。

蔡义江《红楼梦诗词曲赋评注》中指出：林黛玉所写的三首诗被评为最佳。如果作者只是为了表现她的诗才出众，为什么在前面咏白海棠时要让湘云“压倒群芳”，在后面讽和螃蟹咏时却又称宝钗之作为“绝唱”呢？原来作者还让所咏之物的品质去暗合吟咏它的人物。咏物抒情，恐怕没有谁能比黛玉的身世和气质更与菊相适合的了，她比别人能更充分、更真实、更自然地表达自己的思想感情，是完全合乎情理的。

黛玉三首诗中，“咏菊”又列为第一。由于小说里众人的议论，容易使我们觉得这首诗之好，就好在“口齿噙香对月吟”一句上。其实，诗的后半首写得更自然，更有感染力。“满纸自怜题素怨，片言谁解诉秋心？”我们从林黛玉的诗中，又听到了曹雪芹的心声，想起作者写在小说开头的那首“自题绝句”。因此，林黛玉这个人物寄托了作者曹雪芹许多难以名状的感情。

【链接】

王国维评《红楼梦》

《红楼梦》，哲学的也，宇宙的也，文学的也。此《红楼梦》之所以大背于吾国人之精神，而其价值亦即存乎此。

《红楼梦》一书与一切喜剧相反，彻头彻尾之悲剧也！

蘅芜君宝钗·画菊（第三十八回）

【原文】

诗余戏笔不知狂，岂是丹青费较量[①]？
聚叶泼成千点墨，攒花染出几痕霜[②]。
淡浓神会风前影，跳脱秋生腕底香[③]。
莫认东篱闲采掇[④]，粘屏聊以慰重阳[⑤]。

【注解】

①丹青：指绘画所用的红的、青的颜料，亦作画的代称。较量：计虑，思考如何恰当。

②聚叶：把菊叶画得茂密，故用“千点”。攒：簇聚。花由好多花瓣集合构成，故说“攒花”。霜：指代菊花瓣，故用“几痕”。

③跳脱：手镯的一种，用珍物连缀而成，又作“挑脱”、“条脱”。

④此句意思是说：不要错认是真的菊花而随手就去采摘，是说画得神态逼真。东篱闲采掇：语用陶潜著名诗句：“采菊东篱下，悠然见南山。”掇，拿取。

⑤粘屏：把画贴在屏风上。慰重阳：重阳不得赏菊，以观画代之，可安慰一下寂寞的心情。

【背景】

宝钗这首被评为第七。从《画菊》这个题目来说，这首诗写得也很生动。

【赏析】

“诗余戏笔不知狂，岂是丹青费较量”，意思是说：诗后戏笔画菊，乃乘一时之逸兴不经意所作，岂是存心绘画、苦苦构思而成？“聚叶泼成千点墨，攒花染出几痕霜”，构思和造句都不落俗套。“淡浓神会风前影，跳脱秋生腕底香”，意思是说：对风前的菊花姿影心领神会，然后在纸上用浓淡来表现。有浓淡，才能密而不乱，才有远近掩映。值得注意的是最后两句“莫认东篱闲采掇，粘屏聊以慰重阳”，有“画饼充饥”之意。“重阳”二字，似有伏笔，作者曹雪芹似乎在这里暗喻宝钗同宝玉未来的夫妻关系有其名而无其实。

【链接】

俞平伯评《红楼梦》

《红楼梦》作者第一本领，是善写人情。细细看去，凡写书中人没有一个不适如其分际，没有一个过火的；写事写景亦然。《红楼梦》自发牢骚，自感身世，自忏情孽，于是不能自已地发为文章。并且他的材料全是实事，不能任意颠倒改造的，于是不得已要打破窠臼得罪读者了。作者当时或是不自觉的也未可知，不过这总是《红楼梦》的一种大胜利、大功绩。《红楼梦》作者的第一大本领，只是肯说老实话，只是做一面公平的镜子。

潇湘妃子黛玉·问菊（第三十八回）

【原文】

欲讯秋情众莫知[1]，喃喃负手扣东篱[2]。
孤标傲世偕谁隐[3]？一样花开为底迟[4]？
圃露庭霜何寂寞？鸿归蛩病可相思？
莫言举世无谈者，解语何妨话片时[5]？

【注解】

①秋情：即中间两联所问到的那种思想情怀。因“众莫知”而唯

有菊可认作知己，故问之。

②喃喃：不停地低声说话。负手：把两手交放在背后，是有所思的样子。扣：询问。东篱：指代菊。

③孤标：孤高的品格。标，标格。偕：同……一起。

④为底：为什么，为何。

⑤解语：能说话。在这里的意思是如果花能说话的话。

【背景】

在黛玉的三首咏菊诗中，写得新颖别致，并最能代表其个性的是这一首。按理说，这一首应该评为咏菊诗中的第一，李纨却把它评为第二。

【赏析】

在这首诗中，轻俗傲世，花开独迟，道出了林黛玉清高孤傲、目下无尘的品格性情。“圃露庭霜”不就是《葬花吟》中说的“风刀霜剑”吗？荣府内种种恶浊的现象形成有形无形的刺激，使这个孤弱的少女整天陷于痛苦之中。“鸿归蛩病”映衬出她苦闷彷徨的心情。对黛玉来说，举世可谈者只有宝玉一人，然而碍于“礼教之大防”，又何曾有痛痛快快地畅叙衷曲的时候？

“孤标傲世偕谁隐，一样花开为底迟？”这两句脍炙人口的名句，与其说是有趣的讯问，莫如说是愤懑的控诉。全诗除首联之外，颔联、颈联、尾联全为问句，问得巧妙，正如湘云说：“真把个菊花问得无言可对。”

林黛玉一再向那寄托在东篱之下的菊花发问，其实是暗喻自己寄人篱下，缺少知音。

【链接】

黄遵宪评《红楼梦》

《红楼梦》乃开天辟地、从古到今第一部好小说，当与日月争光，万古不磨者。

蔡元培评《红楼梦》

《石头记》者，清康熙朝政治小说也。作者持民族主义甚挚，书中本事在吊明之亡，揭清之失，而尤于汉族名士仕清者寓痛惜之意。

蕉下客探春·簪菊[1]（第三十八回）

【原文】

瓶供篱栽日日忙，折来休认镜中妆[2]。
长安公子因花癖[3]，彭泽先生是酒狂[4]。
短鬓冷沾三径露[5]，葛巾香染九秋霜[6]。
高情不入时人眼，拍手凭他笑路旁[7]。

【注解】

①簪菊：插菊花于头上，古时风俗。

②此句意思是说：以菊插头，不要错认作是珠花。因男子也簪菊，并非为了打扮。镜中妆：指簪、钗一类首饰，女子对镜梳妆时插于发间。

③长安公子：疑指唐代诗人杜牧。或是泛说京都风气。

④彭泽先生：指陶渊明。参见前注。陶除爱菊外，也喜酒，时人称其为“酒狂”。

⑤三径露：指代菊。

⑥葛巾：用葛布做的头巾。九秋霜：指代菊。九秋，即秋天。

⑦此两句意思是说：世俗之人不能理解那种高尚的情操，那就让他们在路上见了插花醉酒的样子而拍手取笑吧。高情：高尚的情操。

【背景】

簪菊，即把菊花插在头上。这一首被李纨评为第七。

【赏析】

探春才清志高，精明干练不差于男人，因此诗中“短鬓”、“葛巾”等字样都是以男人自许。她对荣府内部的矛盾和腐败看得很清楚，但也束手无策，只好保持洁身自好的态度。尾联“高情不入时人眼，拍手凭他笑路旁”两句，正表明了她嫉视丑恶、不随风流俗的清高之情。

枕霞旧友湘云·菊影（第三十八回）

【原文】

秋光叠叠复重重[①]，潜度偷移三径中[②]。
窗隔疏灯描远近[③]，篱筛破月锁玲珑[④]。
寒芳留照魂应驻[⑤]，霜印传神梦也空[⑥]。
珍重暗香休踏碎[⑦]，凭谁醉眼认朦胧。

【注解】

①秋光：指菊影。

②潜度偷移：指菊花随着日光西斜而影子在不知不觉地移动。

③描：描绘。

④玲珑：空明的样子，又常形容雕镂精巧。

⑤寒芳：指菊。留照：留下肖像，即留下影子。魂应驻：花魂应该也留在菊影之中，是说菊影能传神。

⑥霜印：指菊影。梦也空：指影虽能传花之神，但毕竟是虚像。

⑦暗香：指菊。

【背景】

这是湘云的第三首咏菊诗，重在咏物。

【赏析】

湘云由爱菊花而爱及菊花的影子，极力描绘日光、灯光、月光下菊影的各种形象。

“窗隔疏灯描远近，篱筛破月锁玲珑”，意思是说：隔着窗子透出稀疏的灯光，在地上描下了浓淡不同的远近菊影；竹篱好比筛子，透过月光的碎片，就像把明净精巧的菊花姿影封锁在里面，描写得十分形象具体。“珍重暗香休踏碎，凭谁醉眼认朦胧”，因写月夜花影，所以用“暗”；“休踏碎”三字正点出“菊影”，影在地上，因为珍惜，所以不愿踩它；影子本来朦胧，加之醉眼迷离，看去就更模糊难以辨认了。

整体来看，这首诗同一般有闲文人吟风弄月的诗作没有多大区别。但曹雪芹让湘云咏出这样一首情调暗淡的诗，是有其用心的。“寒芳留照魂应驻，霜印传神梦也空”，显然是暗示她未来凄凉的命运。

潇湘妃子黛玉·菊梦（第三十八回）

【原文】

篱畔秋酣一觉清[①]，和云伴月不分明[②]。
登仙非慕庄生蝶，忆旧还寻陶令盟[③]。
睡去依依随雁断[④]，惊回故故恼蛩鸣[⑤]。
醒时幽怨同谁诉？衰草寒烟无限情。

【注解】

①秋酣：秋菊酣睡。一觉清：形容梦境清幽。

②不分明：说明梦境依稀恍惚。

③寻陶令盟：与陶渊明结交友好。

④此句意思是说：梦见归雁，依恋之心久久相随，直至它飞远看不见。

⑤故故：屡屡，时时。

【背景】

这一首被李纨评为第三。全诗以拟人的手法写菊花的梦境，实际上是写黛玉自己梦幻般的情思，带有明显的谶语的意味。

【赏析】

诗题是《菊梦》，隐约可以预见她和贾宝玉的爱情终究不能长久，就如同做梦一般，迟早会被惊醒。

“和云伴月不分明”，已经有些不祥之意。“登仙非慕庄生蝶”，意思是说：梦魂翩跹，仿佛成仙，但并非是羡慕庄子变作蝴蝶，是说死去登上仙籍并不是我所希望的。其中“登仙”一词，则又是“死亡”的代词。“忆旧还寻陶令盟”，等于说重结绛珠仙子和神瑛侍者的“木石前盟”才是自己真正的意愿。颈联、尾联四句透出凄凉颓败的气氛，对黛玉的结局又作了一次暗示。

全诗以游仙诗的形式，描绘了菊花畅游夜空的景象，想象奇特，极具浪漫主义色彩。

蕉下客探春·残菊（第三十八回）

【原文】

露凝霜重渐倾欹①，宴赏才过小雪时②。
蒂有余香金淡泊③，枝无全叶翠离披④。
半床落月蛩声切，万里寒云雁阵迟。
明岁秋风知再会⑤，暂时分手莫相思。

【注解】

①倾欹（qī）：指菊倾侧歪斜。

②小雪：立冬以后的一个节气，二十四节气中的第二十个。

③余香：实即“余瓣”。金：指菊花的金黄色。淡泊：指颜色暗淡不鲜。

④离披：亦作“披离”，散乱的样子。

⑤知再会：不知能否再见的意思。

【背景】

这是十二首菊花诗的最后一首，有总结和预示将来之意。

【赏析】

宝钗为十二首菊花诗排顺序时说："……末卷便以《残菊》总收前题之盛。"这就说得很明白，"盛"要以"残"作结。大观园"金钗"有十二个，菊花诗也恰好作了十二首，这不是偶然巧合，而是作者有意安排的。我们虽不能把十二首菊花诗当作十二首判词看待，但也应该注意把咏菊诗的总体看成是咏人——咏十二钗总的命运，最后是叶缺花残，万艳同悲，归到"薄命司"去。

这一首是探春作的，当然也要带上她个人的色彩。她曾预言贾家要"一败涂地"，《残菊》就暗含着一败涂地时群芳的最后结局，也包括她自己的结局。"万里寒云"正是她远嫁时的映射；"暂时分手莫相思"也可同"从今分两地，各自保平安。奴去也，莫牵连"的曲子对应起来。

吃蟹，饮酒，赏菊，作诗，这是何等富贵风流！然而透出的气息却是如此凄凉惨淡。这是《红楼梦》常用的手法，也是作者的高明之处。

螃蟹咏三首（第三十八回）

【原文】

其一（贾宝玉）

持螯更喜桂阴凉[①]，泼醋擂姜兴欲狂[②]。
饕餮王孙应有酒[③]，横行公子竟无肠[④]。
脐间积冷馋忘忌[⑤]，指上沾腥洗尚香。
原为世人美口腹，坡仙曾笑一生忙[⑥]。

【注解】

①持螯：拿着蟹钳，也就是吃螃蟹。语本《世说新语》：毕卓曾对人说："左手持蟹螯，右手执酒杯，拍浮酒池中，便足了一生。"这是古代贵族过的享乐生活。

②擂姜：捣烂生姜。

③饕餮（tāo tiè）：古代传说中贪吃的凶兽，后常用来说人贪馋会吃。王孙：贵家子弟。

④横行、无肠：均指说蟹。横行，既是横走，又是行为无所忌惮的意思。无肠，除字面义外，又用以说没有意兴，无动于衷。这一句语带双关，兼写"偏僻"、"乖张"。

⑤脐间积冷：我国传统医药学认为，蟹性咸寒，恣食，会积冷于腹内，须用辛温发散的生姜、紫苏等来解它。

⑥坡仙：指苏轼（1036—1101），字子瞻，自号东坡居士，人亦称其为“坡仙”，北宋文学家。苏轼《读孟郊诗》曾笑一生穷愁劳碌的唐代苦吟诗人孟郊，把读孟诗比之为吃小蟹，说是“竟日嚼空螯”。贾宝玉的绰号叫“无事忙”，或是有意暗合此意。

【原文】

其二（林黛玉）

铁甲长戈死未忘[①]，堆盘色相喜先尝[②]。
螯封嫩玉双双满，壳凸红脂块块香。
多肉更怜卿八足，助情谁劝我千觞[③]。
对兹佳品酬佳节[④]，桂拂清风菊带霜。

【注解】

①铁甲长戈：喻蟹壳蟹脚。

②色相：佛家语，指一切有形之物。此处借用来说蟹煮熟后颜色好看。

③助情：助吃蟹之兴。觞（shāng）：酒杯。

④兹：此。佳品：指蟹。酬：报答。这里是不辜负、不虚度的意思。佳节：指重阳。

【原文】

其三（薛宝钗）

桂霭桐阴坐举觞[①]，长安涎口盼重阳[②]。
眼前道路无经纬[③]，皮里春秋空黑黄[④]。
酒未敌腥还用菊[⑤]，性防积冷定须姜[⑥]。
于今落釜成何益[⑦]？月浦空余禾黍香[⑧]。

①霭：云气。

②长安涎口：京都里的馋嘴。

③此句意思是说：蟹横行，所以眼前的道路是直是横它是不管的。经纬：原是织机上的直线与横线。

④皮里春秋：成语，是说人心机诡深而不动声色。蟹有壳无皮，“皮里”就是肚子里。活蟹的膏有黄的、黑的不同颜色，故以“春秋”说花色不同。空黑黄：就是花样多也徒劳的意思，因蟹不免被人所煮食。

⑤敌腥：解除腥气。用菊：指所饮非平常的酒，而是菊花酒。传说重阳饮菊花酒可辟除恶气。

⑥性防积冷：意即蟹性寒，食之须防积冷。

⑦落釜：放在锅子里去煮。成何益：意谓横行和诡计又有何用。

⑧月浦：有月光的水边，指蟹原来生长处。诗中常以“月”点秋季。空余禾黍香：就蟹而言，既被人所食，禾黍香已与它无关。

【背景】

《螃蟹咏》是《菊花诗》的余音，在作完菊花诗、吃蟹赏桂之际，宝玉先吟成一首，问谁还敢作。黛玉笑他“这样的诗，一时要一百首也有”，就随手写了一首，但接着就撕了。宝钗也写了一首，受到众人称赞。

【赏析】

这三首诗中前两首是陪衬，小说中的描写已作了交代。其中虽亦有寄寓可寻，但主要还是为后者作引。

宝玉在其咏蟹诗中自比“横行公子”，表示自己行为无所忌惮。他一生只追求闲情逸致而无心仕途，曹雪芹故意用螃蟹来塑造他叛逆的形象。

林黛玉的咏蟹诗实际上只是写给宝玉看的，表达“怜卿”之情，却不知宝玉有无“劝我”之意。故而当宝玉看了喝彩之际，便一把撕了，令人烧去。

宝钗的咏蟹诗是这三首诗中的重点，也是作者寄托自己思想的。《红楼梦》虽然比其他古典小说更充分地体现了现实主义的创作原则，但因为作者不敢直接说出自己想说的“伤时骂世”的话，因而常有一些借题发挥或通过小说人物之口和笔来说的地方。此诗借宝钗之作来发挥，比通过宝玉或黛玉这些明显地具有叛逆性格的人物之口来说要稳妥得多。因为宝钗是古代社会的“正统派”，处处都是维护现存秩序的，借她的诗巧妙地骂几句世人，很像只是一时“为文造情”，更能起到打掩护的作用。

全诗讽刺现实社会政治中丑恶人物的犀利锋芒集中于第

二联："眼前道路无经纬，皮里春秋空黑黄。"它不仅作为小说中贾雨村之流政治掮客、官场赌棍的画像十分维肖，就是拿它赠给历史上一切惯于搞阴谋诡计的反面人物也是非常适合的。他们总是心怀叵测，横行一时，背离正道，走到邪路上去，结果都是机关算尽，却逃脱不了灭亡的下场。所以，小说中特地强调："看到这里，众人不禁叫绝。宝玉道：'骂得通快！我的诗也该烧了。'"

这又是一首以闲吟景物的外衣伪装起来的自嘲诗。"正叹他人命不长，那知自己归来丧?"讽刺世人而忘了持镜自照，倒实在带有贬义：笑人家不择正路、"皮里春秋"，自己为了争得宝二奶奶的位置，不是也用尽心机、施尽手段么？说蟹有腥臭，自己热衷仕途经济就没有儒臭么？告诉别人吃蟹要"性防积冷"，难道"性冷"的只有螃蟹么？问螃蟹"于今落釜成何益?"不也应该反问一下自己：金锁终于配了宝玉又有何益？这些都仿佛出于无意，却又实实在在地成了宝钗的自我嘲讽。

此诗出自宝钗之手，与小说塑造的人物性格与修养也是相协调的。宝钗精通世故人情，作诗含蓄老练，为人虽随分从时，平和宽容，却绝不软弱糊涂。这样的人吟出这样的诗来，应是合乎情理的。

代别离·秋窗风雨夕（第四十五回）

【原文】

秋花惨淡秋草黄，耿耿秋灯秋夜长[①]。
已觉秋窗秋不尽，那堪风雨助凄凉！
助秋风雨来何速？惊破秋窗秋梦绿[②]。
抱得秋情不忍眠[③]，自向秋屏移泪烛。
泪烛摇摇爇短檠[④]，牵愁照恨动离情。
谁家秋院无风入？何处秋窗无雨声？
罗衾不奈秋风力[⑤]，残漏声催秋雨急[⑥]。
连宵脉脉复飕飕[⑦]，灯前似伴离人泣。
寒烟小院转萧条[⑧]，疏竹虚窗时滴沥[⑨]。
不知风雨几时休，已教泪洒窗纱湿。

【注解】

①耿耿：微明的样子，也形容心中不宁。这里字面上是前一义，要表达的意思上兼有后一义。

②秋梦绿：秋夜梦中所见草木葱茏的春夏景象。

③秋情：指秋天景象所引起的感伤情怀。

④摇摇：指烛焰晃动。爇（ruò）：点燃。檠（qíng）：灯架，蜡烛台。

第四十五回

⑤罗衾：丝绸面子的被褥。不奈：不耐，不能抵挡。

⑥残漏：夜里将尽的更漏声。

⑦连宵：整夜。脉脉：通“霢霢”，细雨连绵。飕飕：状声词，形容风声。

⑧寒烟：秋天的细雨或雾气。

⑨滴沥：水珠下滴。

【背景】

这里黛玉喝了两口稀粥，仍歪在床上。不想日未落时，天就变了，淅淅沥沥下起雨来。秋霖脉脉，阴晴不定，那天渐渐的黄昏时候了，且阴得沉黑，兼着那雨滴竹梢，更觉凄凉。知宝钗不能来了，便在灯下随便拿了一本书，却是《乐府杂稿》，有《秋闺怨》、《别离怨》等词。黛玉不觉心有所感，不禁发于章句，遂成《代别离》一首，拟《春江花月夜》之格，乃名其词为《秋窗风雨夕》。

【赏析】

这是一篇乐府体诗，诗题《秋窗风雨夕》恰与它摹仿的《春江花月夜》的题目对仗，而且是“反对”。《春江花月夜》系初唐诗人张若虚所作，是一首写离愁别恨的歌行。本诗在格调和句法上都有意模仿它。“代别离·秋窗风雨夕”，前者是乐府题。代，犹“拟”，仿作的意思。一般情况下，乐府诗不另外再加题目，这里因为又仿初唐歌行《春江花月夜》而作，所以又拟一个字面上与唐诗完全对称的、更具体的诗题。

张若虚的《春江花月夜》写的是作者在温馨恬谧的春夜里的绵绵情思，只有一点淡淡的哀愁和怅惘；而《秋窗风雨夕》则是凄风苦雨的秋夜，一个重病少女酸苦的哀思，悲凉的情绪如浓重的暗夜压在她的心头。这个犹如娇花嫩草的少女，孤单寂寞地住在潇湘馆里，听着暗夜中淅淅沥沥的雨点敲打着窗棂，想着自己凄凉的身世和未来渺茫的前程，怎能不痛断肝肠？“助秋风雨来何速，惊破秋窗秋梦绿”，突然到来的秋风秋雨，惊破了她绿色的幻梦，预感到她短暂的青春年华就要逝去了，这又是多么值得同情。对黛玉将来因悲愁泪尽而死，《秋窗风雨夕》是一次重要的铺垫。

这首二十句的诗，竟用了十五个“秋”字，着力渲染了秋天肃杀、凄苦的气氛。如果联系全书其他诗词来理解，这个“秋”字还应有它更深的含意。《红楼梦曲》中说，“堪破三春景不长”，又说“说什么天上夭桃盛，云中杏蕊多；到头来，谁把秋捱过！”再联系咏菊诗中“露凝霜重”、“衰草寒烟”等句来思索，这个“秋”字的象征意义就更明显了。大观园群芳生活的时期，正是贾家开始“萧疏”的阶段，用季节比喻相当“初秋”。只消一场暴风雨，就要万卉凋零，进入严冬，那时就真是“落了片白茫茫大地真干净”了。

全诗情景交融，景为情设，情因景生，表现了曹雪芹高超的作诗技巧。

香菱咏月诗三首（第四十八回、四十九回）

【原文】

其一

月挂中天夜色寒，清光皎皎影团团。
诗人助兴常思玩[①]，野客添愁不忍观[②]。
翡翠楼边悬玉镜，珍珠帘外挂冰盘[③]。
良宵何用烧银烛，晴彩辉煌映画栏[④]。

【注解】

①玩：赏。

②野客：山野之人，多指贫居不仕或对现实不满者，所以说“添愁”。

③玉镜、冰盘：喻月。

④晴彩：晴空中月亮的光彩。

【原文】

其二

非银非水映窗寒，试看晴空护玉盘。
淡淡梅花香欲染[①]，丝丝柳带露初干[②]。
只疑残粉涂金砌[③]，恍若轻霜抹玉栏。
梦醒西楼人迹绝，余容犹可隔帘看[④]。

【注解】

①香欲染：形容香气之浓。

②柳带：柳枝。

③残粉涂金砌：阶台边沿涂上了一层淡淡的白粉。残，言其淡薄。粉，指金粉，即铅粉。金砌，涂饰金粉的台阶。

④余容：指将要西沉的月亮。

【原文】

其三

精华欲掩料应难[①]，影自娟娟魄自寒[②]。
一片砧敲千里白，半轮鸡唱五更残[③]。
绿蓑江上秋闻笛[④]，红袖楼头夜倚栏[⑤]。
博得嫦娥应借问，缘何不使永团圆[⑥]？

【注解】

①此句意思是说：云雾遮不住月亮。精华：月亮的光华。

②影：指月的形。娟娟：美好。魄：指月的质，月称桂魄。

③此两句意思是说：秋闺怨女愁思不寐，直至五更鸡唱、残月西斜。

④绿蓑：防雨的蓑衣，古用草编，故言“绿”指代“野客”。

⑤红袖：指代女子。

⑥此两句意思是说：对月伤怀的人们应引得月里嫦娥的同情，而使她感叹命运之神为何不使人们能永远团圆呢？

【背景】

香菱跟黛玉学作诗，第一首写得不好，第二首还是不能令人满意。她不肯罢休，日夜苦吟，梦里也在作诗，第三首终于得到了众人的好评。

【赏析】

香菱从“惯养娇生”的乡宦之家，先沦为家仆，后作了薛蟠的侍妾。她在大观园里的地位低于小姐而高于丫头。她渴望能过上层社会的精神生活，这完全可以从她所处的环境地位来找出她的思想根源。但作者对这个人物完全是持同情态度的。

香菱这位由小姐沦为奴婢的聪明姑娘，受了大观园女诗人们的熏染，一心想学作诗，拜黛玉为师，专心致志，冥思苦想，由不会到会，终于写出比较像样的诗来。这三首诗代表了她学诗的三个阶段。

作者仿效初学者的笔调，揣摹他们习作中易犯的通病以及他们在学习中逐步摸索前进的过程，把不同阶段的成绩一一真实地再现出来。这三首诗，一首比一首进步，最后一首最好。

香菱第一首诗写得很幼稚，用语毫无含蓄，又打不开思路，只好堆砌辞藻，凑泊成句。头尾两联二十八个字，只说得个“月亮很亮”，内容十分空洞。黛玉说“措词不雅，皆因你看的诗少，被他缚住了”，要她“只管放开胆子去作”。

第二首诗，“梦醒西楼人迹绝，余容犹可隔帘看”，已经有些诗味了，但“残粉涂金砌”，“轻霜抹玉栏”之类的句子，刻意追求所谓“雅”，结果显得牵强、生硬，所以黛玉批评说“过于穿凿了”。香菱想脱开前一首老形容月亮本身的束缚，结果“句句倒像是月色”。可见，对“放开胆子去作”的话的理解还不透彻。

第三首诗，由“一片砧声”的初夜，写到“半轮鸡唱”的天明，联想到旅人思乡和怨女思夫，并借嫦娥之口向命运之神发出疑问，表达自己对理想生活的向往，意境比起前两首开阔多了，内容也丰富了。而且名句之间不是简单地堆砌，有了内在联系，形成了完整的诗的意境。所以黛玉称赞说：“这首不但好，而且新巧有意趣。可知俗话说：天下无难事，只怕有心人。”

在第三首诗中，似乎还寓有香菱身世的一点影子。“精华欲掩料应难”，应是说她出身高贵，她的聪明和才华总要表现出来；“影自娟娟魄自寒”，应是说她本质美好清白；“缘何不使永团圆？”又像是对她自小与家人离散的命运的质问。虽不求得到解答，但总有一种自伤的感觉。

咏红梅花四首（第五十回）

【原文】

咏红梅花得“红”字（邢岫烟）

桃未芳菲杏未红，冲寒先喜笑东风[①]。
魂飞庾岭春难辨[②]，霞隔罗浮梦未通[③]。
绿萼添妆融宝炬，缟仙扶醉跨残虹[④]。
看来岂是寻常色，浓淡由他冰雪中。

【注解】

①冲寒：迎着寒风。

②此句意思是说：红梅若移向庾岭，其景色就与春天很难区别了。庾岭：即大庾岭，中国南部山脉，位于江西与广东两省边境，盛植梅树。

③此句引用隋代赵师雄游罗浮山梦见梅花化为“淡妆素服”的美人与之欢宴歌舞的故事。因赵师雄所梦见的罗浮山梅花是淡色的，与所咏的红梅不同。

④此两句意思是说：红梅似燃着红烛、添加了红妆的萼绿仙子，又如喝醉了酒在跨过赤虹的白衣仙女。绿萼：梅花绿色的称绿萼梅，这里借梅拟人，说“萼绿”，即仙女萼绿华，故曰“添妆”。宝炬：指

红烛。扶醉：醉需人扶。以“醉”颜点出花红。残虹：虹以赤色最显，形残时犹可见，也借以喻花红。

【原文】

咏红梅花得“梅”字（李纹）

白梅懒赋赋红梅①，逞艳先迎醉眼开②。
冻脸有痕皆是血③，酸心无恨亦成灰④。
误吞丹药移真骨⑤，偷下瑶池脱旧胎⑥。
江北江南春灿烂，寄言蜂蝶漫疑猜⑦。

【注解】

①白梅懒赋：即“懒赋白梅”。

②此句意思是说：春未到，红梅逞艳，先迎着我醉眼开放。

③冻脸：因花开于冰雪中，颜色又红，故喻之。

④酸心：梅花花蕊孕育梅子，故言酸。无恨亦成灰：待到时过，虽无怨恨，花亦乌有，所以说“成灰”。

⑤此句意思是说：梅花本是白的，因误吞神奇的丹药而换了骨格，变成红花。

⑥此句意思是说：梅本是瑶池的碧桃，因偷下红尘而脱去旧形，幻为梅花。

⑦此两句意思是说：请告诉蜂蝶，不要把红梅错认作是桃杏，而疑猜是否已到了春色灿烂的季节。春灿烂：因红梅色似春花才这样说的，非实指。当时还是冰雪天气。蜂蝶：多喻轻狂的男子。漫：莫，不要。

【原文】

咏红梅花得“花”字（薛宝琴）

疏是枝条艳是花，春妆儿女竞奢华。
闲庭曲槛无余雪①，流水空山有落霞②。
幽梦冷随红袖笛③，游仙香泛绛河槎④。
前身定是瑶台种⑤，无复相疑色相差⑥。

【注解】

①此句通过写景含蓄地说梅花不是白梅，而是红梅。闲庭：幽静的庭院。余雪：喻白梅。

②落霞：喻红梅。

③此句意思是说：随着女子所吹的凄清的笛声，梅花也做起幽梦来了。

④此句意思是说：梅花的香气使人如游仙境。乘槎（chá）游仙的传说，见《博物志》：银河与海相空，居海岛者，年年八月定期可见有木筏从水上来去。有人便带了粮食，登上木筏而去，结果碰到了牛郎织女。泛：飘浮，乘舟。绛河：传说中仙界之水。槎：木筏。

⑤瑶台种：即“阆苑仙葩”。

⑥此句意思是说：不要因为红梅花不够艳丽而怀疑它曾是瑶台所种。

【原文】

访妙玉乞红梅（贾宝玉）

酒未开樽句未裁①，寻春问腊到蓬莱②。
不求大士瓶中露③，为乞嫦娥槛外梅④。
入世冷挑红雪去，离尘香割紫云来⑤。
槎枒谁惜诗肩瘦⑥，衣上犹沾佛院苔⑦。

【注解】

①开樽：动杯，开始喝酒。樽，酒杯。句未裁：诗未作。裁，构思，推敲。

②寻春问腊：即乞红梅。以“春”点红，以“腊”点梅。蓬莱：以比出家人妙玉所居的栊翠庵。

③大士：指观世音菩萨。这里以观世音比妙玉。瓶中露：佛教宣传以为她的净瓶中盛有甘露，可救灾厄。

④槛外：栏杆之外。又与妙玉自称“槛外人”巧合。

⑤这两句是诗歌的特殊修辞句法，将栊翠庵比为仙境，折了梅回“去”称“入世”，“来”到庵里乞梅称“离尘”。梅称“冷香”，所以分“冷”、“香”于两句中。“挑红雪”、“割紫云”都喻折红梅。

⑥槎枒：亦作“楂枒”、“查牙”，形容瘦骨嶙峋的样子。这里说因冷耸肩，写自己踏雪冒寒往来。诗肩瘦：原谓贫寒与苦吟使诗人的肩胛耸起，后形容诗人苦吟。

⑦此句意思是说：自己归途中尚念念不忘佛院之清幽。佛院苔：指栊翠庵的青苔。

【背景】

芦雪广联诗，宝玉独少，被罚往栊翠庵折红梅花。大家又叫新来的岫烟、李纹、宝琴每人再作一首七律，按次用“红”、“梅”、“花”三字作韵。专命折得红梅的宝玉作一首《访妙玉乞红梅》诗。

【赏析】

从人物描绘上说，邢岫烟、李纹、薛宝琴都是初出场的角色，应该有些渲染。但她们刚到贾府，与众姊妹联句作诗，照理不应喧宾夺主，所以芦雪广联句除宝琴所作尚多外，仍只突出湘云。众人接着要她们再赋红梅诗，是作者的补笔，借此机会对她们的身份特点再作一些提示。当然，这是通过诗句来暗示的。

邢岫烟是邢夫人的侄女，薛蝌的妻子。作者曾借凤姐的眼光，介绍邢岫烟虽“家贫命苦”，“竟不像邢夫人及他的父母一样，却是温厚可疼的人”（第四十九回）。她的诗中红梅冲寒而放，与春花难辨，虽处冰雪之中，而颜色不同寻常，仿佛她就是一枝冲寒盛开的“红梅花”。

李纹姊妹是李纨的寡婶的女儿，从诗中“泪痕皆血”、“酸心成灰”等语来看，似乎也有不幸遭遇，或是表达丧父之痛。“寄言蜂蝶”莫作轻狂之态，可见其自恃节操如梅花般高冷却又不失坚韧，性格上颇与李纨有相似之处。这大概是注重儒家德教的李守中一族中，共同的环境教养所造成的。

薛宝琴是薛姨妈侄女，薛蝌的妹妹，出身“四大家族”里的闺秀，因此豪门千金的奢华气息，表现得比其他人都要浓些。她自幼读书，天资聪颖，堪称小说中的“第一完人”，可惜没有被选入“十二钗正册”之中。小说中专为她的“绝色”有过一段“抱红梅”、“映白雪”的渲染文字，她的诗仿佛也是她的自画像。

宝玉自称“不会联句”，又怕“韵险”，作限题、限韵诗每每“落第”。他恳求大家说：“让我自己用韵罢，别限韵了。”这并非由于他才疏思钝，而是他的性格不喜欢那些形式上人为的羁缚。为了说明这一点，就让他受罚再写一首不限韵的诗来。所以，这一次湘云“鼓未绝”，而宝玉诗已成，且不乏创新：如“割紫云”之喻，借李贺的词而不师其意；“沾佛院苔”的话，也未见之于前人之作。诗歌处处露其性情。“入世”、“离尘”，令人联想到宝玉的“来历”与归宿。不求“瓶中露”，只乞“槛外梅”，可见宝玉后来的出家，并非为了修炼成佛，而是想逃避现实，“蹈于铁槛之外”。

【链接】

《红楼梦》主要人物性格分析之邢岫烟

邢岫烟，邢忠夫妇的女儿，邢夫人的侄女。因家道贫寒，一家人前来投奔邢夫人。邢夫人对邢岫烟并不真心疼爱，只不过为了脸面之情。邢夫人甚至要求邢岫烟把每月二两银子的月钱省下一两来给她自己的父母，使得邢岫烟只得典当衣服来维持她在大观园的开支。邢岫烟生得端雅稳重，知书达礼，被薛姨妈看中，央求贾母作媒说与薛蝌，后嫁给薛蝌。

点绛唇·耍的猴儿谜（第五十回）

【原文】

溪壑分离，红尘游戏[1]，真何趣？

名利犹虚[2]，后事终难继。

【注解】

①溪壑分离，红尘游戏：指猴子多生活在山谷中、涧溪旁，被人捕住后便离了山林，来到闹市，供人耍玩。

②名利犹虚：指猴子穿衣戴帽，扮成文官武将的样子。

【背景】

这首用“点绛唇”曲子写的谜语，湘云念了后，“众人都不解，想了半日，也有猜是和尚的，也有猜是道士的，也有猜是偶戏人的”。只有宝玉一下子就猜着了。

【赏析】

安排湘云这个诗谜，作者其实是大有深意的。谜底众人不解，只让宝玉猜中，也不是偶然的，因为它句句适用于宝玉：大荒山青埂峰的顽石，幻形入世，成了怡红公子，这不正是“溪壑分离，红尘游戏”吗？“真何趣”的感慨与他在《寄生草·解偈》一曲中所说的“到如今，回头试想真无趣”的意思一样；“名利犹虚”，正是他蔑视仕途经济的反抗思想；“后事终难继”正应了他“悬崖撒手”、弃家为僧的结局。这样，谜语就简要概括了宝玉的一生。

谜语的巧妙，还在于它可以对当时政治上各种丑恶人物进行无情的嘲讽。因为，在作者那样“旁观冷眼人”看来，世上一切热衷于功名利禄之辈，从他们套上名缰利锁的那一天起，也就像“耍的猴儿”一样，上蹿下跳在扮演着滑稽的角色。他们洋洋得意于一时的高官厚禄，俨然摆出一副了不起的姿态，这完全像“沐猴而冠”那样虚妄可笑。戏总是要演完的，那时怕也免不了落得个“后事终难继”的下场。从整个贾府后来“一败涂地”、“树倒猢狲散”来看，也完全符合谜语末句所言。后四十回的续补者没有按原作者这条线索去写。他硬要宝玉念念不忘“有个好儿子，能够接续祖基”（对李纨说的话），而且写他自己也得了贵子还攻读“四书”、“八股”，考中科举，金榜题名，又预言“将来兰桂齐芳，家道复初”，大违曹雪芹初衷。

薛宝琴怀古诗十首（第五十一回）

【原文】

赤壁怀古

赤壁沉埋水不流[①]，徒留名姓载空舟[②]。
喧阗一炬悲风冷[③]，无限英魂在内游。

【注解】

①赤壁：山名，在今湖北省嘉鱼县东北，长江南岸，冈峦壁立，上镌“赤壁”二字。东汉建安十三年（208），孙权与刘备联军用火攻大破曹操军于此。沉埋水不流：言曹军伤亡重大，折戟沉尸于江中，而江水为之阻塞不流。

②此句意思是说：战舰上插帜，上书将帅姓氏，兵败后，空见船上旗号而已。

③喧阗：声音大而杂。一炬：一把火。指三江口周瑜纵火。

【原文】

交趾怀古[①]

铜铸金镛振纪纲[②]，声传海外播戎羌[③]。
马援自是功劳大[④]，铁笛无烦说子房[⑤]。

【注解】

①交趾：公元前3世纪末，南越赵佗侵占瓯雒后所置的郡。公元前111年，汉并南越后受汉统治。公元40年，当地雒民在征侧、征贰领导下起而反抗汉朝统治，遭马援镇压。3世纪以后辖境逐渐缩小。公元589年废。

②金镛：铜铸成的大钟。秦始皇统一六国后，曾收兵器铸金钟和铜人。这里借指马援建立了战功。振纪纲：振兴国家力量，整顿法纪王纲。

③海外：古代泛称汉政权统治区域之外的四邻为海外。戎羌：羌族又称西戎。

④马援（前14—49）：汉将，字文渊，大畜牧主出身，王莽末为汉中太守，后依附割据陇西的隗嚣，继归东汉光武帝刘秀，参加攻灭隗嚣、平定凉州的战争。曾于金城击败先零羌兵，镇压交趾起义。封伏波将军、新息侯。后进击西南武陵少数民族时病死军中。

⑤此两句意思是说：论劳苦功高当数马援，有笛曲可征其事迹，用不着去说汉初的张良。马援镇压了交趾后，闻刘尚进击武陵五溪西南夷军败安没，向刘秀请战。帝怜其老，马援说自己尚能披甲上马，并当场试骑。结果他在南征途中病死，留存其诗《武溪深行》一首，写武溪毒淫，征途艰险，“铁笛”所吹之曲即指此。子房：汉初张良的字。张良为刘邦建立统一的汉帝国做出了巨大贡献，刘邦曾称赞他说：“运筹策帷帐中，决胜千里外，子房功也！”

【原文】

钟山怀古[①]

名利何曾伴汝身[②]，无端被诏出凡尘[③]。

牵连大抵难休绝[④]，莫怨他人嘲笑频。

【注解】

①钟山：亦称钟阜、北山，即今南京市东北的紫金山。诗写南朝齐周颙其事。周颙，字彦伦，汝南（今河南汝南县境）人，《南齐书》中有其传。考史传所载，颙曾为剡令、山阴县令，一生仕宦不绝。其立隐舍于钟山，系在京任职时供假日休憩之用。

②此句意思是说：你何尝存有什么名利观念。是说周颙隐居钟山只是权宜之计，语带嘲讽。

③无端：平白无故，也是讥语。被诏：指奉命为海盐县令。出凡尘：离开隐舍，初来到尘世上做官。

④牵连：指世俗的种种牵挂、连累。

【原文】

淮阴怀古[①]

壮士须防恶犬欺[②]，三齐位定盖棺时[③]。
寄言世俗休轻鄙[④]，一饭之恩死也知[⑤]。

【注解】

①淮阴：秦代所置的县，即今江苏省清江市，故城在其东南。刘邦封韩信为淮阴侯于此。韩信（？—前196），淮阴人，初属项羽，后归刘邦，被任为大将，封为齐王，徙为楚王，又降为淮阴侯。在楚汉战争中破赵、平齐、击楚，战绩颇著。但后来他闹独立，搞分裂，阴谋叛汉，被吕后所诛。

②此句指韩信年轻贫贱时曾遭淮阴恶少的欺侮，当时，他被迫从人家的裤裆底下钻过去。

③此句意思是说：韩信被分封齐王之日，正是决定他最后结局之时。秦亡后项羽将齐地分为胶东、齐、济北三个诸侯国，故称三齐。

三齐位，即指齐王之位。韩信破赵平齐后向刘邦讨价，要求立他为齐国的假王。刘邦大怒，大骂使者。张良急忙踩他的脚，要他对韩信暂时容忍。刘邦马上改口骂道："大丈夫要做就做真王，做什么假王！"立即封韩信为齐王。当时楚汉相持不下，"天下权在韩信"，韩信的向背关系重大，所谓"为汉则汉胜，与楚则楚胜"。齐人蒯通劝他不如割据一方，谁也不依靠，"三分天下，鼎足而居"，否则，"勇略震主者身危"，将来必自取其祸。韩信因受刘邦之封，不愿马上背汉。后来，他伏罪被处死前说："吾悔不听蒯通之计。"

④此句是指：韩信早年贫困，品行不端，不事生产，"常从人寄食饮，人多厌之者"，受"胯下之辱"时"一市人皆笑信以为怯"。这里叫世俗之人不要小看和鄙视他，是说他日后必大有作为，且能受恩知报。

⑤此句是指：韩信有一次在城下钓鱼，一个洗衣妇可怜他饥饿，给他饭吃。后来韩信封王时，召见这个洗衣妇，赐赠千金以报答她的"一饭之恩"。

【原文】

广陵怀古[①]

蝉噪鸦栖转眼过[②]，隋堤风景近如何[③]？

只缘占得风流号，惹出纷纷口舌多[④]。

【注解】

①广陵：古郡，县名。广陵郡，隋时先称扬州，又改为江都郡，在今江苏省扬州市。隋炀帝（杨广）大业元年（605）三月，调动河南诸郡男女百余万开挖通济渠，自长安直通江都。河渠两岸堤上种植杨柳，谓之隋堤。又沿渠造离宫四十余所，江都宫尤为华丽。同年仲秋，杨广率萧皇后以下嫔妃、诸王、公主、百官、僧尼、道士、侍从等一二十万人大举出游江都，水上龙舟楼船相衔二百余里，挽船壮丁八万余人，两岸骑兵护送，旌旗如林，穷极侈靡，耗尽国力，所过之处百姓遭殃。

②蝉噪鸦栖：柳树上多蝉和鸦，借以说隋堤景物。

③此句其实就是问当年的繁华欢乐如今是否还在。

④此两句意思是说：只因为隋炀帝喜欢游玩逸乐，得了个“风流”皇帝的称号，所以才招来了后世纷纷讥贬。

【原文】

桃叶渡怀古[①]

衰草闲花映浅池，桃枝桃叶总分离[②]。

六朝梁栋多如许[③]，小照空悬壁上题[④]。

【注解】

①桃叶渡：在今南京市秦淮河与青溪合流处。桃叶是晋代王献之

的妾，曾渡河与献之分别，献之在渡口作《桃叶歌》相赠，桃叶作《团扇歌》以答。后人就叫这渡口为桃叶渡。

②此句用花草萧瑟的秋天，桃树上叶子离开枝条来说人的分别。

③梁栋：大臣的代称。王献之曾为中书令。多如许：多半如此。指难免都会有离别亲人的憾恨。

④此句意思是说：题着字的壁上空悬着小照。小照：画像。空悬：徒然地挂着。

【原文】

青冢怀古[①]

黑水茫茫咽不流[②]，冰弦拨尽曲中愁[③]。

汉家制度诚堪笑，樗栎应惭万古羞[④]。

【注解】

①青冢：王昭君的墓。传说在内蒙古呼和浩特市南。

②黑水：黑河，即今呼和浩特市南之大黑河。咽不流：以流水硬咽不流极写愁怨。

③传说昭君出塞，弹琵琶以寄恨。冰弦：一种蚕丝所制成的琵琶弦。

④此两句意思是说：汉元帝的这套办法实在可笑，如此昏庸的皇帝历来受到人们的讥刺，他自己也该感到惭愧吧！指汉元帝遣王昭君和亲事。汉元帝因后宫女子多，就叫画工画了像来，看图召见。宫人都贿赂画工，独王嫱不肯，所以她的像画得最坏，不得见元帝。后来匈奴来求亲，元帝就按图像选昭君去，临行前才发现她最美，悔之不及，就把毛延寿等许多画工都杀了。樗栎（chū lì）：樗，臭椿。栎，栎树。古人认为这两种树的质地都不好，不能成材。后以“樗栎”喻才能低下。亦用为自谦之辞。此处讥讽汉元帝。羞：蒙羞。

【原文】

马嵬怀古[①]

寂寞脂痕渍汗光[②]，温柔一旦付东洋[③]。
只因遗得风流迹，此日衣衾尚有香。

【注解】

①马嵬（wéi）：马嵬驿，亦叫马嵬坡，在长安西百余里处今陕西省兴平市西，杨贵妃死于此。杨贵妃，小名玉环，幼时养于叔父家。开元二十三年（735）册封为寿王（玄宗之子李瑁）妃，后被玄宗度为女道士，住太真宫，道号太真。天宝四年（745）册封为玄宗贵妃，极受宠幸。杨家一门因此显贵，其宗兄杨国忠为右丞相，三个姐姐封韩、虢、秦三国夫人，权势炙手可热。天宝十五年（756），安禄山叛兵攻破潼关，玄宗仓皇逃往四川，到马嵬驿，六军驻马不进，杨贵妃被迫缢死，卒年38岁。

②此句意思是说：脸上毫无生气，脂粉被亮光光的汗水所沾污。写杨贵妃缢死时的面相。渍：液体黏在东西上。

③一旦：一天，一天之内。付东洋：付诸东流，成空。

【原文】

蒲东寺怀古[①]

小红骨贱最身轻[②]，私掖偷携强撮成[③]。
虽被夫人时吊起，已经勾引彼同行[④]。

【注解】

①蒲东寺：唐代元稹《莺莺传》（又名《会真记》）和元代王实甫据此改编的杂剧《西厢记》中所虚构的佛寺名叫普救寺，因在蒲郡之东，所以又称蒲东寺。故事中张生与崔莺莺同寓居寺中而恋爱。

②小红：指莺莺的婢女红娘。骨贱、身轻：红娘是一个不苟同于传统礼教的女仆，她主动、热情地帮助张生和莺莺，在薛宝琴这样的贵族小姐看来，不安分的红娘是所谓骨头生得轻贱。

③此句指红娘为双方撮合。掖：用手扶着别人的胳膊。

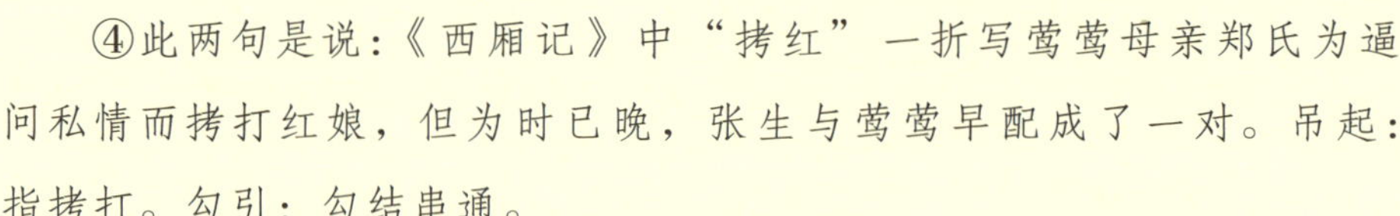

④此两句是说：《西厢记》中“拷红”一折写莺莺母亲郑氏为逼问私情而拷打红娘，但为时已晚，张生与莺莺早配成了一对。吊起：指拷打。勾引：勾结串通。

【原文】

梅花观怀古[1]

不在梅边在柳边[2]，个中谁拾画婵娟[3]？
团圆莫忆春香到，一别西风又一年[4]。

【注解】

①梅花观：明代汤显祖戏曲《牡丹亭》中写杜丽娘抑郁成疾，死后葬于梅花观后面梅树之下。柳梦梅旅居该观，与丽娘鬼魂相聚，并受托将她躯体救活。后来二人结为夫妻。

②杜丽娘死前曾自画肖像，并在画上题诗一首："近睹分明似俨然，远观自在若飞仙。他年得傍蟾宫客，不在梅边在柳边。"末句中隐柳梦梅名字。

③个中：此中。拾画婵娟：指柳梦梅在观中拾得杜丽娘的自画像。婵娟，美好的样子，多形容女子。

④此两句意思是说：不要去回想春香来到而得团圆的情景，别离以来，西风又起，又过去一年了。春香：杜丽娘的婢女。

【背景】

话说众人，探春也有了一个，方欲念时，宝琴走来，笑道："从小儿所走的地方的古迹不少，我也来挑了十个地方古迹，作了十首'怀古诗'。诗虽粗鄙，却怀往事，又暗隐俗物十件，姐姐们请猜一猜。"众人听了，都说："这倒巧，何不写出来大家一看？"

【赏析】

薛宝琴家是皇商，所以她从小就随其父母到处周游，"四山五岳都走遍了"，是大观园群芳中见世面最多的一个。在宝、黛、钗等人作谜语诗的同时，她"拣了十个地方的古迹，作了十首怀古诗"，暗隐俗物十件。这十首都没有透露谜底，因此处强调的是"怀古"，故而谜底并不重要。

《赤壁怀古》这首诗借古战场赤壁抒发了一种怀古伤今的情绪。从来的"怀古"，都是"伤今"，怀古的情绪是由伤今引出来的。从这首诗渲染的悲凉气氛看，很可能是隐示贾家这个不可一世的封建世家，由于"自杀自灭"导致大厦倾颓，家散人亡，留下一片茫茫白地的惨景。

关于此诗谜底，有人猜是“盂兰会（鬼节）所焚之法船”，有人猜是“走马灯之用战舰水操者”。

《交趾怀古》这首诗“颂扬”了东汉时平定交趾被封为伏波将军的马援，渲染了他名传遐迩的武功。这同贾家先人出兵立功，皇帝封他们为“宁国公”、“荣国公”，成为金陵四大家族之首很相似。那么这首诗是不是借“交趾怀古”来隐喻贾家的发迹史呢？不敢断然肯定，聊备一说吧。

关于此诗谜底，有人猜是“喇叭”。

《钟山怀古》是借南朝齐代的孔稚珪《北山移文》的内容进一步发挥，嘲笑那些装腔作势，自命清高，其实是热衷名利的人。至于是不是影射《红楼梦》中的某个人，却难下断语。

《北山移文》中说到，周颙曾隐居于建康（今南京）北山（钟山），以清高不仕自许。后突然应皇帝之诏出山当了官。等他再路过钟山时，钟山的山灵把周颙尽情地嘲笑、斥骂一通，说他玷污了钟山的高洁，不许他再来。其实这是一篇游戏文章。南齐时代确有周颙其人，然而并未当过隐士，孔稚珪的文章不过是借题发挥。

关于此诗谜底，有人猜是“肉”，有人猜是“傀儡”。

《淮阴怀古》这首诗就韩信一生几个最有特点的事件——不耻胯下之辱、寄食漂母、当上叱咤风云的齐王、最后被砍头，作了咏叹。这似乎是提示读者：贾家从发迹到鼎盛直到衰亡，也同韩信的经历有某些类似之处。韩信受过漂母一饭之恩，后来作了报答；刘姥姥也受过贾府救济之恩，后来贾家还要受刘姥姥之恩（如救巧儿出火坑）。在炎凉世态中，这种知恩报恩的感情是可贵的，作者在这里寄托着感慨。

关于此诗谜底，有人猜是“兔子”，有人猜是“马桶”。

《广陵怀古》这首诗吟咏的是南北大运河两岸的隋堤。“蝉噪鸦栖转眼过”，似喻荣府的繁华生活同样转眼即将成为过去。“只因占得风流号”，荣府也以富贵风流闻名，当其败落时，也将“惹得纷纷口舌多”，成为人们议论不休的话题。

关于此诗谜底，有人猜是“箫”，有人猜是“柳絮”，还有猜是“柳木牙签”的。

《桃叶渡怀古》这首诗吟咏了王献之与爱妾桃叶在桃叶渡分手的往事，表达了一种惆怅、哀怨的情绪。这同荣府后来败落时种种生离死别的情景有共通之处。

关于此诗谜底，有人猜是“团扇”。

《青冢怀古》这首诗以“青冢”为题，吟咏了昭君不得已到荒凉的塞外与匈奴单于和亲的悲怨，责骂了不能保护昭君的汉元帝。与之相对应，大观园群芳的悲剧命运，是由贾府的男人们的腐败导致的，应由他们负责。这样理解，是否也可以说这首诗是暗暗地骂了贾府那些峨冠博带的“须眉浊物”们?

关于此诗谜底，有人猜是“枇杷”，有人猜是木匠用的“墨斗”。

《马嵬怀古》这首诗以杨贵妃死于马嵬坡的故事为内容，作了暗含讥刺的咏叹。似乎是影射了宁荣二府中种种淫滥的生活，如秦可卿与贾珍的乱伦关系。

关于此诗谜底，有人猜是“白芍药”。

严格说，《蒲东寺怀古》不能叫怀古诗，因为《西厢记》的人物连同普救寺之类全是虚构的，于史无考。但这是作谜语诗取乐，正如黛玉所说大可不必“胶柱鼓瑟”，去那么认真。就其内容说，似乎是影射宁荣二府中的某些风流韵事。

关于此诗谜底，有人猜是游戏或赌博用的“骰子”，有人猜是“红天灯”。

《梅花观怀古》同上一首《蒲东寺怀古》一样，歌咏的也是虚构的戏剧人物。杜丽娘与柳梦梅死生不渝的爱情，同林黛玉与贾宝玉缠绵不尽的爱情很相像。不过前者得谐美满姻缘，后者终成“虚化”，以夭亡和出家了事。

关于此诗谜底，有人猜是“纨扇”，有人猜是“秋牡丹”。

薛宝琴常夸自己从小跟随父亲行商，足迹广，见闻多，这是可信的。不过，说《怀古绝句十首》都是自己所亲历的地方的古迹则未免是信口编造。且不说她北至内蒙古呼和浩特、南至交趾是否可能，即如蒲东寺、梅花观本传奇作者所虚构，又何从去寻找古迹呢？李纨关于“关夫子的坟多”的解说只是替她遮羞而已。宝琴对自己幼年经历的夸耀和怀

古诗的总的情调比较低沉是一致的，都曲折地反映出她原先的家庭已经每况愈下了，否则她何至于前来投靠贾府呢？不过，她眼前所过的总还是贵族小姐的奢华生活，她真正悲哀的日子将随着四大家族的没落而到来，那时候她还会再一次走得远远的，而且将以十分感伤的心情来回忆大观园的生活。

真真国女儿诗（第五十二回）

【原文】

昨夜朱楼梦①，今宵水国吟②。
岛云蒸大海③，岚气接丛林④。
月本无今古，情缘自浅深⑤。
汉南春历历⑥，焉得不关心⑦？

【注解】

①朱楼：即红楼，指代贵族之家。

②水国：环海之地，岛国。

③蒸：蒸腾。

④岚气：山峦中的雾气。亦指岛上景象。

⑤缘：因为。自：本有。

⑥汉南：本言汉水之南，这里非实指，是用典，语出北朝庚信《枯树赋》：“昔年移柳，依依汉南；今看摇落，凄怆江潭；树犹如此，

人何以堪!”后用此典，亦通过杨柳来表达人生易老、俯仰今昔、不堪迟暮之感。春：春色，指“朱楼”之柳色。历历：历历在目，看得清清楚楚。

⑦焉得：怎能。

【背景】

薛宝琴说自己八岁时曾跟父亲到西海沿上买洋货，见到一个真真国里的很漂亮的女孩子，十五岁，会讲“五经”，能作中国诗词。这首五律，据宝琴说就是那位“外国美人”作的。众人听了，都道：“难为她，竟比我们中国人还强。”

【赏析】

薛宝琴所说的“外国美人”作中国诗的奇闻，姑且不论真假，但这在当时是有一定的现实基础的。清朝时期，我国的民族文化在对外交流中曾产生过很大的影响，工商交通事业和海外贸易都有新的发展，当时就有一批像薛宝琴父亲那样为皇家出海经办洋货的豪商。

新来贾府的四位姑娘中，薛宝琴是作者花笔墨最多、重点描写的人物，她的命运在八十回之后不会没有交代。而且根据作者总用诗词隐写大观园女儿们命运的惯例，宝琴的后事也必定有诗暗示。她所写的《怀古绝句》只暗示别人的命运，她所口述的《真真国女儿诗》才隐寓着她自己的将来。那个“外国”名“真真”，岂不就是“真真假假”的意思？其实，这位十五岁作诗的“外国美人”也就是宝琴自己。

“昨夜朱楼梦，今宵水国吟”，是说我昨夜还在家中的红楼做着美梦，今天晚上就在海上低咏慢吟。“岛云蒸大海，岚气接丛林”，是说海水蒸腾而成岛上的云霞，山峦中的雾气笼罩着丛林。“月本无今古，情缘自浅深”，意思是说：古时的月亮与今天的本无区别，因为人的感情有深浅不同，所以多情人便会对月亮发生感慨。“汉南春历历，焉得不关心”，意思是说：回想起来昔时情景如在跟前，这叫人怎么

能不关心、不向往呢？

全诗说自己憔悴流落于云雾山岚笼罩着的海岛水国，昨日红楼生活已成梦境，眼前只能独自对月吟唱，忆昔抚今，不胜伤悼。

深闺有奇女（第六十四回）

【原文】

深闺有奇女，绝世空珠翠[①]。
情痴苦泪多，未惜颜憔悴。
哀哉千秋魂[②]，薄命无二致。
嗟彼桑间人[③]，好丑非其类。

【注解】

①珠翠：代指女子。

②千秋魂：指此回中黛玉所作《五美吟》中西施等古代的五个“有才色的女子”。

③桑间人：淫荡之人。指尤氏姐妹等。

【背景】

此诗仅见于原苏联列宁格勒藏本第六十四回回目后、正文前。诗前有“题曰”字样，回末有一联对句。此诗当是曹雪芹所作，其形式的类型乃是早期《红楼梦》的形象，以后才逐渐被删改净尽。早期抄本，甲戌本固无此回，庚辰本原缺此回，是用己卯本的补抄本来填补的。现在列藏本独有此标题诗，可见列藏本此回文字较现存各抄本为早。

【赏析】

此诗开端所说的“奇女”指的是林黛玉，起四句就是说她的。她才貌绝世，幽居深闺，虽有珠翠可增容色也是枉然，因为她用情太痴，容易感伤，不知保重自己。此回写宝玉到潇湘馆，“只见黛玉面向里歪着，病体恹恹，大有不胜之态”。宝玉见她刚刚哭过，便劝她“凡事当各自宽解，不可过作无益之悲。若作践坏了身子，将来使我……”宝玉话说了一半就说不下去，“早已滚下泪来”。黛玉“见此光景，心有所感，本来素昔爱哭，此时亦不免无言对泣”。这些都是标题诗所指。

那么宝玉进来前黛玉因何而伤感哭泣呢？书中写道：据丫头告知宝玉说，姑娘“又不知想起甚么来，自己伤感了一会，题笔写了好些，不知是诗啊词啊”，然后命摆炉点香，私室祭奠。后来诗被宝玉发现，才知就是下一首组诗《五美吟》，则其感伤的原因实是怀古伤今，祭奠的也是历史上的亡魂，即“哀哉千秋魂，薄命无二致”所言，是对回目“幽淑女悲题五美吟”的阐释，“千秋魂”即黛玉用以寄慨的五个古代女子。

“嗟彼桑间人，好丑非其类”，诗的最后把后半回“浪荡子情遗九

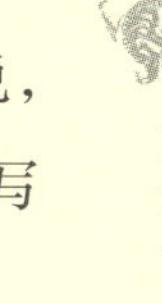

龙佩”的情节与黛玉写诗联系起来了。对黛玉和五个古代女子来说，尤氏姊妹自然是“奸丑非其类”的。可见作者把不同的两类人和事写在同一回中，也有艺术上的衬托作用。

五美吟（第六十四回）

【原文】

西施

一代倾城逐浪花，吴宫空自忆儿家[①]。
效颦莫笑东村女[②]，头白西边上浣纱[③]。

【注解】

①倾城：绝色美女的代称，也叫“倾国”。儿家：称呼古代女子，你。

②效颦：相传西施家乡东村有女子，貌丑，人称东施，因见西施“捧心而颦（皱眉）”的样子很美，也学着捧心而颦，结果反而更丑。

③浣（huàn）纱：西施和她家乡的女子曾在若耶溪边漂洗过棉纱。浣，洗涤。

【原文】

虞姬[①]

肠断乌骓夜啸风[②]，虞兮幽恨对重瞳[③]。
黥彭甘受他年醢[④]，饮剑何如楚帐中[⑤]？

【注解】

①虞姬：项羽的侍妾。

②乌骓（zhuī）：项羽的坐骑。啸风：指马鸣。

③虞兮：用项羽歌中原词。重瞳：一只眼睛里有两个眸子。指项羽。

④醢（hǎi）：肉酱。这里指剁成肉酱。

⑤饮剑何如楚帐中：意为“何如饮剑楚帐中”。饮剑，自刎。何如，还不如。

【原文】

明妃[1]

绝艳惊人出汉宫[2]，红颜命薄古今同。
君王纵使轻颜色[3]，予夺权何畀画工[4]？

【注解】

①明妃：即王昭君。

②出汉宫：指出塞和亲。

③轻：轻视，轻率。

④予：赐予，加宠。夺：剥夺，弃置。畀（bì）：给。

【原文】

绿珠[1]

瓦砾明珠一例抛，何曾石尉重娇娆[2]？
都缘顽福前生造，更有同归慰寂寥。

①绿珠：晋代石崇的侍妾。《晋书·石崇传》：“崇有妓曰绿珠，美而艳，善吹笛。孙秀使人求之，崇勃然曰：‘绿珠吾所爱，不可得也！’秀怒，矫诏（诈称皇帝的命令）收（捕）崇。崇正宴于楼上，介士（武士）到门，崇谓绿珠曰：‘我今为尔得罪！’绿珠泣曰：‘当效死于君前。’因自投于楼下而死。”

②石尉：即石崇，他曾任散骑常侍、侍中，出领南蛮校尉，故称石尉。娇娆：美丽的女子，指绿珠。

【原文】

红拂[①]

长揖雄谈态自殊[②]，美人巨眼识穷途。
尸居余气杨公幕[③]，岂得羁縻女丈夫[④]？

【注解】

①红拂：隋末大臣杨素家里的婢女，本姓张，因侍杨素时手执红拂（挥灰尘的用具），后来就叫她红拂。有一次，李靖以布衣入见杨素，从容谈论天下大事，红拂在旁见他气宇轩昂、谈吐超人，知道他将来必非庸碌之辈，就连夜越杨府投奔李靖，与他同往太原辅佐李世民起兵讨伐隋王朝。

②长揖：拱拱手。喻恃才不羁、傲视王侯。雄谈：高谈阔论，是指见识广博、寓义深刻的言论。

③尸居余气：像尸体一样但还有一口气，指人将要死亡。也比喻人暮气沉沉，无所作为。红拂投奔李靖，李靖恐杨素不肯罢休，红拂说：“彼尸居余气，不足畏也。”杨公幕：杨素的府署。

④羁縻：束缚。女丈夫：指红拂。后人称她与李靖、虬髯客为

"风尘三侠"。

【背景】

黛玉自谓"曾见古史中有才色的女子，终身遭际令人可欣、可羡、可悲、可叹者甚多，胡乱凑几首诗，以寄感慨"。宝玉看了，赞不绝口，又说道："妹妹这诗，恰好只作了五首，何不就命曰'五美吟'？"于是不容分说，便提笔写在后面。

【赏析】

这是林黛玉借"古史中有才色的女子"寄慨之作，所写的人事其实并非都据史实。如东施效颦出自《庄子》，带有寓言性质；《西京杂记》中所写昭君不肯贿赂画工以致不为元帝所知被诏使出塞的情节只是传说；至于出自《虬髯客传》的红拂形象则更经传奇作者的艺术加工。诗中议论本借古讽今，为现实感受而发。

《西施》一诗中，"一代倾城逐浪花，吴宫空自忆儿家"，意思是说：一代绝色的美女终于如浪花般消失，住在吴宫里面的人白白地想念着你。越国灭吴后，西施的命运有两说：一说重归范蠡，跟着他游江海去了；一说吴亡，沉西施于江，以告慰被夫差沉尸于江中的伍子胥。诗中只是泛说逝去。"效颦莫笑东村女，头白西边上浣纱"，意思是说：西施虽美，已如流水逝去，而东村女虽丑尚能活到白头。黛玉磋叹"一代倾城"的西施如江水东流，浪花消逝，空忆儿家不得归，其命运之不幸远在白头浣纱的"东村女"之上，这是写她自己寄身于四顾无亲的贾府，预感病体难久的悲哀。

《虞姬》一诗中，"肠断乌骓夜啸风，虞兮幽恨对重瞳"，意思是说：夜间骏马嘶鸣，令人肠断；虞姬含着幽恨的眼泪望着项羽。楚汉战争的最后阶段，项羽被刘邦军围于垓下。夜间汉军四面楚歌，项羽感到绝望，对虞姬作悲歌说："力拔山兮气盖世，时不利兮骓不逝，骓不逝兮可奈何。虞兮虞兮奈若何?"虞姬也作歌相和。"黥彭甘受他年醢，饮剑何如楚帐中"，意思是说：黥布和彭越居然甘心将来被剁为肉酱而投降了刘邦，还不如虞姬当初就在楚帐外自尽呢？黥布、彭越原来都是项羽部将，降刘邦后破楚有功，黥布被封为淮南王，彭越被封为梁王。后来黥布举兵叛变，被刘邦所杀；彭越野心搞分裂，也被诛剁尸。黛玉鄙薄反复无常、苟且求荣、甘心得到耻辱下场的黥布、彭越，觉得不如虞美人"饮剑"于楚帐，是借此寄托她自己"质本洁来还洁去，强于污淖陷渠沟"的志愿。

《明妃》一诗中，"绝艳惊人出汉宫，红颜命薄古今同"，意思是说：令人惊艳的绝代佳人，离开汉家的宫廷。难怪说红颜薄命，古往今来都是一样的。"君王纵使轻颜色，予夺权何畀画工"，意思是说：既然君王对待美色如此轻率，那为什么把决定权交给一个画工呢？黛玉讥讽汉元帝大权旁落，听命于画工，表现了自己不肯听人摆布的独立性格。

《绿珠》一诗中，"瓦砾明珠一例抛，何曾石尉重娇娆"，意思是说：把明珠（喻绿珠）当作瓦砾一样地抛弃，那石崇哪里是重视你的妖娆美丽呢？石崇曾与王恺斗富，随手用铁如意击碎王恺的二尺多高的珊瑚宝树，而把自己的三四尺高的赔他，所以这样设喻。"都缘顽福前生造，更有同归慰寂寥"，意思是说：石崇还是有前生注定的厚福的，因为尚有绿珠与他同归地府，可以慰其寂寞。绿珠跳楼死去后不久，石崇一家也被杀。黛玉惋惜绿珠而对石崇有微词，以为石崇生前珠玉绮罗之宠，抵不得绿珠临危以死相报，又可见其在爱情上重在意气相感，精神上有默契。

《红拂》一诗中，"长揖雄谈态自殊，美人巨眼识穷途"，意思是说：身佩长剑雄辩健谈的李靖，其风流倜傥的神态是那么的与众不同。红拂能在李靖尚处卑贱地位时看出他今后必有一番作为，所以说她巨眼卓识。李靖谒杨素时，杨素态度倨傲，李靖长揖不拜，并指责杨待客不逊，杨连忙谢罪，后来听了李靖的一番高谈雄辩更心悦诚服。“尸居余气杨公幕，岂得羁縻女丈夫”，意思是说：杨公幕府中死气沉沉，还怎能束缚住红拂这样的女中丈夫呢？黛玉钦佩红拂卓识敢为，能不受相府权势和封建礼教的“羁縻”，更突出地表现了她大胆追求理想中的自由幸福生活的思想。

五首诗写的都是关于死亡或别离的内容，有的还涉及势败或者获罪被拘系，好像不是偶然的。末首的题材与小说情节似乎相距较远，但有些用语却很像双关，如“识穷途”之类即是。红拂未受“尸居余气”的杨府的羁留而出走了，黛玉最终不是也离开了“尸居余气”的贾府而回到离恨天去了吗？当然，在现存材料很少的条件下，很难确切地阐明作者的意图。

林黛玉·桃花行（第七十回）

【原文】

桃花帘外东风软，桃花帘内晨妆懒。
帘外桃花帘内人，人与桃花隔不远。
东风有意揭帘栊，花欲窥人帘不卷。
桃花帘外开仍旧，帘中人比桃花瘦。
花解怜人花亦愁，隔帘消息风吹透。

风透帘栊花满庭，庭前春色倍伤情。
闲苔院落门空掩[①]，斜日栏杆人自凭。
凭栏人向东风泣，茜裙偷傍桃花立。
桃花桃叶乱纷纷，花绽新红叶凝碧。
雾裹烟封一万株[②]，烘楼照壁红模糊[③]。
天机烧破鸳鸯锦[④]，春酣欲醒移珊枕[⑤]。
侍女金盆进水来，香泉影蘸胭脂冷[⑥]！
胭脂鲜艳何相类，花之颜色人之泪[⑦]。
若将人泪比桃花，泪自长流花自媚。
泪眼观花泪易干，泪干春尽花憔悴。
憔悴花遮憔悴人，花飞人倦易黄昏。
一声杜宇春归尽[⑧]，寂寞帘栊空月痕！

【注解】

①闲苔院落：庭院里长满荒苔。

②此句意思是说：上万株桃树盛开花朵，看上去就像被裹在一片红色的烟雾中。

③烘楼照壁：形容桃花鲜红如火。

④传说天上有仙女以天机织云锦。此句是说桃花如红色云锦烧破落于地面。

⑤春酣：春天酣睡。亦说酒酣，以醉颜喻红色。珊枕：珊瑚枕。

⑥影蘸：即蘸着有影，指洗脸。据传桃花雪水洗脸能使容貌姣好。

⑦人之泪：指血泪。

⑧杜宇：即杜鹃，也叫子规，传说古代蜀王名杜宇，号望帝，死后魂魄化为此鸟，啼声悲切。

【背景】

时逢初春时节，大观园群芳又萌动了诗兴，商量作诗，把宝玉找去商量。宝玉去后，大家正在看黛玉作这首《桃花行》。海棠诗社建立后只作了几次诗，大观园中变故迭起，诗社一散就是一年。现在，大家看了黛玉这首诗，提起兴来，重建诗社，改称桃花社。但这已是夕阳晚景了。

【赏析】

这是一首歌形体的诗，形式比较自由。

《桃花行》与《葬花吟》、《秋窗风雨夕》的基本格调是一致的，在不同程度上都含有“诗谶”的成分。《葬花吟》既是宝黛悲剧的总的象征，广义地看又不妨当作“是大观园诸艳之归源小引”（第二十七回脂批）。《秋窗风雨夕》隐示宝黛诀别后，黛玉“枉自嗟呀”的情景。《桃花行》则专为命薄如桃花的林黛玉的夭亡预作象征性的写照。作者描写宝玉读这首诗的感受说：“宝玉看了，并不称赞，却滚下泪来，便知出自黛玉。”并且借对话点出这是“哀音”。不过，作者是很含蓄而有分寸的，他只把这种象征或暗示写到隐约可感觉到的程度，并不把全诗句句都写成预言，否则，不但违反现实生活的真实，在艺术上也就不可取了。

《桃花行》确实充满了“哀音”。这首诗出现在第七十回，已经离荣府败亡和黛玉夭折不远了，“泪眼观花泪易干，泪干春尽花憔悴”就是明显的预言。只待“一声杜宇春归尽”，群芳都将以不同的方式

憔悴，而最早凋零的就是黛玉。

这是林黛玉歌形体长诗“三部曲”中的最后一首，作者以桃花自喻，“花落人亡”的象征性写照拨动了无数读者的心弦。

【链接】

周汝昌评《红楼梦》

《红楼梦》是我们中华民族一部古往今来、绝无仅有的“文化小说”。从所有中国明清两代重要小说来看，没有哪一部能像《红楼梦》具有如此惊人广博而深厚的文化内涵的了。

《红楼梦》到底是一部什么书？归根结底，应称之为中华之文化小说。因为这部书中充满了中华传统文化的精华，却表现为“通之于人众”的小说形式。如欲理解这一民族文化的大精义，读古经书不如先读《红楼梦》，在曹雪芹笔下，显得更为亲切、生动、绘声绘影，令人如入篇中，亲历其境，心领其意。

诗曰：

中华文化竟如何？四库难知万卷书。
孔孟不如曹子妙，莲花有舌泪凝珠。
中华文化此中含，含笑悲欢味自耽。
若能获麟同绝笔，春秋舌拙色应惭。

很多人都说宝玉是封建礼教的叛逆者，他的思想言谈行动中确有叛逆的一面，自不必否认。但是还要看到，真正的意义即在于他把中华文化的重人、爱人、为人的精神发挥到了“惟人”的新高度，这与历代诸子的精神仍然是一致的，或者是殊途同归的。所以我才说《红楼梦》是我们中华民族文化代表性最强的作品。

史湘云柳絮词·如梦令（第七十回）

【原文】

岂是绣绒残吐[①]？卷起半帘香雾[②]。
纤手自拈来[③]，空使鹃啼燕妒[④]。
且住，且住！莫放春光别去！

【注解】

①绣绒：喻柳花。残吐：因残而离。

②香雾：喻飞絮蒙蒙。

③拈：用手指头拿东西。

④鹃鸣燕妒：以拈柳絮代表占得了春光，所以说使春鸟产生妒忌。

【背景】

黛玉重建桃花诗社后，并未作诗。一日史湘云见暮春柳絮飞舞，便填了这首《如梦令》，拿去与宝钗、黛玉等人看。

【赏析】

《柳絮词》都是每个人未来的自况。根据前文分析，从湘云判词“厮配得才貌仙郎，博得个地久天长，准折得幼儿时坎坷形状。终个是云散高唐，水涸湘江”等句看，湘云将来可能有一段极短暂的美满的婚姻生活，所以词中不承认用以寄情的柳絮是衰残景象。她父母双亡，寄居贾府，关心她终身大事的人可能少些，她自诩“纤手自拈来”，总是凭某种见面机会以“金麒麟”为信物而凑成的。十四回写

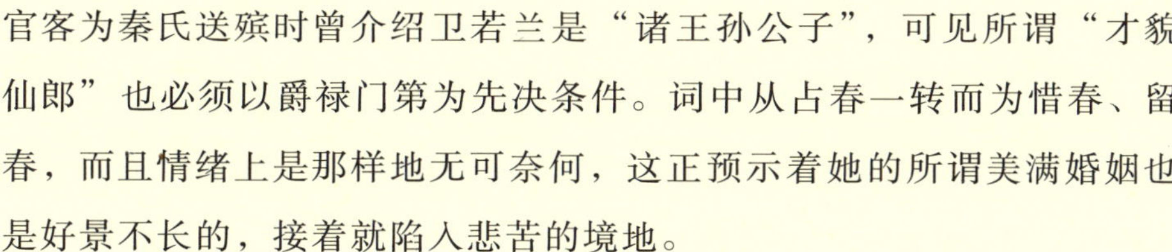
官客为秦氏送殡时曾介绍卫若兰是“诸王孙公子”，可见所谓“才貌仙郎”也必须以爵禄门第为先决条件。词中从占春一转而为惜春、留春，而且情绪上是那样地无可奈何，这正预示着她的所谓美满婚姻也是好景不长的，接着就陷入悲苦的境地。

这首词流露出一种留恋、惋惜春光的情绪，象征着湘云对那段美满生活的留恋。

【链接】

毛泽东评《红楼梦》

《红楼梦》不仅要当作小说看，而且要当作历史看。他写的是很细致的、很精细的社会历史。他的书中写了几百人，有三四百人，其中只有三十三人是统治阶级，约占十分之一，其余都是被压迫的。

探春宝玉柳絮词·南柯子（第七十回）

【原文】

空挂纤纤缕，徒垂络络丝[①]。
也难绾系也难羁[②]，一任东西南北各分离。
落去君休惜，飞来我自知。
莺愁蝶倦晚芳时，纵是明春再见隔年期[③]。

【注解】

①纤纤缕、络络丝：喻柳条。意思是说：虽然如缕如丝，却难系住柳絮，所以说“空挂”、“徒垂”。

②绾（wǎn）系：打成结把东西拴住。

③隔年期：相隔一年才见一次。

【背景】

湘云的一首《如梦令》引发了黛玉等人填词的兴头，“便拟了柳絮之题，又限出几个调来”，大家都来填词。探春拈得《南柯子》这个词牌，只填了上半阕便写不下去了，宝玉看后提笔续出下半阕。

【赏析】

词的上半阕写柳絮与柳枝分离，东西南北随风飘游，很容易使人联想起《分骨肉》那首曲中“一帆风雨路三千，把骨肉家园齐来抛闪”的句子。词中暗寓探春离亲远嫁的意思是明显的。探春写了上阕再写不下去，正是对命运徒叹奈何的表现。宝玉作的下半阕“落去君休惜”，只是一句空洞的安慰话。“纵是明春再见”，也许隐寓着探春远嫁后还有和宝玉相见的机会，因曹雪芹没有写完全书，具体

情节就无从知道了。

探春后来远嫁不归的意思已尽于前半阕四句之中，所谓白白挂缕垂丝，正好用以说亲人不必徒然对她牵挂悬念，即《红楼梦曲·分骨肉》中说的“告爹娘，休把儿悬念……奴去也，莫牵连”。这些话当然不是对她所瞧不起也不肯承认的生母赵姨娘而说的。作者安排探春只写了半首，正因为该说的已经说完。同时，探春的四句，如果用来说宝玉将来弃家为僧，不是也同样适合吗？唯其如此，宝玉才“见没完时，反倒动了兴”，提笔将它续完。这一续，全首就都像是说宝玉的了：去休惜，来自知，所谓随缘而化，踪迹难寻；夫妻相见之期犹如牛郎织女。书中说宝玉自己该作的词倒作不出来，这正是因为作者觉得已经没有再另作一首的必要了。

林黛玉柳絮词·唐多令（第七十回）

【原文】

粉堕百花洲①，香残燕子楼②。一团团，逐对成毬③。
飘泊亦如人命薄，空缱绻，说风流④！
草木也知愁，韶华竟白头。叹今生，谁舍谁收⑤！
嫁与东风春不管⑥，凭尔去，忍淹留⑦！

【注解】

①粉堕：指柳絮堕枝飘残。粉，指柳絮的花粉。百花洲：《大清一统志》：“百花洲在姑苏山上，姚广孝诗：‘水滟接横塘，花多碍舟

路。'"林黛玉是姑苏人，借以自况。

②香残：指柳絮堕枝飘残。燕子楼：典用白居易《燕子楼三首并序》中唐代女子关盼盼居住燕子楼怀念旧情的事。后多用以泛说女子孤独悲愁。又苏轼《永遇乐》词："燕子楼空，佳人何在？空锁楼中燕。"故也用以说女子亡去。

③逐对成毬：形容柳絮与柳絮碰到时黏在一起。毬，谐音"逑"，配偶之意。这句是双关语。

④缱绻（qiǎn quǎn）：缠绵，形容感情深厚、难舍难分。风流：因柳絮随风飘落而用此词。另说才华风度，小说中多称黛玉风流灵巧。

⑤谁舍谁收：以柳絮飘落无人收拾自比。

⑥此句以柳絮被东风吹落，春天不管，自喻无家可依、青春将逝而没有人同情。

⑦忍：忍心。

【背景】

接着探春、宝玉的词后，黛玉便写出这首缠绵悲感的《唐多令》。李纨等人看了这首诗，都点头感叹："太作悲了。"

【赏析】

黛玉这首词写得缠绵凄恻，不但寄寓着她对自己不幸身世的深切哀愁，而且包含着预感到爱情理想行将破灭而发自内心的悲愤呼声。黛玉从飘游无定的柳絮，联想到自己孤苦无依的身世，预感到薄命的结局，把一腔哀婉缠绵的思绪融入到词中去。曾游百花洲的西施，居住燕子楼的关盼盼，都是薄命的女子，看似信手拈来，实际是有意自喻。柳絮任东风摆布，正是象征黛玉在命运面前无能为力。全词语多双关，作者借柳絮隐说人事的用意十分明显。如"草木也知愁，韶华竟白头"，不但以柳絮之色白比人因悲愁而青春老去，而且也与她曾自称"草木之人"巧妙呼应。

薛宝琴柳絮词·西江月（第七十回）

【原文】

汉苑零星有限①，隋堤点缀无穷。
三春事业付东风，明月梅花一梦。
几处落红庭院②，谁家香雪帘栊③？
江南江北一般同，偏是离人恨重④！

【注解】

①汉苑：汉代皇家的园林。汉有三十六苑，长安东南的宜春苑（即曲江池）水边多植杨柳，但远不及隋堤规模，故曰“有限”。

②落红：落花。表示春去。用“几处”，可见衰落的不止一家。

③香雪：喻柳絮，暗示景物引起的愁恨。帘栊：说闺中人。

④离人恨重：古人以折柳赠别；又柳絮漂泊不归，也易勾起离别者的愁绪，故有此说。

【背景】

继黛玉的《唐多令》词之后，宝琴拿出这首词，众人认为“终不免过于丧败”。

【赏析】

在这首词中，宝琴通过暮春柳絮飞扬的描写，感叹自身的命运。宝琴丧父，像黛玉一样客居亲属篱下，类似游子，所以词中渗透着离人的感喟。像宝琴这样的小姑娘，本应无忧无虑，可从这首词透出的气息看，也并不事事遂心。“三春事业付东风”，隐喻着包括宝琴在内的大观园群芳的美好时日如美梦一般即将过去。词中“梅花”、“香雪”等词，都同“梅”字联系着，宝琴又“许了梅翰林的儿子”（第五十回），所以“明月梅花一梦”也许还暗示宝琴将来的命运也不济。

如果把薛宝琴这首小令与她以前所作的《赋得红梅花》诗、她口述的《真真国女儿诗》对照起来看，就不难相信朱楼梦残、“离人恨重”正是她未来的命运。就连异乡思亲，月夜伤感，在词中也可以找到暗示。此外，从宝琴的个人萧索前景中也反映出当时的一些大家族已到了风飘残絮、落红遍地的没落境地了。“三春事业付东风，明月梅花一梦。”这是宝琴的惆怅，同时也是作者的叹息。

【链接】

《红楼梦》主要人物性格分析之薛宝琴

薛宝琴，皇商之女，小时候跟父亲跑过不少地方。她是薛姨妈的侄女，薛蝌的胞妹。她长得十分美貌，贾母甚是喜爱，夸她比画上的

还好看。王夫人也认她为干女儿。她自幼读书识字，本性聪敏，在大观园里曾作《怀古绝句十首》。后嫁都中梅翰林之子。

薛宝钗柳絮词·临江仙（第七十回）

【原文】

白玉堂前春解舞[①]，东风卷得均匀[②]。
蜂围蝶阵乱纷纷[③]。
几曾随逝水[④]？岂必委芳尘[⑤]？
万缕千丝终不改，任他随聚随分[⑥]。
韶华休笑本无根。
好风凭借力，送我上青云[⑦]。

【注解】

①白玉堂：形容柳絮所处高贵。春解舞：柳花被春风吹散，像翩翩起舞一样。

②均匀：指舞姿柔美，缓急有度。

③此句意思是说：成群蜂蝶纷纷追随柳絮。

④随逝水：落于水中，随波流去。喻虚度年华。以逝水比光阴。

⑤委芳尘：落于泥土中。喻处于卑贱的地位。

⑥此两句意思是说：不管柳絮是否从枝上离去，柳树依旧长枝条飘拂。喻不因别人对我的亲疏而改变自己固有的姿态。

⑦青云：高天。也用以说名位极高。

【背景】

宝钗在拿出她这首词之前，有这样一段议论："我想，柳絮原是一件轻薄无根无绊的东西，然依我的主意，偏要把他说好了，才不落套。所以我诌了一首来，未必合你们的意思。"她原来是要作翻案文章的。

【赏析】

同前面几首柳絮词低回的调子截然相反，宝钗这首词充满了开朗乐观的情绪，"万缕千丝终不改，任他随聚随分"。从宝钗的角度看，这同她"行为豁达，随分从时"的性格一致；从《红楼梦》作者的意图看，似乎是让她乐观一阵，把未来想象得十分美好，然后再让她失望——即先让她"登高"，然后再让她"跌重"。"好风频借力，送我上青云"，无根的柳絮飘上青云又怎么样？能永远留在天空中吗？最后还是免不了"随流水"、"委芳尘"。作者让宝钗故作乐观语，实际隐含着讽刺意味。有人根据宝钗这首词骂她是"野心家"，想向上爬，想夺"宝二奶奶"的宝座，未免过于牵强附会，作者也未必有此意图。

细看词的双关隐义，不难发现"蜂围蝶阵乱纷纷"正是变故来临时大观园纷乱情景的象征。宝钗一向以高洁自持，"丑祸"当然不会沾惹到她的身上，何况她颇有处世的本领，所以词中以"解舞"、"均匀"自诩。黛玉就不同了，她禁不住聚散的悲痛，就像落絮那样"随逝水"、"委芳尘"了。宝钗能"任他随聚随分"而"终不改"故态，所以黛玉死后客观上就必然造成"金玉良缘"的机会而使宝钗"青云直上"。但这种结合并不能从根本上消除宝钗和宝玉在对待封建礼教、仕途经济上的思想分歧，也不能使宝玉忘怀死去的黛玉而倾心于她。所以，宝钗最终仍不免被宝玉所弃，词中的"本无根"说的就是这个意思。

【链接】

英国人评《红楼梦》

（1）1892 年，裘里《中国小说红楼梦》译本“序”：作为一个学生，我必须置身于《红楼梦》宏丽的迷宫之中。

（2）1910 年版《大英百科全书》：《红楼梦》是一部非常高级的作品，它的情节复杂而富有独创性。

（3）2014 年《每日电讯报》：这本史诗般的巨著以白话文而非文言文写就。全书中出现了 400 多个人物，以一个贵族家庭中的两个分支为主线，讲述了一个凄美的爱情故事，充满人文主义精神。

姽婳词三首（第七十八回）

【原文】

其一（贾兰）

姽婳将军林四娘[①]，玉为肌骨铁为肠。

捐躯自报恒王后，此日青州土亦香[②]！

【注解】

①姽婳（guǐ huà）：形容女子美好贞静。所以小说中说，加以“将军”二字更见奇妙。林四娘：《聊斋志异》中的人物。明朝末年人。原本是秦淮歌伎，后又成了恒王朱常庶的宠妃。虽然平生只参加过一次战争并力战而死，却因此而被人们称为“姽婳将军”。

②此两句意思是说：自从林四娘为报答恒王对她的恩宠而抛掉自己生命的那一天之后，青州地方的泥土也是香的了。青州：府名，在山东，明初改益都路，治所在益都（今青州市）。

【原文】

其二（贾环）

红粉不知愁，将军意未休[1]。
掩啼离绣幕，抱恨出青州。
自谓酬王德，讵能复寇仇[2]？
谁题忠义墓，千古独风流！

【注解】

①红粉、将军：皆指林四娘。上句是写恒王生前，下句是为恒王死后。意未休：心中愤恨不止。

②讵（jù）能：怎能。

【原文】

其三（贾宝玉）

恒王好武兼好色，遂教美女习骑射。
秾歌艳舞不成欢，列阵挽戈为自得[1]。

眼前不见尘沙起[②]，将军俏影红灯里。
叱咤时闻口舌香，霜矛雪剑娇难举。
丁香结子芙蓉绦[③]，不系明珠系宝刀。
战罢夜阑心力怯，脂痕粉渍污鲛绡。
明年流寇走山东[④]，强吞虎豹势如蜂。
王率天兵思剿灭，一战再战不成功。
腥风吹折陇中麦，日照旌旗虎帐空。
青山寂寂水澌澌，正是恒王战死时。
雨淋白骨血染草，月冷黄沙鬼守尸。
纷纷将士只保身，青州眼见皆灰尘。
不期忠义明闺阁，愤起恒王得意人。
恒王得意数谁行[⑤]？姽婳将军林四娘。
号令秦姬驱赵女[⑥]，秾桃艳李临疆场。
绣鞍有泪春愁重，铁甲无声夜气凉。
胜负自难先预定，誓盟生死报前王。
贼势猖獗不可敌，柳折花残血凝碧[⑦]；
马践胭脂骨髓香，魂依城郭家乡隔。
星驰时报入京师[⑧]，谁家儿女不伤悲！
天子惊慌愁失守，此时文武皆垂首。
何事文武立朝纲，不及闺中林四娘？
我为四娘长叹息，歌成余意尚彷徨[⑨]！

【注解】

①此两句意思是说：恒王对美女歌舞已提不起兴趣，倒对她们列队弄枪洋洋自得。秾（nóng）：艳丽，华丽。

②尘沙起：指发生战争。

③丁香结子：状如丁香花蕾的扣结。芙蓉绦：色如芙蓉的丝带。

④流寇：流窜的盗贼。亦常作为对农民起义军的诬蔑称呼。走：奔驰。山东：太行山以东。

⑤数谁行（háng）：要算哪一个。行，语助词，用于自称、人称各词之后。

⑥秦姬、赵女：泛指美女。古人常说秦国和燕、赵多佳人。秦、赵非实指。姬，古时妇人的美称。驱：率队进军。

⑦血凝碧：即“碧血”，指为正义死难而流的血，烈士的血。

⑧星驰：指使者快马如流星飞驰。

⑨此句意思是说：诗歌虽然作完了，但尚有未能尽言的感慨留在心中不去。

【背景】

贾政与众幕友谈及恒王与林四娘故事，称其“风流隽逸，忠义感慨”，“最是千古佳谈”，命贾兰、贾环和宝玉各吊一首。贾政所叙述的情节是作者利用了旧有明代传说史事而加工改编的。

【赏析】

《姽婳词》突出地表现了曹雪芹政治观点上的矛盾：他一方面不满封建制度，一方面又想“补天”；一方面憎恶政治腐败、现实黑暗，一方面又为清帝国的命运担忧，为本阶级的没落哀伤；一方面同情奴隶们的痛苦和屈辱，为受冤遭迫害者提出强烈的抗议，一方面又主张他们要规规矩矩地做人，反对奴隶们用暴力来推翻现存的制度、争取自身的解放。在《姽婳词》中，他以当今皇帝褒奖前代所遗落的可嘉人事为名，指桑骂槐，揭露和嘲笑当朝统治者的昏庸腐朽和外强中干的虚弱本质：“天子惊慌愁失守，此时文武皆垂首。何事文武立朝纲，不及闺中林四娘？”这无疑是大胆的。但是，把封建王朝在农民起义风暴的猛烈扫荡下的土崩瓦解看成是一场灾难，把与革命势力作拼死顽抗的林四娘当作巾帼英雄而大加赞美，这又说明曹雪芹并没有完全背叛自己的阶级。

贾兰的诗作得中规中矩，平淡无奇。然而众幕宾看了，便皆大赞："小哥儿十三岁的人就如此，可知家学渊深，真不诬矣。"贾政笑道："稚子口角，也还难为他。"

贾环的诗比贾兰要更进一步，初看之下，颇见儒雅，细读则发现也没有多大新意，用词也不够贴切。众人道："更佳。到底大几岁年纪，立意又自不同。"贾政道："倒还不甚大错，终不恳切。"众人道："这就罢了。三爷才大不多几岁，俱在未冠之时如此，用心作去，再过几年，怕不是大阮、小阮（指三国魏后期诗人阮籍与侄子阮咸）了么?"贾政笑道："过奖了。只是不肯读书的过失。"不管诗词作得好坏，众幕宾都是交口称赞，大拍马屁，哪还有一点文人的风骨？可见此时的儒林全是一片官场气。

其实前面两首都是为了贾宝玉的长篇歌行作铺垫的。宝玉洋洋洒洒，口若悬河，一首歌行体，古朴老健，奇险诡谲，"用字用句皆入神化"。宝玉之所以大展才华，用心去作林四娘的诗，其实是因他吊晴雯未果的宣泄，也为下面写《芙蓉女儿诔》埋下感情伏笔。

《姽婳词》这段情节在小说描述晴雯之死的过程中是强行插入的，给人以一种仿佛是游离的、节外生枝的感觉。宝玉吊晴雯扑了空回来，就被叫去作吊林四娘的诗，之后作者连过渡的文字也不要，紧接着就让他撰写《芙蓉女儿诔》。这一切都显然是有用意的，那就是通过诗来暗示诔文中所包含的政治寄托。然而，把一个以生命去酬答平日恩宠的贵族姬妾与一个遭封建势力迫害而死的女奴放在一起写，以便作某种类比的意图，从阶级观点来看实在是有问题的，同样清楚地表明了曹雪芹思想中所存在的深刻矛盾。

紫菱洲歌（第七十九回）

【原文】

池塘一夜秋风冷，吹散芰荷红玉影①。
蓼花菱叶不胜愁②，重露繁霜压纤梗③。
不闻永昼敲棋声，燕泥点点污棋枰④。
古人惜别怜朋友，况我今当手足情！

【注解】

①芰（jì）荷：菱与荷。以同长于池中的芰荷被秋风吹散喻兄妹分离。芰，菱角。红玉：比荷花。

②蓼（liǎo）花：一年生或多年生草本植物，节常膨大，花小，白色或浅红色。

③纤梗：纤弱的枝梗。

④枰（píng）：棋盘。

【背景】

贾赦将迎春许嫁了孙绍祖，并将她接出大观园去。宝玉十分惆怅，天天到迎春住过的紫菱洲一带徘徊，只见“轩窗寂寞，屏帐翛然”，“那岸上的蓼花苇叶，也都觉摇摇落落，似有追忆故人之态，迥非素常逞妍斗色可比”，情不自禁吟此一歌。

【赏析】

这首诗是写迎春即将外嫁时的离别悲情。宝玉是反对这场婚姻

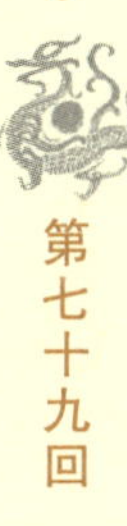

第七十九回

的，但又无力阻止，这种心情是十分复杂、矛盾的。

“池塘一夜秋风冷，吹散芰荷红玉影”，一夜秋风吹散满池荷花，这是多么令人感伤的景色。“蓼花菱叶不胜愁，重露繁霜压纤梗”，直指大观园中的顽固势力，批判他们对人性的摧残。

此后，由景转情。“不闻永昼敲棋声，燕泥点点污棋枰”，是说听不到过去白天黑夜下棋的声音了，空着的棋盘竟落满了燕泥，给人一种物是人非的感觉。“古人惜别怜朋友，况我今当手足情”，意思是说，古人在朋友惜别时，都有怜惜之情，何况我与迎春还有手足之情呢！此处以古人作比，更显示出对迎春的怀念。

迎春虽已搬出大观园，但尚未过门成亲，祸福甚难预料，宝玉即发此悲叹，仿佛已有不祥的预感。可见，鲁迅在《中国小说史略》说贾府中“悲凉之雾，遍被华林，然呼吸而领会之者，独宝玉而已”，这话是很有道理的。

【链接】

德国人评《红楼梦》

1932 年，库恩《红楼梦》德文节译本“后记”：这样一个关心精神文明的欧洲，怎么可能把《红楼梦》这样一部保存完整的巨大艺术品、这样一座文化丰碑忽视和遗忘了一百年之久呢？

俄国人评《红楼梦》

19 世纪 80 年代，瓦西里耶夫：《红楼梦》写得如此美妙，如此有趣，以致非得产生模仿者不可！

薛宝钗与黛玉书并诗四章（第八十七回）

【原文】

妹生辰不偶[①]，家运多艰，姊妹伶仃，萱亲衰迈[②]。兼之猇声狺语[③]，旦暮无休；更遭惨祸飞灾，不啻惊风密雨。夜深辗侧，愁绪何堪！属在同心[④]，能不为之愍恻乎[⑤]？回忆海棠结社，序属清秋，对菊持螯，同盟欢洽。犹记"孤标傲世偕谁隐，一样花开为底迟"句，未尝不叹冷节余芳[⑥]，如吾两人也！感怀触绪，聊赋四章。匪无故呻吟[⑦]，亦长歌当哭之意耳[⑧]。

【注解】

①不偶：不吉利。

②萱亲：母亲。

③猇（xiāo）声狺（yín）语：虎吼狗叫。比喻令人不得安宁的坏消息。猇，指猛虎怒吼声。狺，狗叫的声音。

④属在同心：凡与自己要好的朋友。

⑤愍（mǐn）恻：同情。愍，同"悯"。

⑥冷节余芳：冷若冰霜的节守，春光已过的芳香。

⑦匪：同"非"。无故呻吟：犹言无病呻吟。比喻无真情实感而故弄文墨。

⑧长歌当哭：用长声歌咏或写诗文来代替痛哭，借以抒发心中的悲愤，形容借歌抒情。

【原文】

其一

悲时序之递嬗兮[①]，又属清秋。

感遭家之不造兮[②]，独处离愁。

北堂有萱兮，何以忘忧？

无以解忧兮，我心咻咻[③]！

其二

云凭凭兮秋风酸[④]，

步中庭兮霜叶干。

何去何从兮失我故欢！

静言思之兮恻肺肝[⑤]？

其三

惟鲔有潭兮，惟鹤有梁[⑥]。

鳞甲潜伏兮，羽毛何长[⑦]！

搔首问兮茫茫，

高天厚地兮，谁知余之永伤[⑧]？

其四

银河耿耿兮寒气侵，

月色横斜兮玉漏沉[⑨]。

忧心炳炳兮[⑩]，发我哀吟。

吟复吟兮，寄我知音。

【注解】

①递嬗（shàn）：依次更替，逐步演变。

②不造：不幸。

③咻咻：本为嘘气声，引申为不安宁。

④凭凭：亦作“冯冯”，盛多的样子。酸：“冷”的修辞说法。

⑤言：语助词，无义。恻肺肝：相当于说“痛彻肺肝”、“撕心裂肺”。

⑥此两句意思是说：鲔（wěi）、鹤本应有安居之处。鲔：鲟鱼和鳇鱼的古称，春日用以荐祭寝庙（先王之墓），是贵重的鱼。梁：屋梁。

⑦鳞甲：指蛟龙。羽毛：指凡鸟。喻所谓君子失意，小人得势。

⑧永伤：无尽的愁思。

⑨玉漏沉：计时的漏壶快要流尽了。即夜将尽的意思。

⑩炳炳：忧心的样子。形容忧思不减。

【背景】

薛蟠酒店行凶，打死张三，经贿赂官场得以翻案灭罪。薛家人虚惊一场。宝钗的书和诗就是在等待结案期间所写。黛玉看了，不胜伤感，又想：“宝姐姐不寄与别人，单寄与我，也是‘惺惺惜惺惺’的意思。”

【赏析】

薛蟠行凶打死张三、受官场庇护的情节是第四回打死冯渊的翻版，所不同的是曹雪芹显然同情受害者一边，而续书者则让宝钗在信中大肆歪曲事实真相，混淆视听：明明是张三家被弄得家破人亡而凶

手安然无事，宝钗的信中却偏说自己“更遭惨祸飞灾”；被害家属喊冤叫屈，官府老吏虚张声势，宝钗就危言耸听地说是“虓声狺语，旦暮无休”；还“长歌当哭”，“寄我知音”，完全颠倒了黑白！续作者居然以同情的笔调，把这些当作宝钗抒情咏怀的内容，还让黛玉“同心”相感，与之唱和，其立场爱憎不问可知。

诗歌四章，大多是古诗中现成语句的堆砌，思想乏味。首章是书信内容的重复，只不过是借景抒怀，说出内心的愁绪；第二章“失我故欢”之叹所指莫名，还是痛惜过去欢情的逝去；第三章“鳞甲潜伏兮，羽毛何长！”以鲔、鹤作比，倾诉自己的感伤，显得有点不伦不类，一贯宣扬“女子无才便是德”的宝钗怎么忽然发起“怀才不遇”的牢骚来了呢？第四章表明给黛玉写信的原因，把黛玉引为知己，已属实在无话可说，无病呻吟罢了。

【链接】

法国人评《红楼梦》

1981年，法文版《红楼梦》正式出版，《快报》周刊评价：现在出版这部巨著的完整译本，填补了长达两个世纪令人痛心的空白。这样一来，人们好像突然发现了塞万提斯和莎士比亚。我们似乎发现，法国古典作家普鲁斯特、马里沃和司汤达，由于厌倦于各自苦心运笔，决定合力创作，完成了这样一部天才的鸿篇巨著。《红楼梦》是“宇宙性的杰作”，曹雪芹具有布鲁斯特敏锐的目光，托尔斯泰的同情心，缪西尔的才智和幽默，还有巴尔扎克的洞察和再现包括整个社会自下而上的各阶层的能力。

黛玉琴曲四章（第八十七回）

【原文】

其一

风萧萧兮秋气深[①]，
美人千里兮独沉吟。
望故乡兮何处？
倚栏杆兮涕沾襟。

其二

山迢超兮水长[②]，
照轩窗兮明月光。
耿耿不寐兮银河渺茫，
罗衫怯怯兮风露凉。

其三

子之遭兮不自由，
予之遇兮多烦忧。
之子与我兮心焉相投[③]，
思古人兮俾无尤[④]。

其四

人生斯世兮如轻尘，
天上人间兮感夙因[5]。
感夙因兮不可惙[6]，
素心如何天上月[7]。

【注解】

①萧萧：寒风之声。

②迢超：高远。

③之子：这个人，那个人。

④俾（bǐ）：使。无尤：没有过失，不加谴罪。

⑤夙因：旧缘。迷信宣扬恩怨聚散、生死祸福皆前世因缘所定。

⑥惙：通“辍”，停止，断绝。

⑦素心：本心，素愿，纯洁的心地。

【背景】

黛玉得宝钗书、诗后，也赋四章，翻入琴谱，以当和作。妙玉与宝玉走近潇湘馆，听得叮咚之声，便在馆外石上坐下，听黛玉边弹边唱此曲。

【赏析】

前八十回，黛玉之作多写环境的严酷无情，如春花遭风雨摧残之类，与人物的思想性格扣得比较紧。这里所写秋思闺怨，如家乡路遥、罗衫怯寒等，多不出古人诗词的旧套，在风格上也与宝钗所作雷同。这些都反映了原作和续作在思想基础和艺术修养上的差别。

四章诗明显是楚辞风格。前两章都是借景抒情，心情低落，说自己远离故土，千里迢迢来到荣国府，在深秋里独自怀念故乡，冷气袭人，难以入睡。后两章明说宝钗，暗指宝玉，但以宝钗与宝玉二人作表里未必恰当，因为两人所代表的思想是完全对立的，同用“不自由”、“必相投”之类的话，就容易模糊原作的思想倾向。第四章感叹人生变幻，一切都是前世命定。

妙玉听琴，如果只限于写她深通乐理，知曲调过悲关系到人的气质，倒是合情理的。现在写她先听“变徵之声”哑然失色，又听“君弦”崩断，起身就走。宝玉问她怎么了，她只回答说：“日后自知，你也不必多说。”这就过于神秘化了。旧小说中多有“屈指一算，大惊失色”或“天机不可泄漏”之类的俗套。妙玉的形象本来是刻划得很现实的，而续书者却未能免俗，在这位世俗的道姑头上也画上了这道光环，显得有些故弄玄虚。

惜春悟禅偈（第八十七回）

【原文】

大造本无方[①]，云何是应住[②]？

既从空中来[③]，应向空中去。

【注解】

①大造：佛教认为佛法无边，能造大千世界，故称大造。

②云：说。

③空：虚无。

【背景】

一日，惜春正坐着，彩屏忽然进来，回道：“姑娘知道妙玉师父的事吗？”惜春道：“她有什么事？”彩屏道：“我昨日听见邢姑娘和大奶奶在那里说呢，她自从那日和姑娘下棋回去，夜间忽然中了邪，嘴里乱嚷，说强盗来抢她来了，到如今还没好呢。姑娘，你说这不是奇事吗？”惜春听了，默默无语。因想：“妙玉虽然洁净，毕竟尘缘未断。可惜我生在这种人家，不便出家，我若出了家时，哪有邪魔缠扰，一念不生，万缘俱寂。”想到这里，蓦与神会，若有所得，便口占一偈。

【赏析】

“大造本无方，云何是应住”，意思是说：神力创造万物本无迹可寻，什么是应该留恋的呢？“既从空中来，应向空中去”，意思是说：人生来既是从空到有，那么她也应向空门去寻求归宿。

此偈寓意惜春有厌世嫉俗之念，企图逃避现实。偈中说妙玉欲念未尽，所以内虚外乘，先中邪魔，后迫劫持，说惜春能领悟万境归空的禅理，暗示她与佛门结有夙缘等，都是离开了她们所处的社会地位，特别是离开了当时大家庭的衰败背景，孤立地来描绘她们的思想、遭遇和生活道路的。这样，就违背了现实生活的逻辑，宣扬了理学和宗教所共同鼓吹的那种“存天理，灭人欲”的反动思想。

薛蝌·感怀（第九十回）

【原文】

蛟龙失水似枯鱼①，两地情怀感索居②。

同在泥涂多受苦，不知何日向清虚③。

【注解】

①枯鱼：喻人困顿无助，陷入绝境。庄子寓言说：远水不救近渴，等远水送到时，活鱼因失水早变成店铺里卖的干鱼了。

②索居：独居，离开朋友而居。这里说他俩未婚，还不能住在一起。

③清虚：高天，喻能享富贵尊荣的地位。

【背景】

邢岫烟家境贫寒，来贾府后寄人篱下，日子过得不太好。其未婚夫薛蝌为之而有牢骚，又觉得自己也不得志，就混写了几句诗“出出胸中的闷气”。

【赏析】

续作者是把邢岫烟、薛蝌作为夏金桂、宝蟾的对立面来描写的。前者是所谓正派人，而后者淫邪。写淫邪比较生动（有人已指出它是有所模仿的），写正派就没有生气，面目也跟这首诗差不多。如果把这首诗与第一回中贾雨村中秋对月所咏二诗一联比较一下，我们就会发现薛蝌与贾雨村在思想上有惊人的相似之处。但曹雪芹写的是一个尚未发迹的野心勃勃的官僚政客，而高鹗写的则是所谓“秉性忠厚”恪守社会道德的不得志的正人君子。这种截然相反的情况，我们也只能从原作者和续作者的思想观点根本不同上去解说。

【链接】

《红楼梦》主要人物性格分析之薛蝌

薛蝌，皇商之子，薛姨妈的侄儿。因父亲去世，母亲又患痰症，作为长子，他带着妹妹薛宝琴进京聘嫁，投奔薛姨妈。他秉性忠厚，尽力帮薛姨妈料理各项事务，也不理睬夏金桂、宝蟾的挑逗，后娶邢岫烟为妻。

离尘歌（第一百二十回）

【原文】

我所居兮，青埂之峰。
我所游兮，鸿蒙太空。
谁与我游兮，吾谁与从①。
渺渺茫茫兮，归彼大荒②。

【注解】

①吾谁与从：我跟着谁呢？

②大荒：即小说开头说的大荒山。

【背景】

一日，行到毘陵驿地方，那天乍寒，下雪，泊在一个清静去处。贾政打发众人上岸投帖辞谢朋友，总说即刻开船，都不敢劳动。船上只留一个小厮伺候，自己在船中写家书，先要打发人起早到家。写到宝玉的事，便停笔。抬头忽见船头上微微的雪影里面一个人，光着头，赤着脚，身上披着一领大红猩猩毡的斗篷，向贾政倒身下拜。贾政尚未认清，急忙出船，欲待扶住问他是谁。那人已拜了四拜，站起来打了个问讯。贾政才要还揖，迎面一看，不是别人，却是宝玉。贾政吃一大惊，忙问道："可是宝玉么？"那人只不言语，似喜似悲。贾政又问道："你若是宝玉，如何这样打扮，跑到这里来？"宝玉未及回言，只见船头上来了两人，一僧一道，夹住宝玉道："俗缘已毕，还不快走。"说着，三个人飘然登岸而去。贾政不顾地滑，疾忙来赶，见那三人在前，哪里赶得上？只听得他们三人口中不知是哪个作这首歌。

【赏析】

《离尘歌》以模拟楚辞的形式，描绘了贾宝玉离家出走的去向，表明了他要从俗世中解脱"归彼大荒"的情怀。

贾宝玉在当时虽然强烈地不满现实，但由于时代的和阶级的局限而使他找不到新的光明理想，也设计不出新的人生图画，于是乎，他在残酷的社会现实面前，经受了一次次无情打击之后，就不免陷入消极颓废之中，以致常常声称"要去做和尚"或希望化作"飞灰轻烟"以求解脱。宝玉也正是在这种对现实生活已经绝望却又前进无路、求死不能的境况之下，其反现状的思想就在幻想中得以升华而憧憬一个美丽纯净之处——向往太虚幻境，青埂峰下，灵河岸畔，云山雾海，瑶草琪花……远隔俗世而别有一番洞天。最终干脆随僧道离尘而去，就连妻子宝钗已怀有身孕也置于不顾。这虽然是一种对自己家庭和本阶级决裂的表现，然而毕竟是一种无奈，一种凄凉，一种逃避，实属一种"梦醒后无路可走"的人生悲剧。

在鲁迅先生看来，续作中宝玉出家"未必与作者本意大相悬殊。惟披了大红猩猩毡斗篷来拜他的父亲，却令人觉得诧异"（《〈绛洞花主〉小引》）；又说，"和尚多矣，但披这样阔斗篷的能有几个，已经是入圣超凡无疑了"（《论睁了眼看》），在肯定了续作对宝玉出家结局的安排的同时，也指出了续作者在描写上的根本性缺点。

结红楼梦偈（第一百二十回）

【原文】

说到辛酸处，荒唐愈可悲[①]。

由来同一梦[②]，休笑世人痴！

【注解】

①此两句借“荒唐言”来写“辛酸泪”。

②由来：从来，自古以来。

【背景】

那空空道人听了，仰天大笑，掷下抄本，飘然而去。一面走着，口中说道：“原来是敷衍荒唐！不但作者不知，抄者不知，并阅者也不知。不过游戏笔墨，陶情适性而已！”

后人见了这本传奇，亦曾题过四句偈语，为作者缘起之言更进一竿。

【赏析】

此诗是全书的结束语。所谓“更进一竿”，是“百尺竿头，更一步”的简语，本禅宗比喻宗教修养从较高的水平再提高一步的话，后用以泛说“更上一层楼”。

偈语的前两句，“说到辛酸处，荒唐愈可悲”，意思是说，书中所写辛酸之处，因其用荒唐之言而显得更加可悲，极好地呼应了曹雪芹《自题一绝》中“满纸荒唐言，一把辛酸泪”的意境。

偈语的后两句，“由来同一梦，休笑世人痴”，意思是说，自古以来，人生同样地都像是一场大梦，谁也不要笑话谁更加执迷不悟。这里，将曹雪芹的“痴梦”与世人之“痴梦”等同起来，是极其错误的。在自题诗中，“都云作者痴”的“痴”，绝不是《好了歌》中世人追求功名富贵、娇宠妻妾儿孙的“痴”，世人之“痴”正是曹雪芹所要批判的。由此可见，续作者意图在原作思想之上“更进一竿”，也只能是“痴人说梦”而已。

参考文献

［1］冯慧娟．全民阅读国学普及读本：红楼梦诗词［M］．乌鲁木齐：新疆美术摄影出版社，2016.

［2］赵宏兴．红楼梦诗词赏析［M］．合肥：安徽人民出版社，2015.

［3］刘耕路．红楼梦诗词解析［M］．长春：吉林文史出版社，2015.

［4］贺新辉，贺梅龙．红楼梦诗词曲赋鉴赏辞典［M］．合肥：黄山书社，2012.

［5］《读点经典》编委会．红楼梦诗词［M］．南京：凤凰出版社，2012.

［6］《轻阅读》编委会．红楼密码：红楼梦诗词［M］．北京：高等教育出版社，2012.

［7］闻苳堂，闻新，婷娣．红楼梦诗词今译［M］．北京：金城出版社，2011.

［8］何士明 著．红楼梦诗词鉴赏辞典［M］．上海：上海辞书出版社，2011.

［9］蔡义江．红楼梦诗词［M］．北京：中华书局，2011.

［10］梁归智．国学教育丛书：红楼梦诗词韵语新赏［M］．北京：北京师范大学出版社，2010.

［11］刘亮．红楼梦诗词赏析［M］．西安：三秦出版社，2008.

［12］郭锐，葛复庆．红楼梦诗词赏析［M］．武汉：崇文书局，2007.